L'ULTIME RIVAGE
TERREMER

ŒUVRES D'URSULA K. LE GUIN

DANS PRESSES POCKET :

LES DÉPOSSÉDÉS
L'AUTRE CÔTÉ DU RÊVE
LE NOM DU MONDE EST FORÊT
LA MAIN GAUCHE DE LA NUIT
LE SORCIER DE TERREMER
LES TOMBEAUX D'ATUAN
L'ULTIME RIVAGE

LE LIVRE D'OR DE LA SCIENCE-FICTION : URSULA K. LE GUIN, anthologie réunie et présentée par Gérard KLEIN.

SCIENCE-FICTION

Collection dirigée par Jacques Goimard

URSULA K. LE GUIN

L'ULTIME RIVAGE

TERREMER

Traduit de l'américain par

Françoise Maillet
et Michel Lee Landa

SEGHERS

ISBN : 2-266-01540-0

I

LE SORBIER

DANS la Cour de la Fontaine, le soleil de mars brillait à travers les jeunes feuilles de frêne et d'orme, et l'eau jaillissait et retombait dans l'ombre et la lumière limpide. Autour de ce patio s'élevaient quatre hauts murs de pierre. Derrière, des chambres et des cours, des passages et des couloirs, des tours, et enfin les massives murailles extérieures de la Grande Maison de Roke, capables de résister à n'importe quelle attaque guerrière, à un tremblement de terre, ou à la mer elle-même, car elles n'étaient point bâties seulement de pierre, mais de magie invincible. Car Roke est l'Ile des Sages, où l'on enseigne l'art de la magie; et la Grande Maison est l'école et le centre de la sorcellerie; le centre de la Maison est cette petite cour tout à l'intérieur des murs, où joue la fontaine et se dresse l'arbre, dans la pluie, le soleil ou la clarté des étoiles.

L'arbre le plus proche de la fontaine, un sorbier de belle taille, avait par ses racines bosselé et craquelé les dalles de marbre. Des veines de mousse vert vif habillaient les fissures, prolongeant le carré d'herbe entourant le bassin. Un jeune garçon était assis là, sur le renflement de marbre et de mousse, et son regard suivait la retombée du jet central de la fontaine. Presque un homme, il avait cependant encore l'allure d'un adolescent; svelte, richement vêtu, son visage aurait pu être moulé dans du bronze doré, tant il était fin et paisible.

Derrière lui, à quinze pas environ, sous les arbres, à l'autre bout de la petite pelouse centrale, se tenait un homme, du moins à en juger par l'apparence; il était difficile de l'affirmer dans le mouvement tremblant d'ombre et de chaude lumière. Il y avait là un homme, habillé de blanc, immobile. De la même manière que le jeune garçon contemplait la fontaine, il contemplait le jeune garçon. Il n'y avait aucun bruit ni aucun mouvement, sinon le jeu des feuilles et celui de l'eau, avec sa chanson incessante.

L'homme s'avança. Un souffle agita le sorbier et fit remuer ses feuilles nouvellement ouvertes. Le garçon se releva d'un bond agile et effarouché. Il fit face à l'homme et s'inclina. « Mon Seigneur l'Archimage », dit-il.

L'homme s'arrêta devant lui, petit, droit et vigoureux, dans un manteau de laine blanche à capuchon. Au-dessus des plis du capuchon rabattu, son visage était bistre, avec un nez de rapace, et une joue arborait la couture de vieilles cicatrices. Ses yeux brillaient d'un éclat semblable à de la fureur. Pourtant il parla avec douceur. « C'est un séjour agréable que la Cour de la Fontaine », dit-il, et, devançant les excuses du garçon : « Tu as fait un long voyage, et n'as pas pris de repos. Rassieds-toi. »

Il s'agenouilla sur le rebord blanc du bassin et tendit la main vers l'anneau de gouttelettes scintillantes qui tombaient de la vasque supérieure de la fontaine, laissant courir l'eau entre ses doigts. Le jeune garçon se rassit sur les dalles bosselées, et durant un moment aucun d'eux ne parla.

« Tu es le fils du Prince d'Enlad et des Enlades », dit l'Archimage, « héritier de la Principauté de Morred. Il n'y a point dans Terremer tout entière d'héritage plus ancien, ni de plus beau. J'ai vu les vergers d'Enlad au printemps, et les toits d'or de Berila... Comment t'appelles-tu ? »

– « Je m'appelle Arren. »

– « Ce mot doit avoir un sens dans le dialecte de ton pays. Quel est-il dans notre langage commun ? »

– « Épée », répondit l'adolescent.

L'Archimage hocha la tête. Un nouveau silence, puis le garçon dit, sans hardiesse, mais sans timidité : « Je croyais que l'Archimage connaissait tous les langages. »

L'homme secoua la tête, regardant la fontaine.

« Et tous les noms... »

– « Tous les noms? Seul Segoy, qui dit le Premier Mot et fit s'élever les îles de la profondeur des mers, connaissait tous les noms. Assurément », et le regard brillant et farouche se posa sur le visage d'Arren, « si j'avais besoin de savoir ton vrai nom, je le saurais. Mais il n'en est point besoin. Arren je t'appellerai; et je suis Épervier. Raconte-moi comment se déroula le voyage jusqu'ici? »

– « Trop long. »

– « Les vents étaient contraires? »

– « Les vents étaient propices, mais les nouvelles que j'apporte sont mauvaises, Seigneur Épervier. »

– « Dis-les-moi », fit l'Archimage gravement, mais de l'air de quelqu'un qui cède à l'impatience d'un enfant; et tandis qu'Arren parlait, son regard se porta à nouveau sur le rideau de cristal des gouttes d'eau tombant de la vasque supérieure dans la vasque inférieure; non qu'il parût ne pas écouter, mais il semblait écouter davantage que les paroles de l'adolescent.

« Vous savez, mon Seigneur, que le prince mon père est homme de magie, étant de la lignée de Morred, et ayant passé un an à Roke en sa jeunesse. Il possède quelque pouvoir, et des connaissances, bien qu'il use rarement de ses arts, car il se consacre au gouvernement et au bon ordre de son royaume, à l'administration des cités et aux affaires du commerce. Les flottes de notre île vont vers l'ouest, même jusque dans le Lointain Ouest, troquer des saphirs, des peaux de bœuf et de l'étain; au début de cet hiver, un capitaine est revenu à notre cité de Berila avec une histoire, qui parvint aux oreilles de mon père, de sorte qu'il convoqua l'homme afin de l'entendre de sa bouche. » Le garçon parlait vite, avec assurance. Il avait été élevé par des gens civils et courtois, et n'avait pas les manières embarrassées des jeunes gens. « Le capitaine dit que sur l'île de Narveduen, qui se trouve à quelque huit cents kilomètres à l'ouest de la nôtre, par les routes de navigation, il n'y avait plus de magie. Les sorts n'y avaient plus de pouvoir, dit-il, et les mots d'enchantement étaient oubliés. Mon père lui demanda si cela voulait dire que tous les magiciens et sorcières avaient quitté l'île, et il répondit : Non. Il y avait là quelques anciens sorciers, mais ils ne jetaient plus de sorts, fût-ce pour réparer une bouilloire ou retrouver une aiguille perdue. Et mon père demanda : Les gens de Narveduen n'étaient-ils point atterrés? Et le capitaine dit à nouveau : Non, ils ne semblent pas s'en soucier. Et cependant, il y avait la maladie parmi eux, et leur récolte d'automne avait été maigre, mais ils semblaient ne point s'inquiéter. Il dit – j'étais là quand il parla au prince – il dit : Ils étaient pareils à des malades, à un homme auquel on a dit qu'il devait mourir dans l'année, et qui pense en lui-même que ce n'est pas vrai, qu'il vivra éternellement. Ils vont de-ci, de-là, dit-il, sans un regard sur le monde.

D'autres marchands à leur retour répétèrent l'histoire selon laquelle Narveduen était devenue une terre pauvre et avait perdu les arts de magie. Mais tout cela n'était que contes des Lointains, qui sont toujours étranges, et seul mon père leur accordait grande attention. Puis à l'Année Nouvelle, durant la Fête des Agneaux que nous célébrons à Enlad, quand les femmes des bergers viennent apporter à la cité les premiers nés des troupeaux, mon père désigna le sorcier Racine pour dire les sorts d'accroissement sur les agneaux. Mais Racine revint affligé au château, posa à terre son bâton, et dit : « Monseigneur, je ne puis dire les sorts. » Mon père le questionna, mais il ne sut que répondre : « J'ai oublié les mots et le modelage. » Alors mon père se rendit à la place du marché et dit lui-même les sorts, et la fête fut célébrée. Mais je le vis rentrer au château ce soir-là la mine triste et préoccupée, et il me dit : « J'ai prononcé les mots, mais je ne sais s'ils avaient un sens. Et à dire vrai, il y a des ennuis avec les troupeaux ce printemps, les brebis meurent en mettant bas, beaucoup d'agneaux sont morts-nés, et certains... malformés. » La voix aisée et vive du jeune garçon se fit plus basse; il tressaillit en disant ce mot, et déglutit. « J'ai vu certains d'entre eux », dit-il. Il y eut une pause.

« Mon père croit que cette affaire, ainsi que l'histoire de Narveduen, est signe de l'activité d'une force maligne dans notre contrée. Il désire le conseil des Sages. »

– « Qu'il t'ait délégué prouve que ce désir est pressant », dit l'Archimage. « Tu es son fils unique, et le voyage d'Enlad jusqu'à Roke n'est pas de courte durée. As-tu autre chose à me dire? »

– « Seulement des contes de bonnes femmes des collines. »

– « Que disent les bonnes femmes? »

– « Que les sorcières qui lisent la fortune dans la fumée et les flaques d'eau ne voient que malheurs, et que leurs philtres d'amour sont inopérants. Mais ce sont des gens qui ignorent la véritable magie. »

– « La bonne aventure et les philtres d'amour ne comptent guère, mais les vieilles femmes méritent d'être écoutées. Eh bien, ton message sera effectivement débattu par les Maîtres de Roke. Mais je ne sais, Arren, quel conseil ils pourront donner à ton père. Car Enlad n'est pas la première contrée d'où nous arrivent semblables nouvelles. »

Ce voyage d'Arren depuis le nord jusqu'à Roke, en passant par la grande île d'Havnor et en traversant la Mer du Centre, était son premier voyage. Ce n'était qu'au cours de ces dernières semaines qu'il avait vu des terres qui n'étaient pas sa terre natale, pris conscience de la distance et de la diversité des choses, et reconnu que le monde était grand, au-delà des plaisantes collines d'Enlad, et empli de gens. Il n'était point encore habitué à penser d'une façon universelle, et il fallut un moment avant qu'il comprenne.

– « De quelles autres contrées? » interrogea-t-il alors, quelque peu consterné. Car il avait espéré ramener à Enlad un remède prompt.

– « Du Lointain Sud, d'abord. Récemment même

du sud de l'Archipel, de Wathort. On n'accomplit plus de magie à Wathort, dit-on. Il est difficile d'en être sûr. Cette terre est depuis longtemps rebelle et peuplée de pirates, et écouter un négociant du Sud, c'est écouter un menteur, comme dit le proverbe. Pourtant l'histoire est toujours la même : les sources de la magie se sont taries. »

– « Mais ici, sur Roke... »

– « Sur Roke, nous n'avons rien ressenti de tout cela. Ici, nous sommes à l'abri de la tempête, du changement, et de la mauvaise fortune. Trop à l'abri. peut-être. Prince, que vas-tu faire à présent ? »

– « Je vais rentrer à Enlad dès qu'il me sera possible d'apporter à mon père une réponse claire sur la nature de ce mal, et sur son remède. »

Une fois de plus, l'Archimage le regarda ; et, cette fois, malgré tous ses efforts, Arren détourna les yeux. Il ignorait pourquoi, car rien de malveillant ne se lisait dans le regard de ces yeux sombres. Ils étaient sereins, calmes, compatissants.

Tous à Enlad respectaient son père, et il était le fils de son père. Nul ne le regardait jamais de cette façon : non en tant qu'Arren, Prince d'Enlad, fils du Prince Régnant, mais en tant qu'Arren seulement. Il n'aimait pas penser qu'il redoutait le regard de l'Archimage, mais il ne pouvait l'affronter. Il semblait encore agrandir le monde autour de lui, et à présent non seulement Enlad sombrait dans l'insignifiance, mais aussi lui-même ; dans les yeux de l'Archimage, il n'était qu'une petite silhouette, toute petite, dans un vaste décor de terres encerclées par la mer, sur lesquelles planaient les ténèbres.

Il continua de cueillir la mousse vivace qui croissait dans les fissures des dalles de marbre, et il entendit en même temps sa voix, qui n'était devenue grave que depuis un an ou deux, dire, grêle et enrouée : « Et je ferai comme vous le commanderez. »

– « Tu dois obéissance à ton père, non à moi », dit l'Archimage.

Son regard était toujours posé sur Arren, mais maintenant le garçon relevait les yeux. En faisant acte de soumission, il s'était oublié lui-même, et il voyait à présent l'Archimage : le plus grand sorcier de Terremer tout entière, l'homme qui avait bouché le Puits Noir de Fundaur, ravi l'Anneau d'Erreth-Akbe aux Tombeaux d'Atuan et construit la muraille marine de Nepp aux fondations profondes; le navigateur qui connaissait les mers depuis Astowelle jusqu'à Selidor; le seul Maître de Dragons vivant. Il était là, agenouillé près d'une fontaine; un homme de petite stature, et point jeune, un homme à la voix calme, aux yeux aussi profonds que le crépuscule.

Arren quitta en hâte sa position assise pour s'agenouiller cérémonieusement. « Mon Seigneur », dit-il en bafouillant, « laissez-moi vous servir! »

Son assurance l'avait abandonné, son visage était empourpré, sa voix tremblait.

A son côté il portait une épée, dans un fourreau de cuir neuf incrusté de figurines rouge et or; mais l'épée elle-même était fort simple, avec une garde usée de bronze argenté. Il la tira, en hâte, et en présenta la garde à l'Archimage, comme un lige à son prince.

L'Archimage n'avança pas la main pour toucher la garde de l'épée. Il la regarda, ainsi qu'Arren. « Ceci est à toi, pas à moi », dit-il. « Et tu n'es le serviteur de personne. »

– « Mais mon père a dit que je pouvais rester sur Roke jusqu'à ce que j'aie appris ce qu'était ce mal, et peut-être acquis quelque connaissance – je n'ai point de talent, je ne pense pas posséder de pouvoir, mais il y avait des mages parmi mes ancêtres. Si je pouvais d'une quelconque manière apprendre à vous servir... »

– « Avant d'être mages », dit l'Archimage, « tes ancêtres étaient rois. »

Il se leva, alla d'un pas silencieux et décidé jusqu'à Arren, et, prenant la main du garçon, le fit se relever. « Je te remercie pour cette offre de service, et, bien que je ne l'accepte pas maintenant, je le ferai peut-être, une fois que nous aurons tenu conseil sur ces questions. L'offre d'un cœur généreux n'est pas de celles que l'on refuse à la légère. Non plus qu'on ne doit repousser à la légère l'épée du fils de Morred!... Va, maintenant. Le garçon qui t'a conduit ici veillera à ce que tu manges, te baignes et te reposes. Va », et il fit avancer Arren, d'une douce poussée entre les omoplates, familiarité que nul n'avait jamais prise auparavant, et dont le jeune prince se fût offensé, venant de tout autre; mais, de la part de l'Archimage, cela ressemblait à une vibration glorieuse. Car il s'était pris d'amour.

Arren était un garçon actif, qui se délectait dans les jeux, tirant orgueil et plaisir des arts de l'esprit et du corps, s'acquittant avec habileté des charges cérémonielles et officielles, qui n'étaient ni légères ni simples. Cependant il ne s'était jamais donné entièrement à quoi que ce fût. Tout lui était venu facilement, et il avait tout fait avec aisance : tout n'avait été qu'un jeu, et il avait joué à aimer. Mais, à présent, il était secoué au tréfonds de lui-même, non par un jeu, ni par un rêve, mais par l'honneur, le danger, la sagesse, par un visage couturé, une voix calme et une main sombre qui tenait, sans souci de son pouvoir, le bâton d'if qui arborait, près de la crosse, en argent serti dans du bois noir, la Rune Perdue des Rois.

Ainsi accomplit-on le premier pas hors de l'enfance, soudain, sans transition, sans regarder devant ni derrière, sans aucune prudence ni réserve.

Oubliant de prendre congé selon les règles de la courtoisie, il se précipita vers la porte, maladroit, radieux, obéissant. Et Ged l'Archimage le regarda partir.

Ged demeura un instant près de la fontaine, sous le frêne, puis leva son visage vers le ciel baigné de soleil. « Aimable messager, pour de mauvaises nouvelles », dit-il à mi-voix, comme s'il eût parlé à la fontaine. Celle-ci n'écouta pas, mais continua à bavarder en son langage argentin, et il lui prêta un moment l'oreille. Puis, se dirigeant vers une autre porte, qu'Arren n'avait pas vue, et qu'à la vérité peu d'yeux auraient distinguée, d'aussi près qu'ils eussent regardé, il dit : « Maître Portier! »

Apparut alors un petit homme sans âge. Jeune, il ne

l'était pas, de sorte qu'on devait le dire vieux, mais le mot ne lui seyait point. Son visage était desséché, couleur d'ivoire, et il avait un sourire agréable qui dessinait de longues courbes sur ses joues. « Qu'y a-t-il, Ged? » fit-il.

Car ils étaient seuls, et il était l'une des sept personnes dans le monde qui connût le nom de l'Archimage. Les autres étaient le Maître Nommeur de Roke; Ogion le Silencieux, le sorcier de Re Albi, qui jadis sur la montagne de Gont avait donné ce nom à Ged; et la Dame Blanche de Gont, Tenar-de-l'Anneau, et un sorcier de village à Iffish, appelé Vesce; et à Iffish encore, la femme d'un charpentier, mère de trois filles, ignorant tout de la magie, mais avisée en d'autres choses, et nommée Achillée; et enfin, de l'autre côté de Terremer, dans le Lointain Ouest, deux dragons : Orm Embar et Kalessin.

– « Nous nous réunirons cette nuit », dit l'Archimage. « Je vais aller voir le Modeleur. Et je vais envoyer chercher Kurremkarmerruk, afin qu'il laisse ses listes de côté et aussi abandonne ses étudiants pour un soir, et qu'il vienne nous voir, même si ce n'est pas en chair et en os. Veux-tu t'occuper des autres? »

– « Oui », dit le Portier, souriant, et il disparut; et l'Archimage disparut également; et la fontaine se parlait à elle-même, sereine et éternelle, dans la lumière de ce début du printemps.

Quelque part à l'ouest de la Grande Maison de Roke, et aussi quelquefois au sud, on peut apercevoir le Bosquet Immanent. Il ne figure pas sur les cartes, et aucun chemin n'y mène, sauf pour quelques initiés. Mais même les autres, les gens de la ville et les fermiers, peuvent le voir, toujours à une certaine distance : un bois d'arbres élevés dont les feuilles se parent d'une touche d'or rehaussant leur verdeur, même au printemps. Et ils estiment – les novices, les gens de la ville et les fermiers – que le Bosquet se déplace de façon déroutante. Mais en cela ils se trompent, car en réalité il est immobile. Ses racines sont les racines de l'être. C'est tout le reste qui se déplace.

Ged descendit de la Grande Maison à travers champs. Il ôta son manteau blanc, car le soleil était au midi. Un fermier qui labourait un coteau brun leva la main pour le saluer, et Ged répondit de même. Des petits oiseaux s'élevaient dans l'air en chantant. L'étincelet venait à peine de fleurir dans les friches et aux bords des routes. Tout là-haut, un faucon décrivit un ample arc dans le ciel. Ged éleva son regard et leva à nouveau la main. L'oiseau s'abattit comme une flèche, dans un désordre de plumes gonflées par le vent, et se posa juste sur le poignet offert, qu'il agrippa de ses serres jaunes. Ce n'était pas un épervier, mais un grand Endrefaucon de Roke, un faucon pêcheur rayé de blanc et de brun. Il regarda obliquement l'Archimage, puis fit claquer son bec crochu et le fixa en face, de ses deux yeux ronds d'or brillant. « Intrépide », lui dit l'homme dans le langage de la Création, « intrépide ».

Le grand faucon battit des ailes et l'enserra de ses griffes, le dévisageant toujours.

« Va, frère intrépide. »

Le fermier, au loin sur le coteau, sous le ciel lumineux, s'était arrêté pour regarder. Une fois, l'automne dernier, il avait vu l'Archimage prendre un oiseau sauvage sur son poignet, et l'instant d'après ce n'était plus un homme qu'il avait sous les yeux, mais deux faucons chevauchant le vent.

Cette fois, ils se séparèrent, sous le regard du fermier : le faucon prit son vol, l'homme continua sa marche à travers les champs boueux.

Il arriva au sentier qui conduisait au Bosquet Immanent, un sentier toujours rectiligne même lorsque le temps et le monde allaient de guingois autour de lui et, le suivant, il atteignit bientôt l'ombre des arbres.

Les troncs de certains d'entre eux étaient immenses. A les voir, on pouvait enfin croire que le Bosquet demeurait toujours immobile : ils étaient pareils à des tours immémoriales, grises d'ans, et leurs racines étaient pareilles à celles des montagnes. Pourtant ceux-là, les plus anciens, avaient parfois le feuillage rare, et bien des branches mortes. Et ils n'étaient point immortels. Parmi les géants croissaient de jeunes arbres, hauts et vigoureux, avec de brillantes couronnes de feuillages, et des sauvageons, sveltes baguettes touffues guère plus grandes qu'une fillette.

Sous les arbres, le sol était tendre, enrichi par les feuilles mortes de toutes les années écoulées. Des fougères et de petites plantes sylvestres y croissaient, mais il n'y avait d'autre espèce d'arbre que celle-là, l'unique, qui n'a pas de nom dans la langue hardique de Terremer. Sous les branches, l'air recelait une fraîche senteur de terre, et dans la bouche se retrouvait un goût d'eau de source.

Dans une clairière, ouverte des années auparavant par la chute d'un arbre énorme, Ged rencontra le Maître Modeleur, qui vivait à l'intérieur du Bosquet, et n'en sortait jamais ou rarement. Ses cheveux étaient jaunes comme le beurre; ce n'était pas un Archipélien. Depuis la restitution de l'Anneau d'Erreth-Akbe, les barbares de Kargade avaient mis fin à leurs incursions et conclu des traités de commerce et de paix avec les Contrées de l'Intérieur. Ce n'étaient point des gens aimables, et ils gardaient leurs distances. Mais de temps à autre un jeune guerrier ou un fils de marchand partait seul vers l'ouest, attiré par l'amour de l'aventure ou l'ardent désir d'apprendre la magie. Ainsi avait été le Maître Modeleur dix ans auparavant, jeune sauvage ceint d'une épée, empanaché de rouge, arrivant à Roke depuis Karego-At un matin pluvieux, et disant au Portier, dans un hardique impérieux et sommaire : « Je viens pour apprendre! » Et maintenant, il se tenait dans la lumière d'or vert répandue sous les arbres, grand et bel homme à la longue chevelure blonde et aux étranges yeux verts, Maître Modeleur de Terremer.

Il se pouvait que lui aussi connût le nom de Ged, mais en tout cas il ne le prononçait jamais. Ils se saluèrent en silence.

« Que contemples-tu donc? » questionna l'Archimage, et l'autre répondit : « Une araignée. »

Entre deux hauts brins d'herbe, dans la clairière, une araignée avait filé une toile, cercle délicatement suspendu. Les fils d'argent accrochaient la lumière du soleil. Au centre, la fileuse attendait, tache noir-gris et guère plus grosse que la pupille d'un œil.

« Elle aussi est une modeleuse », dit Ged, qui examinait la toile ingénieuse.

– « Qu'est-ce que le mal? » interrogea le plus jeune des deux hommes.

La toile ronde, avec son centre noir, semblait les observer tous deux.

– « Une toile que nous, les hommes, nous tissons », fut la réponse de Ged.

Nul oiseau ne chantait dans ce bois. Il était silencieux et chaud dans la lumière de midi. Autour d'eux, les arbres et les ombres.

« Il y a des nouvelles de Narveduen et d'Enlad : les mêmes. »

– « Le sud et le sud-ouest. Le nord et le nord-ouest », dit le Modeleur, sans quitter des yeux la toile ronde.

– « Nous viendrons ici ce soir : c'est le meilleur endroit pour tenir conseil. »

– « Je n'ai aucun conseil à donner. » Le Modeleur regardait à présent Ged, et le regard de ses yeux verts était froid. « J'ai peur », dit-il. « Il y a de la peur. Il y a de la peur, à la racine. »

– « Oui », dit Ged. « Il faut rechercher les sources profondes, je crois. Nous avons trop longtemps joui de la lumière du soleil, lézardé dans la paix ramenée par l'Anneau ressoudé, en accomplissant de petite choses, en pêchant dans les bas-fonds. Ce soir il nous faudra interroger les profondeurs. » Sur ce, il quitta le Modeleur, qui fixait toujours l'araignée dans l'herbe ensoleillée.

A la lisière du Bosquet, là où les feuilles des arbres immenses s'avançaient au-dessus d'un sol ordinaire, il s'assit, le dos appuyé à une racine puissante, le bâton en travers des genoux. Il ferma les yeux comme pour se reposer, et envoya une projection de son esprit par-dessus les champs et les collines de Roke, vers le nord, jusqu'au cap assailli par la mer où se dresse la Tour Isolée.

« Kurremkarmerruk », dit-il en esprit; et le Maître Nommeur leva les yeux de l'épais livre des noms de racines, d'herbes, de feuilles, de graines et de pétales qu'il était en train de lire à ses élèves, et répondit : « Je suis là, mon seigneur. »

Puis il écouta; c'était un vieil homme grand et maigre, aux cheveux blancs sous le capuchon foncé; et les étudiants, assis à leurs pupitres dans la salle de la tour, levèrent la tête et se regardèrent.

« Je viendrai », dit Kurremkarmerruk, et il abaissa à nouveau la tête vers son livre, en disant : « Ainsi, le pétale de la fleur de moly possède un nom, qui est *iebera,* et aussi le sépale, qui est *partonath;* et la tige, la feuille et la racine possèdent chacune un nom... »

Mais, sous son arbre, l'Archimage Ged, qui connaissait tous les noms du moly, rappela sa projection, et étendit ses jambes de manière plus confortable; il garda les yeux clos et bientôt s'endormit dans la lumière mouchetée par le feuillage.

II

LES MAÎTRES DE ROKE

L'ÉCOLE de Roke est l'endroit où l'on envoie, de toutes les contrées de Terremer, les garçons qui montrent quelque disposition en sorcellerie, afin qu'ils y apprennent les plus hauts arts de magie. Là, ils deviennent versés dans les diverses sortes de cet art apprennent les noms et les runes, les tours et les sorts, ce qu'il faut faire et ne point faire, et pourquoi. Alors, après une longue pratique, et si la main, l'esprit et le cœur marchent de pair, ils peuvent être nommés sorciers et recevoir le bâton de pouvoir. Les vrais sorciers se font sur Roke uniquement. Et comme il y a des mages et des sorcières sur toutes les îles, et que la magie est d'un usage aussi utile à leurs populations que le pain et aussi réjouissant que la musique, l'École de Sorcellerie est un lieu vénéré. Les neuf mages qui sont les Maîtres de l'École sont considérés comme les égaux des grands princes de l'Archipel. Leur seigneur, le Gardien de Roke, l'Archimage, est tenu pour n'avoir de comptes à rendre à personne, excepté le Roi de Toutes les Iles : et ce uniquement en faisant acte de féauté, par un don venant du cœur; car même un roi ne pourrait contraindre mage si puissant à observer la loi commune, si sa volonté était autre. Cependant, même durant les siècles sans roi, les Archimages de Roke demeurèrent fidèles et observèrent cette commune loi. Tout sur Roke s'accomplissait comme cela s'était toujours accompli depuis de nombreux siècles;

Roke semblait un lieu à l'abri de tout trouble, et les rires des garçons résonnaient dans les cours à l'écho et au long des larges et froids couloirs de la Grande Maison.

Le guide d'Arren dans l'École était un jeune homme trapu dont le manteau était retenu au cou par une agrafe d'argent, signe qu'il avait accompli son noviciat avec succès, était un sorcier éprouvé, et étudiait à présent en vue d'obtenir son bâton. Il s'appelait Pari. « Parce que », disait-il, « mes parents avaient six filles, et le septième enfant, au dire de mon père, était un pari contre le Destin. » C'était un agréable compagnon, vif d'esprit et de langue. A un autre moment, Arren aurait apprécié son humour, mais aujourd'hui il était trop préoccupé. A vrai dire, il ne lui accordait guère d'attention. Et Pari, avec ce désir naturel de voir reconnue son existence, entreprit de tirer profit de la distraction de son hôte. Il lui raconta d'étranges faits à propos de l'École, puis des mensonges non moins étranges, et à tous Arren répondait : « Oui », ou « je vois », au point que Pari le prit pour un royal idiot.

« Bien sûr on ne fait aucune cuisine là-dedans », dit-il alors qu'ils passaient devant l'immense cuisine de pierre tout animée du miroitement des chaudrons de cuivre et du cliquetis des hachoirs, et exhalant une odeur d'oignons piquant les yeux. « C'est pour la galerie seulement. Nous allons au réfectoire, et chacun fabrique un charme pour avoir le repas qu'il désire. Cela épargne également la vaisselle. »

– « Oui, je vois », dit Arren poliment.

– « Bien entendu les novices qui n'ont pas encore appris les sorts perdent souvent une bonne partie de leurs poids, au cours de leurs premiers mois passés ici ; mais ils apprennent. Un garçon d'Havnor tente sans cesse d'obtenir un poulet rôti, mais n'obtient jamais que de la bouillie de millet. On dirait qu'il n'arrive pas, dans ses sorts, à aller plus loin que la bouillie de millet. Il a quand même eu du haddock séché pour l'accompagner, hier. » Pari s'enrouait, dans ses efforts pour amener son hôte à l'incrédulité. Il renonça, et cessa de parler.

– « Où... De quel pays vient l'Archimage? » demanda ledit hôte, sans même regarder la grandiose galerie qu'ils traversaient maintenant, et dont les murs et le plafond en arc étaient entièrement gravés d'une représentation de l'Arbre-aux-Mille-Feuilles.

– « Gont », dit Pari. « Il y était chevrier de village. »

Alors, à l'énoncé de ce fait simple et rebattu, le garçon d'Enlad se retourna et regarda Pari, avec désapprobation et incrédulité. « Chevrier? »

– « C'est ce que sont la plupart des Gontois quand ils ne sont pas pirates ou sorciers. Je n'ai pas dit qu'il l'était encore, vous savez! »

– « Mais comment un chevrier pourrait-il devenir Archimage? »

– « De la même façon qu'un prince! En venant à Roke et en surpassant tous les Maîtres, en volant l'Anneau à Atuan, en naviguant dans la Passe des Dragons, en étant le plus grand sorcier depuis Erreth-Akbe... De quelle autre manière? »

Ils sortirent de la galerie par la porte nord. L'après-midi finissant s'étendait chaud et lumineux sur les collines labourées et les toits de la ville de Suif, et la baie au-delà. Ils s'arrêtèrent. Pari dit : « Bien sûr, tout cela s'est passé il y a bien longtemps. Il n'a pas fait grand-chose depuis qu'il a été nommé Archimage. C'est toujours ainsi avec les Archimages. Ils restent sur Roke et veillent à l'Équilibre, je suppose. Et il est très vieux à présent. »

– « Vieux? Quel âge a-t-il? »

– « Oh, quarante ou cinquante ans. »

– « Est-ce que tu l'as vu? »

– « Bien sûr que je l'ai vu », répliqua Pari vivement. Ce royal idiot paraissait être également un royal snob.

– « Souvent? »

– « Non. Il aime rester seul. Mais quand je suis arrivé à Roke, je l'ai vu, dans la Cour de la Fontaine. »

– « C'est là que je lui ai parlé aujourd'hui », dit Arren. Le ton de sa réponse fit que Pari le regarda, et reprit : « C'était il y a trois ans. Et j'étais si terrifié que je ne l'ai jamais vraiment regardé. J'étais bien jeune, il est vrai. Mais c'est difficile de voir les choses clairement, là-bas. Je me rappelle surtout sa voix, et le ruissellement de la fontaine. » Au bout d'un moment il ajouta : « Il a bien l'accent gontois. »

– « Si je pouvais parler aux Dragons dans leur langue », dit Arren, « je ne me soucierais pas de mon accent. »

A ces mots, Pari le regarda avec une certaine approbation, et demanda : « Êtes-vous venu vous inscrire à l'École, Prince? »

– « Non. J'apportais un message de mon père à l'Archimage. »

– « Enlad est l'une des principautés du Royaume, n'est-ce pas? »

– « Enlad, Ilien et Wey. Havnor et Ea autrefois, mais la lignée des rois s'est éteinte dans ces pays. Le lignage d'Ilien remonte à Gemal Né-de-la-Mer, par Maharion. Wey, à Akambar et la Maison de Shelieth. Enlad, la plus ancienne, à Morred par son fils Serriadh et la Maison d'Enlad. »

Arren récita ces généalogies d'un air rêveur, comme un érudit bien entraîné dont l'esprit est ailleurs.

– « Croyez-vous que nous reverrons un roi à Havnor de notre vivant? »

– « Je n'y ai jamais beaucoup songé. »

– « En Ark, d'où je viens, les gens y réfléchissent. Nous faisons maintenant partie de la Principauté d'Ilien, vous le savez, depuis que la paix a été conclue. Combien d'années cela fait-il, dix-sept, ou dix-huit, depuis que l'Anneau de la Rune du Roi est revenu dans la Tour des Rois d'Havnor? Les choses sont allées mieux durant un certain temps après cela, mais à présent elles sont pires que jamais. Ils serait temps qu'il y ait à nouveau un roi sur le trône de Terremer, pour tenir le Signe de Paix. Les gens sont las des guerres et des pillages, des marchands qui imposent des prix trop élevés et des princes qui demandent des impôts excessifs, et de toute la confusion des pouvoirs indisciplinés. Roke guide, mais ne peut gouverner.

L'Équilibre se trouve ici, mais le Pouvoir devrait se trouver entre les mains du roi. »

Pari parlait avec une réelle passion, toute pitrerie mise à part, et il finit par capter l'attention d'Arren. « Enlad est un pays riche et paisible », dit ce dernier lentement. « Il n'a jamais pris part à ces rivalités. Nous entendons parler de troubles, dans les autres contrées. Mais il n'y a pas eu de roi sur le trône d'Havnor depuis la mort de Maharion : huit cents ans. Les pays accepteraient-ils vraiment un roi ? »

– « S'il venait en paix et en force ; si Roke et Havnor lui en reconnaissaient le droit. »

– « Et il y a une prophétie qui doit être accomplie, n'est-ce pas ? Maharion a dit que le prochain roi devait être un mage. »

– « Le Maître Chantre est havnorien, il s'intéresse à la question, et il nous corne les mots aux oreilles depuis trois ans maintenant. Maharion a dit : *Héritera de mon trône celui qui a traversé vivant le pays des ténèbres et qui est parvenu aux lointains rivages du jour.* »

– « Un mage, par conséquent. »

– « Oui, puisque seul un sorcier ou un mage peut marcher parmi les morts au pays des ténèbres et en revenir. Cependant, ils ne le *traversent* pas. Du moins en parlent-ils toujours comme s'il n'avait qu'une frontière, et, au-delà, point de fin. Que sont *les lointains rivages du jour,* en ce cas ? Mais ainsi parle la prophétie du Dernier Roi, et par conséquent il naîtra un jour quelqu'un pour l'accomplir. Et Roke le reconnaîtra, et les flottes, les armées et les nations viendront ensemble à lui. Alors il y aura à nouveau un souverain au centre du monde, dans la Tour des Rois d'Havnor. Je viendrais à celui-là, je servirais un vrai roi de tout mon cœur et de tout mon art », dit Pari ; puis il rit et haussa les épaules, de crainte de voir Arren penser qu'il s'exprimait avec trop d'émotion. Mais Arren le regardait avec amitié, en pensant : « Il éprouverait envers le roi ce que j'éprouve envers l'Archimage. » A voix haute, il dit : « Un roi aurait besoin d'hommes comme toi autour de lui. »

Ils étaient là, chacun à ses propres pensées et pourtant ensemble, lorsque résonna fortement un gong dans la Grande Maison derrière eux.

– « Enfin ! » dit Pari. « Lentilles et soupe aux oignons, ce soir. Venez. »

– « Je croyais t'avoir entendu dire qu'on ne faisait point de cuisine », dit Arren, toujours rêveur, en le suivant.

– « Oh, quelquefois... par erreur... »

Nulle magie, en effet, dans ce dîner fort substantiel. Après, ils allèrent se promener dans les champs, dans le bleu tendre du soir tombant. « Voici le Tertre de Roke », dit Pari, comme ils commençaient l'ascension d'une colline arrondie. L'herbe humide de rosée frôlait leurs jambes et vers le Suifburne marécageux, en contrebas, un chœur de petits crapauds saluait la première chaleur et les nuits étoilées plus brèves.

Un mystère régnait dans cette terre. Pari dit doucement : « Cette colline fut la première à se dresser au-dessus de la mer, quand fut prononcé le Premier Mot. »

– « Et elle sera la dernière à sombrer, quand toutes choses seront défaites », dit Arren.

– « C'est donc un endroit où l'on se trouve en sécurité », dit Pari, pour s'affranchir de ses craintes ; mais aussitôt il cria, frappé de stupeur : « Regardez ! Le Bosquet ! »

Au sud du Tertre, une grande lueur apparaissait sur la terre, pareille à un lever de lune, mais le mince croissant était déjà monté, vers l'ouest, par-dessus le sommet de la colline ; et il y avait dans cette luminosité un tremblement qui ressemblait au mouvement des feuilles dans le vent.

« Qu'est-ce que c'est ? »

– « Cela provient du Bosquet – les Maîtres doivent s'y trouver. On dit que cela brûlait de la même manière avec une lueur de clair de lune, quand ils se réunirent pour choisir l'Archimage, il y a cinq ans. Mais pourquoi sont-ils réunis maintenant ? Sont-ce les nouvelles que vous avez apportées ? »

– « Cela se peut », dit Arren.

Pari, excité et mal à l'aise, désirait rentrer à la Grande Maison, afin d'y glaner toute rumeur sur le conseil et ce qu'il présageait. Arren partit avec lui, mais se retourna fréquemment pour regarder l'étrange brillance, jusqu'à ce que la pente de la colline l'eût cachée, la nouvelle lune qui se couchait et les étoiles du printemps demeurant seules dans le ciel.

Solitaire dans le noir, dans la cellule de pierre qui était sa chambre, Arren était étendu, les yeux ouverts. Il avait toute sa vie dormi dans un lit, sous des fourrures moelleuses; même dans la galère à vingt rames dans laquelle il était venu d'Enlad, il avait connu plus de confort qu'ici – une paillasse sur le sol en pierre, et une simple couverture en feutre déguenillée. Mais il n'en remarqua rien. « Je suis au centre du monde », pensait-il. « Les Maîtres conversent dans le lieu sacré. Que vont-ils faire? Vont-ils ourdir une magie immense pour sauver la magie? Se peut-il vraiment que la sorcellerie s'éteigne de par le monde? Y a-t-il un danger qui menace même Roke? Je vais rester ici. Je ne rentrerai pas chez moi. Je préfère balayer *sa* chambre qu'être prince à Enlad. Me permettra-t-il de rester comme novice? Mais peut-être l'art de la magie ne sera-t-il plus enseigné, non plus que le vrai nom des choses. Mon père possède le don de sorcellerie, mais moi je ne l'ai point; peut-être est-elle vraiment en train de s'éteindre? Pourtant, je resterai auprès de *lui,* même s'il perdait son pouvoir et son art. Même si je ne le voyais jamais. Même s'il ne me disait jamais un mot de plus. » Et son ardente imagination l'emporta plus loin, si bien qu'au bout d'un moment il se vit face à face avec l'Archimage, une nouvelle fois, dans la cour sous le sorbier; et le ciel était sombre, l'arbre sans feuilles, et la fontaine silencieuse; et il disait : « Mon seigneur, la tempête est sur nous, cependant je désire rester auprès de vous, et vous servir », et l'Archimage lui souriait... Mais là, l'imagination lui faisait défaut, car il n'avait pas vu sourire ce visage sombre.

Au matin il se leva, avec le sentiment que, hier encore jeune garçon, il était aujourd'hui un homme. Il était prêt à tout. Cependant, lorsque vint l'appel, il resta bouche bée. « L'Archimage souhaite vous parler, Prince Arren », dit un petit novice sur le seuil de sa chambre; il attendit un moment, puis s'enfuit avant qu'Arren ait pu rassembler ses esprits pour répondre.

Il descendit l'escalier de la tour, traversa des couloirs de pierre en direction de la Cour de la Fontaine, ne sachant où il devait aller. Un vieil homme vint à sa rencontre dans le couloir, avec un sourire qui creusait de profonds sillons dans ses joues, du nez au menton : le même qui l'avait accueilli hier devant la porte de la Grande Maison quand il était venu du port et qui avait exigé de lui son vrai nom avant de la laisser entrer. « Par ici », dit le Maître Portier.

Les salles et les passages de cette partie du bâtiment étaient silencieux, privés des bousculades et du vacarme des jeunes garçons qui animaient les autres parties. En cet endroit, on ressentait pleinement l'âge formidable des murs. L'enchantement qui avait présidé à la pose des antiques pierres et qui les protégeait était ici palpable. Par intervalles, des runes étaient profondément gravées sur les murs, certaines incrustées d'argent. Arren avait appris les Runes hardiques de son père, mais de celles-ci il ne connaissait aucune, bien que certaines parussent enfermer un sens qu'il connaissait presque, ou qu'il avait connu et dont il ne pouvait se souvenir parfaitement.

« Te voici arrivé, mon garçon », dit le Portier, qui ne tenait aucun compte de titres comme Seigneur ou Prince. Arren le suivit dans une longue pièce aux poutres basses, où dans un âtre de pierre brûlait un feu dont les flammes se réfléchissaient dans le plancher de chêne; de l'autre côté, des fenêtres en ogive laissaient entrer la lumière lourde d'un matin brumeux. Devant l'âtre se tenait un groupe d'hommes. Tous le regardèrent quand il entra, mais parmi eux il n'en vit qu'un, l'Archimage. Il s'arrêta, s'inclina, et resta muet.

« Voici les Maîtres de Roke, Arren », dit l'Archimage, « sept sur les neuf. Le Modeleur refuse de quitter le Bosquet, et le Nommeur est dans sa tour, à trente milles au nord. Tous savent quelle est ta mission. Mes seigneurs, voici le fils de Morred. »

Cette phrase ne suscita nulle fierté chez Arren, mais seulement une sorte de crainte. Il était fier de son ascendance, mais se considérait seulement comme un héritier princier, un membre de la Maison d'Enlad. Morred, de qui était issue cette maison, était mort depuis deux mille ans. Ses exploits étaient légendaires, mais n'appartenaient pas au monde présent. C'était comme si l'Archimage l'eût appelé fils d'un mythe, héritier de songes.

Il n'osait pas lever les yeux sur les visages des huit hommes. Il fixait le bout ferré du bâton de l'Archimage, et sentait le sang battre dans ses oreilles.

« Venez, nous allons déjeuner ensemble », dit l'Archimage et il les conduisit jusqu'à une table dressée sous les fenêtres. Il y avait du lait et de la bière aigre, du pain, du beurre nouveau et du fromage. Arren s'assit avec eux et mangea.

Il avait toute sa vie vécu parmi des nobles, des propriétaires terriens, de riches marchands. Le château de son père, à Berila, en était plein : des hommes qui possédaient beaucoup, qui achetaient et vendaient beaucoup, riches des choses de ce monde. Ils mangeaient, buvaient du vin, et parlaient fort; beaucoup discutaient, beaucoup flattaient, la plupart cherchaient à obtenir quelque chose. Malgré son jeune âge, Arren en avait beaucoup appris sur les mœurs et l'hypocrisie de l'humanité. Mais il ne s'était jamais trouvé en compagnie d'hommes tels que ceux-là. Ils mangeaient du pain, parlaient peu, et leur visage était paisible. S'ils cherchaient quelque chose, ce n'était pas pour eux-mêmes. Pourtant c'étaient des hommes au pouvoir immense : cela aussi, Arren s'en aperçut.

Épervier l'Archimage était assis au bout de la table et paraissait écouter ce qui se disait, bien qu'autour de lui ce fût le silence et que personne ne lui parlât. Arren était également laissé à lui-même, si bien qu'il eut le temps de se reprendre. A sa gauche se tenait le Portier, et à sa droite un homme aux cheveux gris et à la mine affable qui finit par lui dire : « Nous sommes compatriotes, Prince Arren. Je suis né dans l'est d'Enlad, près de la Forêt d'Aol. »

– « J'ai chassé dans cette forêt », répondit Arren, et ils parlèrent un moment des bois et des villes de l'Ile des Mythes; cette évocation de sa patrie réconforta Arren.

Quand le repas fut terminé, ils se retirèrent de nouveau ensemble devant l'âtre, certains assis, d'autres debout, et il y eut un court silence.

« La nuit dernière », dit l'Archimage, « nous avons tenu conseil. Longtemps nous avons parlé, sans rien résoudre cependant. Je voudrais vous entendre dire à présent, dans la lumière du jour, si vous maintenez ou reniez votre jugement de cette nuit. »

– « Que nous n'ayons rien résolu », dit le Maître Herbier, homme trapu, à la peau foncée et aux yeux calmes, « est en soi-même un jugement. Dans le Bosquet, on trouve les formes; mais nous n'y avons trouvé que la polémique. »

– « Seulement parce que nous ne pouvions voir clairement la forme », dit le mage d'Enlad aux cheveux gris, le Maître Changeur. « Nous n'en savons pas assez. Des rumeurs de Wathort; des nouvelles d'Enlad. D'étranges nouvelles, et qu'il nous faut prendre en considération. Mais bâtir une grande peur sur si petite fondation n'est pas nécessaire. Notre pouvoir n'est pas menacé simplement parce que quelques sorciers ont oublié leurs sorts. »

– « C'est mon avis », dit un homme maigre au regard perçant, le Maître Ventier. « Ne disposons-nous pas de tous nos pouvoirs? Les arbres du Bosquet ne croissent-ils point, ne donnent-ils point de feuilles? Les tempêtes des cieux n'obéissent-elles pas à notre parole? Qui peut craindre pour l'art de sorcellerie, qui est le plus ancien des arts humains? »

– « Nul homme », dit le Maître Appeleur, grand et jeune, avec une voix grave, un visage bistré et noble, « nul homme, nul pouvoir, ne peut entraver l'action de la sorcellerie, ou faire taire les mots du pouvoir. Car ils sont les mots mêmes de la Création, et celui qui serait capable de les faire taire pourrait défaire le monde. »

– « Oui, et un homme capable de semblable chose ne se trouverait point sur Wathort ni sur Narveduen », dit le Changeur. « Il serait ici, aux portes de Roke, et la fin du monde serait proche! Nous n'en sommes pas encore à ce point. »

– « Cependant, quelque chose ne va pas », dit un autre, et ils le regardèrent : la poitrine puissante, solide comme un fût de chêne, il était assis près du feu, et sa voix sortait de lui douce et juste comme la note d'une cloche énorme. C'était le Maître Chantre. « Où est le roi qui devrait être à Havnor? Roke n'est pas le cœur du monde. Mais cette tour, sur laquelle se dresse l'épée d'Erreth-Akbe, et à l'intérieur de laquelle se trouve le trône de Serriadh, d'Akambar, de Maharion. Huit cents ans que le cœur du monde est vide! Nous avons la couronne, mais point de roi pour la porter. Nous avons la Rune Perdue, la Rune du Roi, la Rune de Paix, qui nous a été rendue, mais avons-nous la paix? Qu'il y ait un roi sur le trône, et nous aurons la paix, et jusque dans les Lointains Extrêmes les sorciers pratiqueront leurs arts avec l'esprit, et viendra l'ordre, et un temps voulu pour chaque chose. »

– « Oui », dit le Maître Manuel, homme mince et vif, au maintien modeste mais aux yeux clairs et pénétrants. « Je suis avec toi, Chantre. Quoi d'étonnant si la sorcellerie se dévoie, quand tout le reste en fait autant? Si le troupeau entier s'égare, la brebis galeuse restera-t-elle sagement dans le parc? »

A ces mots, le Portier rit, mais ne dit rien.

– « Il vous semble donc à tous », dit l'Archimage, « qu'il n'y ait rien de très grave; ou qu'en tout cas tout repose sur le fait que nos contrées ne sont pas gouvernées, ou le sont mal, de telle sorte que tous les arts et les talents élevés des hommes souffrent de négligence. Sur ce point je suis d'accord. Il est vrai que le Sud est pratiquement perdu au commerce paisible, et que c'est pour cela que nous devons nous fonder sur des rumeurs; et qui peut dire avec certitude ce qui se passe dans le Lointain Ouest, à part cette nouvelle de Narveduen? Si les bateaux partaient et revenaient à bon port, comme jadis, si nos contrées de Terremer étaient unies, nous pourrions connaître l'état des choses dans les lieux reculés, et ainsi agir. Et je pense qu'il nous faudrait le faire. Car, mes seigneurs, quand le Prince d'Enlad nous dit qu'il a prononcé les mots de la Création pour un sort, et qu'il ne savait plus leur signification en les prononçant; quand le Maître Modeleur dit qu'à la racine se trouve la peur, et refuse d'en dire plus, notre anxiété est-elle si dénuée de fondement? Quand une tempête commence, elle n'est qu'un petit nuage sur l'horizon. »

– « Tu pressens bien les choses noires, Épervier », dit le Portier. « Tu l'as toujours fait. Dis-nous où est le mal, d'après toi. »

– « Je l'ignore. Le pouvoir s'affaiblit. La résolution fait défaut. Le soleil s'obscurcit. J'ai l'impression, mes seigneurs, j'ai l'impression que nous qui parlons ici sommes tous blessés mortellement, et que, tandis que nous parlons, et parlons encore, notre sang s'écoule doucement de nos veines... »

– « Et tu voudrais te lever et agir. »

– « Oui », dit l'Archimage.

– « Eh bien », dit Portier, « les hiboux peuvent-ils empêcher l'épervier de voler? »

– « Mais où irais-tu? » demanda le Changeur, et le Chantre lui répondit : « Chercher notre roi et l'amener à son trône! »

L'Archimage regarda le Chantre d'un œil aigu, mais dit seulement : « J'irai là où est le mal. »

– « Au sud, ou à l'ouest », dit le Maître Ventier.

– « Et au nord et à l'est si besoin est », dit le Portier.

– « Mais on a besoin de vous ici, mon seigneur », dit le Changeur. « Plutôt que de partir dans une quête aveugle parmi des gens hostiles, sur des mers étrangères, ne serait-il pas plus sage de rester ici, où la magie est forte, et découvrir par vos arts ce qu'est ce mal ou ce désordre? »

– « Mes arts ne me servent de rien », dit l'Archimage. Il y avait quelque chose dans sa voix qui fit qu'ils le regardèrent tous, calmes mais les yeux inquiets. « Je suis le Gardien de Roke. Je ne quitte point Roke à la légère. J'aimerais que votre avis et le mien fussent identiques; mais on ne peut plus à présent l'espérer. La décision doit être mienne : et je dois partir. »

– « Devant cette décision, nous nous inclinons », dit l'Appeleur.

– « Et je pars seul. Vous êtes le Conseil de Roke, et il ne faut pas l'affaiblir. Cependant il en est un que je prendrai avec moi, s'il accepte. » Il regarda Arren. « Tu m'as offert tes services hier. La nuit dernière, le Maître Modeleur a dit : Ce n'est pas par hasard qu'on aborde aux rivages de Roke. Ce n'est pas par hasard qu'un fils de Morred est le porteur de ces nouvelles. Et pour nous il n'eut d'autre parole de toute la nuit. Par conséquent, je te demande, Arren : veux-tu venir avec moi? »

– « Oui, mon seigneur », fit Arren, la gorge sèche.

– « Le prince votre père ne voudrait sûrement point vous laisser partir au-devant d'un tel péril », dit le Changeur, avec une certaine brusquerie, et à l'Archimage : « Le garçon est jeune, et inexpert en sorcellerie. »

– « J'ai assez d'ans et de sorts pour nous deux », dit Épervier d'une voix sèche. « Arren, que dirait ton père? »

– « Il me laisserait partir. »

– « Qu'en savez-vous? » interrogea l'Appeleur.

Arren ne savait pas où il lui faudrait aller, ni quand, ni pourquoi. Il était éperdu, et décontenancé par ces hommes terribles, honnêtes et graves. S'il avait eu le temps de penser, il n'aurait rien pu dire. Mais il n'avait pas le temps de penser; et l'Archimage lui avait demandé : « Veux-tu venir avec moi? »

– « Lorsqu'il m'envoya ici, mon père me dit : Je crains qu'une sombre période n'arrive sur le monde, des temps dangereux. C'est pourquoi je t'envoie de préférence à tout autre messager, car tu pourras juger si nous devons en cette matière demander l'aide de l'Ile des Sages, ou leur offrir l'aide d'Enlad. Donc, si l'on a besoin de moi, je suis prêt. »

Il vit l'Archimage sourire à ces paroles. Et une grande douceur illumina ce sourire, bien qu'il eût été bref. « Voyez-vous? » fit-il à l'adresse des sept mages. « L'âge ou la sorcellerie pourraient-ils ajouter quelque chose à cela? »

Arren sentit alors qu'ils le regardaient avec un air d'approbation, mais cependant encore méditatif et interrogateur. L'Appeleur prit la parole, et ses sourcils arqués s'alignèrent dans un froncement : « Je ne comprends pas, mon seigneur. Que vous incliniez à partir, soit. Il y a cinq ans que vous êtes ici en cage. Mais autrefois vous étiez seul; vous êtes toujours parti seul. Pourquoi accompagné maintenant? »

– « Je n'ai jamais eu besoin d'aide auparavant », dit Épervier, avec une nuance de menace, ou d'ironie, dans la voix. « Et j'ai trouvé un compagnon qui me convient. » Quelque effluve inquiétant planait autour de lui, et l'Appeleur à la haute stature ne lui posa pas d'autres questions, bien qu'il fronçât toujours les sourcils.

Mais le Maître Herbier, au regard calme et sombre comme celui d'un bœuf patient et sage, se leva de son siège, dressant sa taille monumentale. « Allez, mon seigneur », dit-il, « et emmenez le jeune homme. Et emportez toute notre confiance. »

Un à un, les autres donnèrent calmement leur accord, puis se retirèrent, seuls ou deux par deux; ne demeura que l'Appeleur. « Épervier », dit-il, « je ne cherche pas à contester ta décision. Je dis seulement : Si tu as raison, s'il y a déséquilibre et si un grand mal nous menace, un voyage à Wathort, ou dans le Lointain Ouest, ou au bout du monde, ce ne sera pas assez loin. Là où il te faudra peut-être aller, as-tu le droit d'emmener ce compagnon, et est-ce loyal envers lui? »

Ils se tenaient à l'écart d'Arren, et l'Appeleur avait baissé le ton, mais l'Archimage parla ouvertement : « C'est loyal. »

– « Tu ne me dis pas tout ce que tu sais », dit l'Appeleur.

– « Si je savais, je parlerais. Je ne sais rien. Je devine beaucoup. »

– « Laisse-moi aussi venir avec toi. »

– « Il faut quelqu'un pour garder les portes. »

– « Le Portier s'en charge... »

– « Pas seulement les portes de Roke. Reste ici, surveille le lever du soleil pour voir s'il sera lumineux, et surveille le mur de pierres pour voir qui le franchit et vers où ils tournent leur visage. Il y a une brèche quelque part, Thorion, il y a une cassure, une blessure, et c'est cela que je vais chercher. Si je me perds, peut-être la trouveras-tu. Mais attends cependant. Je te demande de m'attendre. » Il parlait à présent le Langage Ancien, le langage de la Création, dans lequel sont jetés tous les sorts véritables et dont dépendent tous les grands actes de magie; mais très rarement l'emploie-t-on dans la conversation, excepté chez les dragons. L'Appeleur n'éleva pas d'autre argument ni de protestation, mais inclina calmement sa haute tête devant l'Archimage et Arren, et s'en fut.

Le feu pétillait dans l'âtre. Aucun autre bruit ne se faisait entendre. Derrière les fenêtres se pressait le brouillard informe et terne.

L'Archimage contemplait les flammes, et semblait avoir oublié la présence d'Arren. Le jeune garçon se tenait à quelque distance de l'âtre, ne sachant pas s'il devait prendre congé ou attendre qu'on le renvoie, irrésolu et quelque peu affligé, se sentant à nouveau une petite silhouette dans un espace obscur, sans bornes, trompeur.

« Nous irons d'abord à Horteville », dit Épervier, en tournant le dos au feu. « C'est là que se rassemblent toutes les nouvelles en provenance du Lointain Sud, et peut-être trouverons-nous un indice. Ton navire attend toujours dans la baie. Parle au maître, qu'il aille transmettre le message à ton père. Je crois que nous devrions partir dès que possible. Au lever du jour, demain. Tu te rendras à l'escalier près du hangar à bateaux. »

– « Mon seigneur, que... » Sa voix défaillit un moment. « Que cherchez-vous? »

– « Je l'ignore, Arren. »

– « Alors... »

– « Alors comment mènerai-je ma quête? Cela aussi, je l'ignore. Peut-être sera-ce l'objet même de ma quête qui me trouvera. » Il sourit faiblement à Arren; mais son visage semblait de fer dans la lumière grise des fenêtres.

– « Mon seigneur », dit Arren, et sa voix était à présent assurée, « il est vrai que je descends de Morred, si l'on peut remonter aussi loin dans la généalogie avec quelque exactitude. Et si je puis vous servir, je tiendrai cela pour la plus grande chance et le plus grand honneur de ma vie; et il n'est rien que je ferai avec plus d'empressement. Mais j'ai peur que vous ne m'ayez considéré pour plus que je ne suis. »

– « Peut-être », dit l'Archimage.

– « Je n'ai ni dons ni talents extraordinaires. Je sais manier l'épée courte et l'épée noble. Je sais mener un bateau. Je connais les danses de la cour et les danses campagnardes. Je sais arranger une querelle entre courtisans. Je pratique la lutte; si je suis un piètre archer, j'ai quelque adresse au jeu de la balle au filet. Je sais chanter, jouer de la harpe et du luth. Et c'est tout. Rien de plus. De quel secours vous serai-je? Le Maître Appeleur a raison... »

– « Ah, tu as vu cela, n'est-ce pas? Il est jaloux! Il revendique le privilège d'une loyauté plus ancienne. »

– « Et d'une grande compétence, mon seigneur. »

– « Alors tu préférerais que ce soit lui qui vienne avec moi, et toi qui restes? »

– « Non!... Mais je crains... »

– « Que crains-tu? »

Des larmes jaillirent des yeux du garçon. « De faillir », dit-il.

L'Archimage se tourna à nouveau vers le feu. « Assieds-toi, Arren », dit-il; et l'adolescent vint s'asseoir sur le siège d'angle en pierre de l'âtre. « Je ne t'ai pas pris pour un sorcier, ni pour un guerrier, ni quoi que ce soit de déterminé. Ce que tu es, je l'ignore, bien que je sois heureux d'apprendre que tu sais mener un bateau... Ce que tu seras, nul ne le sait. Mais je sais une chose : tu es le fils de Morred et de Seriadh. »

Arren se tut. « C'est vrai, mon seigneur », finit-il par dire. « Mais... » L'Archimage demeura muet, et Arren fut obligé de terminer sa phrase : « Mais je ne suis pas Morred. Je ne suis que moi-même. »

– « Tu ne tires aucune fierté de ta lignée? »

– « Si, j'en tire fierté – parce qu'elle fait de moi un prince; c'est une responsabilité, une tâche dont il faut se montrer à la hauteur. »

L'Archimage acquiesça avec brusquerie : « C'est ce que je voulais dire. Renier le passé, c'est nier le futur. Un homme ne fait pas son destin; il l'accepte, ou le nie. Si les racines du sorbier sont peu profondes, il ne porte point de couronne. » A ces mots, Arren releva la tête en sursautant, car son vrai nom, Lebannen, signifiait sorbier. Mais l'Archimage n'avait pas dit son nom. « Tes racines sont profondes », poursuivit-il. « Tu as de la force, et il te faut de l'espace, de l'espace pour croître. C'est pourquoi je t'offre, au lieu d'une traversée sans risques pour rentrer à Enlad, un voyage périlleux vers un but inconnu. Tu n'es pas obligé de venir. C'est à toi de choisir. Mais je t'offre le choix. Car je suis las de la sécurité, et des toits, et des murs autour de moi. » Il acheva sa phrase abruptement et regarda autour de lui avec des yeux perçants qui ne voyaient rien.

Arren perçut la profonde agitation de cet homme, et en fut effrayé. Mais la peur vivifie, et c'est le cœur bondissant qu'il répondit : « Mon seigneur, je choisis de partir avec vous. »

Arren quitta la Grande Maison le cœur et l'esprit pleins d'étonnement. Il se disait qu'il était heureux, mais le mot ne semblait pas convenir. Il se disait que l'Archimage l'avait dit fort, et appelé à une grande destinée, et qu'il était fier de ces louanges; mais en réalité il n'était pas fier. Pourquoi? Le plus puissant enchanteur du monde lui avait dit : « Demain nous voguerons jusqu'à la lisière du malheur », et il avait hoché la tête, et allait partir : ne devait-il pas éprouver de la fierté? Ce n'était pourtant pas le cas. Il ne ressentait que de l'étonnement.

Il descendit les rues sinueuses et escarpées de la ville de Suif, découvrit le maître du navire sur les quais, et lui dit : « Je pars demain avec l'Archimage, vers

Wathort et le Lointain Sud. Dis au prince mon père que, lorsque je me serai acquitté de ce service, je rentrerai à Berila. »

Le capitaine du vaisseau arbora un air renfrogné. Il savait comment le porteur de semblable nouvelle pourrait être reçu par le Prince d'Enlad. « Il me faut un mot écrit de votre main, prince », dit-il. Trouvant cela juste, Arren partit en toute hâte – il avait le sentiment que tout devait être réglé sur-le-champ – et découvrit une étrange petite échoppe où il acheta une pierre à encre, un pinceau et un morceau de papier tendre et épais comme du feutre; puis il regagna avec précipitation le quai et s'assit sur le débarcadère pour écrire à ses parents. La pensée de sa mère tenant ce même morceau de papier, et lisant sa lettre, l'envahit de détresse. C'était une femme gaie et patiente, mais Arren savait qu'il était le fondement de son bonheur et qu'elle désirait ardemment son prompt retour. Il n'existait aucun moyen de la consoler de cette longue absence. Sa lettre était brève et sèche. Il signa de la rune-épée, scella la lettre avec un peu de goudron à calfater qu'il prit dans un pot à côté de lui et la donna au maître du navire. Puis : « Attends! » dit-il, comme si le bateau allait sur l'instant prendre la mer; et il remonta en courant les rues pavées de cailloutis jusqu'à l'étrange petite boutique. Il eut du mal à la retrouver, car les rues de Suif présentaient quelque aspect retors; il semblait presque que les tournants fussent à chaque fois différents. Il tomba enfin sur la bonne rue, et entra comme un trait dans l'échoppe en écartant les cordons de perles d'argile rouge qui ornaient le seuil. En achetant l'encre et le papier, il avait remarqué, sur un présentoir de broches et d'agrafes, une broche d'argent ayant la forme d'une rose sauvage; et sa mère s'appelait Rose. « Je vous achète ceci », dit-il, à sa manière hâtive et princière.

– « Un ouvrage d'argent antique de l'Ile d'O. Je vois que vous êtes un connaisseur en art ancien », dit le boutiquier, observant la garde – et non le splendide fourreau – de l'épée d'Arren. « Ce sera quatre ivoires. »

Arren paya sans protester ce prix plutôt élevé; il avait la bourse pleine des jetons d'ivoire qui servaient de monnaie dans le Pays de l'Intérieur. L'idée de faire un cadeau à sa mère lui plaisait; l'acte d'acheter lui convenait; en quittant la boutique, il posa la main sur le pommeau de son épée, l'air quelque peu fanfaron.

Son père lui avait donné cette arme la veille de son départ d'Enlad. Il l'avait recueillie solennellement et l'avait portée, comme si c'eût été un devoir, même à bord du navire. Il était fier de ce poids à sa hanche, du poids de son grand âge sur son esprit. Car c'était l'épée de Serriadh, qui était le fils de Morred et d'Elfarranne; il n'y avait rien de plus ancien au monde, si ce n'était l'épée d'Erreth-Akbe, qui se trouvait au sommet de la Tour des Rois à Havnor. Celle qui était maintenant l'épée d'Arren n'avait jamais été posée ni rangée dans un coffre, mais toujours portée; cependant elle n'était pas usée par les siècles ni affaiblie, car elle avait été forgée avec un enchantement fort puissant. Son histoire disait qu'elle n'avait jamais été dégainée, et ne pourrait jamais l'être qu'au service de la vie. Pour nul but sanguinaire, de revanche ou de cupidité, elle ne se laisserait manier. C'était d'elle, le plus grand trésor que possédât sa famille, qu'Arren avait reçu son nom usuel : Arrendek, l'avait-on appelé quand il était enfant : « la petite épée ».

Il ne s'en était jamais servi, non plus que son père ni son grand-père. La paix régnait sur Enlad depuis longtemps.

Et maintenant, dans les rues de l'étrange ville de l'Ile des Sorciers, cette poignée lui semblait étrangère au toucher. Il la sentait peu maniable et froide. Pesante, l'épée gênait sa marche, traînant derrière lui. Et l'émerveillement qu'il avait ressenti, encore présent en lui, s'était cependant refroidi. Il redescendit vers le quai, donna la broche au maître du navire pour sa mère, et lui fit ses adieux en lui souhaitant un voyage de retour sans histoire. Faisant demi-tour, il tira son manteau par-dessus le fourreau qui contenait l'arme antique et inflexible, cet objet de mort dont il avait hérité. Il ne se sentait plus d'humeur fanfaronne. « Que fais-je? » se disait-il, gravissant sans nulle hâte à présent les étroits passages qui menaient à la Grande Maison au-dessus de la ville, qui se dressait massive comme une forteresse. « Comment se fait-il que je ne rentre point chez moi ? Pourquoi m'en vais-je chercher quelque chose que je ne comprends pas, avec un homme que je ne connais pas ? »

Et il ne trouvait aucune réponse à ses questions.

III

HORTEVILLE

DANS l'obscurité qui précède l'aurore, Arren revêtit les habits qu'on lui avait donnés, un costume de marin, fort usagé mais propre, et dévala les couloirs silencieux de la Grande Maison jusqu'à la porte est, gravée d'une corne et d'une dent de dragon. Là, le Portier le fit sortir et lui indiqua avec un léger sourire le chemin qu'il devait prendre. Il suivit la plus haute rue de la ville, puis un sentier conduisant aux hangars à bateaux de l'école, sur la baie située au sud des docks de Suif. C'est à peine s'il pouvait deviner sa route. Arbres, toits, collines apparaissaient comme autant de masses informes dans le vague; l'air obscur était totalement immobile et très froid, et l'entour calme, sombre et renfermé. Se dessinait seulement, sur la mer d'encre, à l'est, une pâle ligne claire : l'horizon, sur le point de basculer vers le soleil encore invisible.

Il arriva aux marches du hangar. Il n'y avait là personne, et rien ne bougeait. Dans son volumineux manteau de marin, sous sa casquette de laine, il avait assez chaud, mais frissonnait pourtant, debout sur les degrés de pierre tapis dans l'ombre, attendant.

Les hangars à bateaux se silhouettaient en noir au-dessus de l'eau noire; et, soudain, de cette direction lui parvint un son mat et creux, comme un coup violent, qui se répéta trois fois. Les cheveux d'Arren se dressèrent sur sa tête. Une ombre longiligne glissa silencieusement sur l'eau. C'était un bateau, et il filait doucement vers la jetée. Arren dégringola les marches, courut jusqu'à la digue, et sauta dedans.

« Prends la barre », dit l'Archimage, silhouette souple et obscure à la proue, « et tiens-la droit pendant que je hisse la voile. »

Ils étaient déjà hors du port; la voile se déployait au mât comme une aile blanche, reflétant la lumière naissante. « Un vent d'ouest qui nous épargne de ramer pour sortir de la baie, c'est un cadeau d'adieu du Maître Ventier, à n'en pas douter. Fais attention, garçon, l'embarcation gouverne très légèrement! C'est bien. Un vent d'ouest et une aube claire pour ce Jour d'Équilibre du printemps. »

– « Est-ce *Voitloin,* ce bateau? » Arren avait entendu parler du bateau de l'Archimage par les chants et les contes.

– « Oui », dit l'autre, occupé aux cordages. Le bateau sautait et virait tandis que le vent fraîchissait; Arren serra les dents et s'efforça de lui faire garder le cap.

« Il gouverne légèrement, mais un peu capricieusement, seigneur. »

L'Archimage rit. « Laisse-le faire; lui aussi est sage. Écoute », et il s'arrêta, s'agenouillant sur le banc de nage pour faire face à Arren, « je ne suis plus seigneur, ni toi prince. Je suis un marchand du nom de Faucon, et tu es mon neveu, je t'apprends les mers et tu t'appelles Arren; car nous venons d'Enlad. De quelle ville? Une grande, au cas où nous rencontrerions un concitoyen. »

– « Temère, sur la côte sud? Ils font commerce avec tous les Lointains. »

L'Archimage acquiesça.

« Mais », fit Arren avec précaution, « vous n'avez pas exactement l'accent d'Enlad. »

– « Je sais. J'ai l'accent de Gont », dit son compagnon en riant, les yeux levés vers l'est qui s'éclaircissait. « Mais je crois que je pourrai t'emprunter ce qui me manque. Donc nous venons de Temère, dans notre bateau Dauphin, et je ne suis ni seigneur, ni mage, ni Épervier, mais... quel est mon nom? »

– « Faucon, mon seigneur. »

Aussitôt Arren se mordit la langue.

– « De la pratique, mon neveu », dit l'Archimage. « Il faut de la pratique. Tu n'as jamais été autre chose qu'un prince. Alors que j'ai été toutes sortes de choses et en dernier lieu, et c'est peut-être le moins important, Archimage... Nous allons vers le sud, à la recherche de pierre d'emmelle, cette chose bleue dont on taille des sorts. Je sais qu'on lui attache grande valeur à Enlad. On en fait des charmes contre les rhumatismes, les entorses, les torticolis et le bégaiement. »

Au bout d'un moment, Arren se mit à rire, et, en même temps qu'il redressait la tête, le bateau se souleva sur une longue vague; et il aperçut le limbe du soleil sur la lisière de l'océan, soudain flamboiement d'or devant eux.

Épervier se tenait d'une main au mât, car la légère embarcation bondissait sur les vagues qu'elle heurtait, et, face au soleil levant de l'équinoxe du printemps, il se mit à chanter. Arren ne connaissait pas le Langage Ancien, la langue des sorciers et des dragons, mais il sentait les louanges et l'allégresse contenues dans les paroles, dont le rythme à la cadence formidable était pareil au flux et au reflux des marées ou à l'équilibre du jour et de la nuit se succédant l'un l'autre éternellement. Des mouettes criaient dans le vent, et les rivages de la Baie de Suif défilaient à droite et à gauche; et ils atteignirent ainsi les longues vagues, pleines de lumières, de la Mer du Centre.

Le voyage de Roke à Horteville n'est point une grande affaire, mais ils passèrent trois nuits en mer. L'Archimage avait précipité le départ; mais maintenant qu'il était parti, il se montrait plus que patient. Les vents devinrent contraires dès qu'ils se furent éloignés du climat enchanté de Roke, mais il n'appela pas dans leurs voiles un vent de mage, comme aurait pu le faire tout autre faiseur de temps. Au lieu de cela, il passa des heures à apprendre à Arren comment diriger le bateau par un fort vent debout, dans la mer aux crocs de roc à l'est d'Issel. La deuxième nuit, il plut, une pluie de mars rude et froide, mais l'Archimage ne prononça aucun sort pour la repousser. La nuit suivante, comme ils se trouvaient à l'entrée du port d'Horteville, dans une obscurité calme, froide et brumeuse, Arren se mit à méditer là-dessus, et s'aperçut que, durant la courte période qui s'était écoulée depuis qu'il le connaissait, l'Archimage n'avait accompli aucune magie.

Il était cependant un marin sans pareil. Arren en avait plus appris en trois jours de navigation avec lui qu'en dix ans de canotage et de courses dans la baie de Berila.

Et il n'y a pas si loin du mage au navigateur; tous deux travaillent avec les puissances du ciel et de la mer, soumettent à leur service des vents formidables, et font se rapprocher ce qui était éloigné. Archimage ou Faucon, négociant maritime, cela revenait au même.

C'était un homme plutôt silencieux, bien que d'un caractère fort aimable. Il ne s'impatientait d'aucune maladresse d'Arren; d'une compagnie agréable, il ne pouvait y avoir meilleur camarade de bord, pensait Arren. Mais il s'absorbait dans ses pensées et restait silencieux pendant des heures d'affilée, et lorsqu'il lui fallait parler, il y avait de l'âpreté dans sa voix; son regard transperçait alors Arren. Cela n'affaiblissait pas l'amour que le jeune garçon éprouvait pour lui, mais peut-être cela atténuait-il la sympathie; c'était quelque peu intimidant. Peu-être Épervier le ressentait-il, car dans cette nuit embrumée, au large de Wathort, il se mit à parler, de façon plutôt hésitante, de lui-même. « Je n'ai pas envie de revenir parmi les hommes demain », dit-il. « J'ai fait semblant d'être libre... Comme si rien n'allait mal dans le monde. Comme si je n'étais ni Archimage, ni même sorcier. Comme si j'étais Faucon de Temère, sans responsabilités ni privilèges, ne devant rien à personne... » Il s'arrêta, puis reprit au bout d'un moment : « Essaie de choisir avec soin, Arren, lorsque de grands choix devront être faits. Quand j'étais jeune, j'eus à choisir entre être ou agir. Et j'ai bondi sur la seconde solution comme une truite sur une mouche. Mais chacun de tes gestes, chacun de tes actes, te lie à lui et à ses conséquences, et te force à agir de nouveau et sans cesse. Il est donc très rare de rencontrer un espace, un moment comme celui-ci, entre l'acte et l'acte, où il soit possible de s'arrêter et simplement d'être. Ou se demander qui, après tout, est-on. »

Comment un tel homme pouvait-il, pensa Arren, mettre en doute qui il était et ce qu'il était? Il croyait que semblables doutes étaient réservés aux jeunes qui n'avaient encore rien accompli.

Ils se balançaient dans les ténèbres immenses et froides.

« C'est pour cela que j'aime la mer », dit Épervier.

Arren le comprenait; mais ses propres pensées allaient de l'avant, comme elles n'avaient cessé de le faire durant ces trois jours et ces trois nuits; il pensait à leur quête, au but de cette traversée. Et, puisque son compagnon était enfin d'humeur loquace, il demanda : « Croyez-vous que nous trouverons à Horteville ce que nous cherchons? »

Épervier secoua la tête, signifiant par là qu'il ne le croyait pas, ou qu'il n'en savait rien.

« Se peut-il qu'il s'agisse d'une sorte de peste, un fléau passant d'une contrée à l'autre, flétrissant les récoltes et les troupeaux, et l'esprit des hommes? »

– « La peste est un mouvement de la grande balance, de l'Équilibre lui-même; ceci est différent. La puanteur du mal s'en exhale. Lorsque la balance des choses se redresse, nous pouvons en souffrir, mais nous ne perdons pas l'espoir, ne renonçons pas à l'art, et n'oublions pas les mots de la Création. La nature n'est pas dénaturée. Mais ceci n'est pas un redressement de la balance, mais un dérèglement. Et il n'existe qu'une seule créature capable de faire cela. »

– « Un homme? » dit Arren, hésitant.

– « Nous, les hommes. »

– « Comment? »

– « Par un désir démesuré de vie. »

– « De vie? Mais ce n'est point mal que de vouloir vivre? »

– « Non. Mais lorsque nous désirons le pouvoir sur la vie – fortune inépuisable, invincibilité, immortalité

– alors ce désir devient cupidité. Et si la science s'allie à cette cupidité, survient le mal. Alors la balance du monde penche, et le malheur pèse lourd dans le plateau. »

Arren rumina un moment, et dit finalement : « Vous croyez donc que c'est un homme que nous cherchons ? »

– « Un homme et un mage. Oui, je le crois. »

– « Mais je pensais, d'après ce que m'ont enseigné mon père et mes professeurs, que les grands arts de sorcellerie dépendaient de la balance, de l'Équilibre des choses, et ne pouvaient ainsi être utilisés à des fins mauvaises. »

– « C'est un point », dit Épervier avec une sorte de rictus, « dont on peut débattre. *Infinies sont les discussions des mages...* Chaque contrée de Terremer connaît des sorcières qui jettent des sorts impropres, des enchanteurs qui emploient leur art pour conquérir des richesses. Mais il y a plus. Le Seigneur du Feu, qui chercha à défaire les ténèbres et arrêter le soleil à midi, était un grand mage ; même Erreth-Akbe eut du mal à le vaincre. L'Ennemi de Morred était de cette sorte. Quand il arrivait, des cités entières s'agenouillaient devant lui ; des armées combattaient pour lui. Le sort qu'il tissa contre Morred était si puissant que, même après que l'Ennemi fut tué, on ne put arrêter ce sort, et l'Ile de Soléa fut submergée par la mer, et tout sur cette île périt. C'étaient des hommes en lesquels un pouvoir et une science immenses servaient une volonté de mal, et s'en nourrissaient. Si la sorcellerie qui sert une fin meilleure se revèle toujours la plus forte, nous l'ignorons, en fait. Nous l'espérons seulement. »

Il est quelque peu décevant de ne trouver que l'espoir là où on attendait la certitude. Arren se sentait peu disposé à demeurer sur ces froids sommets. Il dit au bout d'un moment : « Je crois comprendre pourquoi vous dites que seuls les hommes font le mal. Même les requins sont innocents ; ils tuent parce qu'ils doivent le faire. »

– « C'est pour cela que rien ne peut nous résister. Une seule chose au monde peut résister à un homme au cœur mauvais. C'est un autre homme. Dans notre honte réside notre gloire. Seul notre esprit, capable du mal, est apte à le surmonter. »

– « Mais les dragons? » dit Arren. « Ne font-ils pas un mal énorme? Sont-ils eux aussi innocents? »

– « Les dragons! Les dragons sont avares, insatiables, perfides; sans pitié ni remords. Mais sont-ils mauvais? Qui suis-je pour juger les actes des dragons?... Ils sont au fond plus sages que les hommes. Il en est d'eux comme des rêves, Arren. Nous, les hommes, faisons des rêves, de la magie, du bien et du mal. Les dragons ne rêvent pas. Ils *sont* des rêves. Ils ne font pas de magie : c'est leur substance, leur être. Ils ne la font pas : ils sont! »

– « A Serilune », fit Arren, « se trouve la peau de Bar Oth, tué par Keor, prince d'Enlad, il y a trois cents ans. Nul dragon n'est jamais venu à Enlad depuis ce jour. J'ai vu la peau de Bar Oth. Elle est lourde comme le fer, et si large que si on l'étalait elle couvrirait toute la place du marché de Serilune, dit-on. Les dents sont longues comme mon avant-bras. Pourtant on dit que Bar Oth était un jeune dragon, pas encore adulte. »

– « Il y a en toi le désir », dit Epervier, « de voir des dragons. »

– « Oui. »

– « Leur sang est froid, et venimeux. Tu ne dois pas les regarder dans les yeux... Ils sont plus vieux que l'humanité... » Il demeura silencieux un certain temps, puis reprit : « Même si je venais à oublier ou regretter tout ce que j'ai accompli, je me rappellerais avoir vu une fois les dragons haut dans le vent au soleil couchant, au-dessus des îles occidentales; et je serais content. »

Tous deux se turent alors, et il n'y eut plus de lumière ni aucun bruit, sinon le murmure de l'eau sur le bateau. Ainsi, finalement, sur les eaux profondes, s'endormirent-ils.

Dans la brume lumineuse du matin, ils arrivèrent dans Horteport, où une centaine d'embarcations mouillaient, d'autres levant l'ancre : bateaux de pêche (pêche au crabe, pêche au chalut), navires marchands, deux galères de vingt rames, une immense galère de soixante rames en mauvais état, et quelques longs et minces voiliers à hautes voiles triangulaires conçues pour capter les courants supérieurs de l'air dans les calmes chauds du Lointain Sud. « Est-ce un bateau de guerre? » questionna Arren en passant devant l'une des galères de vingt rames; et son compagnon répondit : « Il sert à la traite des esclaves, si j'en juge par les chaînes, dans sa cale. On vend des hommes dans le Lointain Sud. »

Arren pesa un instant ces mots, puis alla jusqu'au coffre qui renfermait son équipement, et y prit son épée, qu'il avait enveloppée avec soin et rangée le matin de leur départ. Il la découvrit et demeura indécis, tenant à deux mains l'épée dans son fourreau, d'où pendait le baudrier.

« Ce n'est pas là l'épée d'un négociant maritime », dit-il. « Le fourreau est trop beau. »

Épervier, s'affairant à la barre, lui jeta un regard. « Porte-la si tu le veux. »

– « Je pensais que ce pourrait être sage. »

– « Comparée aux autres, cette épée est sage », dit son compagnon, le regard vigilant, en se frayant un passage à travers la baie encombrée. « Cette épée ne répugne-t-elle pas à être utilisée? »

Arren acquiesça. « C'est ce qu'on raconte. Pourtant elle a tué. Elle a tué des hommes. » Il baissa les yeux sur la garde mince et usée par le contact des mains. « Elle a tué, mais pas moi. Cela me donne le sentiment d'être un imbécile. Elle est beaucoup trop vieille pour moi... Je vais prendre mon couteau », termina-t-il, et il rhabilla l'épée et la fourra au fond du coffre. Son visage était perplexe et irrité. Épervier ne dit rien, jusqu'à ce qu'il demandât : « Veux-tu maintenant prendre les avirons, mon garçon? Nous allons vers la jetée, près de l'escalier. »

Horteville, l'un des Sept Grands Ports de l'Archipel, s'étageait depuis son bruyant front de mer, sur les pentes de trois collines abruptes, dans un fouillis de couleurs. Les maisons étaient d'argile enduite de rouge, d'orange, de jaune, de blanc; les toits étaient en tuiles pourpres ; des arbres pendiques en fleur tachaient de masses rouge sombre les rues d'en haut. Des vélums rayés de couleurs criardes s'étiraient d'un toit à l'autre, ombrageant des places de marché étroites. Les quais étaient éclairés de soleil ; les rues montant du front de mer étaient pareilles à des fentes sombres emplies d'ombres, de gens et de bruit.

Lorsqu'ils eurent amarré le bateau, Épervier se baissa, comme pour vérifier le nœud, et dit : « Arren, il y a à Wathort des gens qui me connaissent bien ; aussi regarde-moi, pour pouvoir me reconnaître. » Quand il se redressa, il n'y avait plus de cicatrice sur son visage. Sa chevelure était entièrement grise ; son nez était épais et un peu camus ; et au lieu d'un bâton d'if haut comme lui, il portait une baguette d'ivoire, qu'il cacha dans sa chemise. « Me reconnais-tu ? » fit-il à Arren avec un large sourire ; et, parlant avec l'accent d'Enlad : « N'as-tu donc jamais fu ton ongle ? »

Arren avait déjà vu à la cour de Berila des sorciers changer de visage en mimant la *Geste de Morred*, et savait que ce n'était qu'une illusion ; il conserva ses esprits et parvint à répondre : « Oh si, ongle Faugon ! »

Mais, tandis que le mage se querellait avec le gardien du port au sujet des tarifs de mouillage et de surveillance du bateau, Arren ne cessa de le regarder pour se convaincre qu'il le connaissait bien. Et plus il le regardait, plus il était troublé par cette transformation, au lieu de s'y habituer. Elle était trop complète ; ce n'était plus du tout l'Archimage, ce n'était plus le guide et le chef plein de sagesse... Le tarif demandé par le garde était élevé ; Épervier grommela en l'acquittant et partit à grandes enjambées en compagnie d'Arren, tout en continuant à grommeler. « Quelle épreuve pour ma patience ! » dit-il. « Payer ce voleur pansu pour garder mon bateau ! Alors que la moitié d'un sort ferait deux fois mieux l'affaire ! Enfin, c'est le prix du travestissement... Et j'en oublie de parler correctement, n'est-ce pas, mon nefeu ? »

Ils remontaient une rue encombrée, bigarrée et odorante, bordée de boutiques qui n'étaient guère plus que des baraques, et dont les propriétaires se tenaient sur le seuil parmi des monceaux et des guirlandes de marchandises, proclamant d'une voix forte le bas prix et la beauté de leurs pots, bonnets, chapeaux, pelles, épingles, bourses, bouilloires, paniers, couteaux, cordes, pièces de toile, draps, et toutes autres sortes d'articles de quincaillerie et de mercerie.

« Est-ce une foire? »

– « Eh? » fit l'homme au nez camus, penchant sa tête grisonnante.

– « Est-ce une foire, mon ongle? »

– « Une foire? Non, non. C'est ainsi à longueur d'année, ici. Gardez vos galettes de poisson, j'ai déjeuné! » De son côté, Arren tentait de se débarrasser d'un homme portant un plateau de petits vases de cuivre, qui lui collait aux talons en pleurnichant : « Achetez, essayez, mon beau jeune homme, ils ne vous décevront pas, l'haleine aussi douce que les roses de Numina, pour charmer les femmes autour de vous; essayez-les, jeune seigneur des mers, jeune prince... »

Tout à coup, Épervier se trouva entre Arren et le colporteur, et dit : « De quels charmes s'agit-il? »

– « Pas des charmes! » L'homme grimaça, se déroba. « Je ne vends pas de charmes, maître marin! Seulement des sirops qui adoucissent l'haleine après la boisson ou la racine d'hazia... Seulement des sirops, grand prince! » Il s'aplatit sur le pavé, les vases sur son plateau cliquetèrent et s'entrechoquèrent, et certains se renversèrent, si bien que des gouttes du liquide poisseux qu'ils contenaient suintèrent, roses ou violettes, par-dessus le rebord.

Épervier se détourna sans mot dire, et poursuivit son chemin en compagnie d'Arren. Bientôt la foule se fit moins dense et les boutiques devinrent misérables, petites niches exhibant pour toute marchandise une poignée de clous tordus, un pilon brisé et un vieux peigne à carder. Mais cette pauvreté écœurait moins Arren que le reste; dans la partie riche de la rue, il s'était senti étouffé, suffoqué par la pression des objets à vendre et des voix lui criant d'acheter, d'acheter. Et l'abjection du colporteur l'avait choqué. Il pensait aux rues froides et claires de sa ville du Nord. Aucun homme de Berila, se dit-il, n'aurait rampé de cette manière devant un étranger. « Quel peuple répugnant! » dit-il.

– « Par ici, mon nefeu », fut la seule réponse de son compagnon. Ils tournèrent et empruntèrent un passage entre les murs des maisons, hauts, pourpres, dépourvus de fenêtres, un passage courant au flanc de la colline et traversant une arcade ornée de bannières tombant en poussière, pour ressortir à la lumière sur une autre place de marché, en pente, encombrée de baraques et d'étalages, grouillante de gens et de mouches.

Dans les angles de la place carrée, un certain nombre d'hommes et de femmes étaient assis ou étendus sur le dos, immobiles. Leur bouche était curieusement noircie, comme meurtrie, et autour de leurs lèvres grouillaient et se rassemblaient les mouches, formant comme des grappes de raisins secs.

« En si grand nombre », fit la voix d'Épervier, basse et haletante comme s'il eût également reçu un choc; mais lorsque Arren le regarda, il ne vit que le visage franc et brutal de Faucon, le robuste négociant, ne trahissant nulle inquiétude.

– « Qu'ont donc ces gens? »

– « Hazia! Cela apaise et engourdit, et dégage le corps de l'esprit. Et l'esprit divague en liberté. Mais quand il rejoint le corps, il lui faut davantage d'hazia... Le désir augmente; et la vie se raccourcit, car cette substance est un poison. Cela commence par un tremblement, puis c'est la paralysie, et ensuite la mort. »

Arren considéra une femme assise contre un mur chauffé par le soleil; elle avait levé la main comme pour chasser les mouches de son visage, mais la main dessinait dans l'air un geste saccadé et circulaire, comme si elle l'eût totalement oubliée et qu'elle ne fût mue que par des soubresauts de paralysie ou un tremblement des muscles. Le geste était pareil à une incantation vide de toute intention, à un sort dénué de sens.

Faucon la regardait aussi, sans manifester aucune expression. « Viens », dit-il.

Il lui fit traverser la place jusqu'à une baraque ombragée d'un vélum. Des zébrures de soleil colorées de vert, d'orange, de citron, de pourpre, d'azur, traversaient des étoffes, des châles et des ceintures tissés jurant à l'étalage, et dansaient, innombrables dans les minuscules miroirs qui ornaient la coiffure haute et emplumée de la femme qui vendait ces objets. Elle était adipeuse et psalmodiait d'une grosse voix : « Soies, satins, toiles, fourrures, feutres, lainages, toisons de Gont, gazes de Soul, soieries de Lorbanerie! Hé, vous, hommes du Nord, enlevez vos manteaux molletonnés; ne voyez-vous pas qu'il fait soleil? Que diriez-vous de ramener ceci à une jeune fille de la lointaine Havnor? Regardez ça, de la soie du Sud, fine comme l'aile d'éphémère! » Elle avait déployé d'une main preste une pièce de soie aérienne, d'un rose chatoyant de fils d'argent.

– « Non, la patronne, nous n'avons pas épousé des reines », dit Faucon, et la voix de la femme s'enfla comme celle d'une trompette : « Alors, de quoi habillez-vous vos femmes, de toile d'emballage? de toile à voile? Avares, qui ne voulez pas acheter un peu de soie à une pauvre femme gelant dans la neige éternelle du Nord! Que diriez-vous donc de ceci, une toison gontoise, pour vous aider à la tenir au chaud durant les nuits d'hiver? » Elle jeta sur le comptoir un immense carré brun et crème, tissé du poil soyeux des chèvres des îles du Nord-Est. Le soi-disant négociant avança la main pour le palper; et il sourit.

« Ah, vous êtes gontois? » dit la voix de trompette, et la coiffure oscillante envoya des milliers de points de couleur tournoyer sur le dais et les étoffes.

« C'est un ouvrage d'Andrade. Vous voyez? Il n'y a que quatre fils de chaîne sur la largeur d'un doigt, les Gontois en emploient six, ou même davantage. Mais, dites-moi, pourquoi êtes-vous passée de l'état de magicienne à celui de fripière? Quand je suis venu ici, il y a des années, je vous ai vue faire sortir des flammes des oreilles d'hommes, et vous transformiez ensuite les flammes en oiseaux et en cloches d'or, et c'était un commerce plus agréable que celui-ci. »

– « Ce n'était en aucune manière un commerce », dit la grosse femme; et, l'espace d'un moment, Arren sentit ses yeux, durs comme des agates, qui les contemplaient, Faucon et lui, par-dessous le chatoiement et l'agitation de ses plumes dansantes et de ses miroirs étincelants.

– « C'était joli, ces flammes qui sortaient des oreilles », dit Faucon d'un ton convaincu mais naïf. « J'aurais foulu faire voir à mon nefeu. »

– « Écoutez donc, vous », dit la femme d'une voix moins âpre, appuyant ses larges bras bruns et ses seins lourds sur le comptoir. « Nous ne voulons plus de ces tours. Les gens n'en veulent plus. Ils ont vu au travers d'eux. Ces miroirs – je vois que vous vous souvenez de mes miroirs », et elle secoua la tête, de sorte que les reflets des points colorés tourbillonnèrent autour d'eux d'une manière vertigineuse, « eh bien, vous pouvez semer la confusion dans l'esprit d'un homme grâce au clignotement de ces miroirs, avec des mots, et avec d'autres artifices que je ne vous dirai point, jusqu'à ce qu'il pense voir ce qu'il ne voit pas, ce qui n'existe pas. Comme les flammes et les cloches d'or, ou les costumes dont j'endimanchais les marins, en étoffe d'or avec des diamants comme des abricots; et ils partaient en se rengorgeant comme le Roi de Toutes les Iles... Mais c'étaient des tours, des supercheries! Il est possible de duper les hommes. Ils sont comme des poulets charmés par un serpent, par un doigt tendu devant eux. Les hommes sont comme des poulets. Mais en fin de compte ils apprennent qu'ils ont été dupés et désorientés, et se mettent en colère; et ils perdent tout plaisir à ce genre de chose. C'est pourquoi je me suis tournée vers ce négoce; peut-être les soies ne sont-elles pas toutes de vraies soies, ni toutes les toisons des gontoises, mais elles font de l'usage quand même... Elle font de l'usage! Elles sont réelles, et pas seulement des mensonges et de l'air, comme les costumes de tissu d'or. »

– « Bien, bien », dit Faucon, « il ne reste donc plus personne dans tout Horteville pour sortir du feu des oreilles, ou faire aucune magie, comme autrefois? »

A ces derniers mots la femme se rembrunit; elle se redressa et commença à replier soigneusement la toison. « Ceux qui veulent des mensonges et des visions mâchent l'hazia », dit-elle. « Allez leur parler si vous voulez! » Elle eut un signe de tête vers les silhouettes immobiles autour de la place.

– « Mais c'étaient des sorciers, ceux qui charmaient les vents pour les marins et jetaient des sorts de chance sur leurs cargaisons. Se sont-ils tous tournés vers d'autres métiers? »

Mais elle, soudain furieuse, couvrit sa voix en criant : « Il existe un sorcier, si vous en voulez un, un fameux, un sorcier avec un bâton et tout le reste... vous le voyez? Il a navigué avec Egre lui-même, pour créer les vents et découvrir de riches galères, à ce qu'il disait; mais ce n'étaient que des mensonges, et le Capitaine Egre a fini par lui donner sa juste récompense : il lui a coupé la main droite. Et le voilà, à présent; voyez-le, la bouche pleine d'hazia et la panse pleine d'air. D'air et de mensonges! Et voilà tout ce qu'il y a dans votre magie, Capitaine Bouc! »

– « Bien, bien, patronne », fit Faucon avec une douceur obstinée, « je posais seulement une question. » Elle présenta alors son large dos dans un formidable éblouissement de miroirs tournoyants; et il se remit en marche, Arren à son côté.

Il n'allait pas au hasard. Ses pas les menèrent près de l'homme qu'elle avait désigné. Il était appuyé contre un mur, les yeux vagues; le visage sombre et barbu avait été très beau. Le moignon du poignet, tout plissé, gisait sur le pavé dans la lumière brûlante du soleil, honteux.

Un brouhaha s'éleva dans les baraques derrière eux, mais Arren ne put détacher ses yeux de l'homme; une fascination horrifiée le retenait. « Était-ce réellement un sorcier? » demanda-t-il très bas.

– « C'est peut-être celui qu'on appelait Hare, qui était faiseur de temps pour le pirate Egre. C'étaient des voleurs célèbres... Attention, écarte-toi, Arren! » Un homme qui sortait tête baissée d'entre les baraques faillit les heurter. Un autre arriva au trot, aux prises avec un énorme plateau chargé de cordes, de galons et de dentelles. Une baraque s'effondra avec fracas; les vélums furent relevés ou rabattus en hâte; des groupes de gens se poussaient et se débattaient à travers la place; et des clameurs et des hurlements s'élevaient. Par-dessus tout cela résonnaient les cris claironnants de la femme à la coiffure de miroirs; Arren l'entrevit, maniant une sorte de perche ou une baguette contre une bande d'hommes, les écartant de larges coups d'estoc et de taille comme un escrimeur aux abois. Était-ce là une querelle qui s'était étendue jusqu'à devenir une émeute, une attaque d'une troupe de voleurs, ou une bataille entre deux groupes rivaux de colporteurs, on ne pouvait le dire; les gens passaient en courant, les bras pleins de marchandises qui pouvaient être du butin, ou encore leurs propres biens sauvés du pillage; il se levait des combats au couteau, aux poings, et des braillements retentissaient partout sur la place. « Par ici », dit Arren, montrant une rue latérale qui permettait de s'éclipser de la place, et il se dirigea par là, car il était clair qu'il valait mieux quitter les lieux sur-le-champ; mais son compagnon lui saisit le bras. Arren se retourna et vit que l'homme nommé Hare essayait de se remettre sur ses pieds. Quand il fut debout, il demeura un moment à vaciller, puis, sans un regard autour de lui, il se dirigea vers l'angle de la place, traînant son moignon le long des murs comme pour se guider ou se soutenir. « Ne le perds pas de vue », dit Épervier, et ils se mirent à le suivre. Personne ne les importuna, ni eux, ni l'homme qu'ils suivaient, et en une minute ils furent hors de la place du marché, descendant une ruelle étroite et tortueuse.

Au-dessus d'eux, les mansardes des maisons se touchaient presque par-dessus la rue, occultant la lumière; sous leurs pas les pierres étaient rendues glissantes par l'eau et les ordures. Hare avançait à bonne allure, bien qu'il laissât toujours traîner sa main le longs des murs comme un aveugle. Ils étaient contraints de le serrer d'assez près de crainte de le perdre à quelque croisement. L'excitation du chasseur envahit soudain Arren; tous ses sens étaient en alerte, comme durant une chasse au cerf dans les forêts d'Enlad; il voyait chaque visage avec netteté, et respirait la puanteur douceâtre de la cité, une odeur de détritus, d'encens, de charogne et de fleurs. Comme ils se faufilaient à travers une rue large et surpeuplée, il entendit battre un tambour, et aperçut une file d'hommes et de femmes nus, enchaînés les uns aux autres par la taille et le poignet, leurs cheveux emmêlés pendant sur leur figure : un regard, et ils avaient disparu, tandis qu'Arren descendait derrière Hare une volée de marches débouchant sur une place étroite et vide, à l'exception de quelques femmes bavardant devant la fontaine.

C'est là qu'Épervier rattrapa Hare et posa une main sur son épaule; à ce geste, Hare recula comme s'il eût été ébouillanté, et, tressaillant, alla se réfugier sous un porche massif. Il resta là, tremblant, et les fixa avec les yeux aveugles d'une proie prise au piège.

« T'appelles-tu Hare? » demanda Épervier, de sa voix naturelle, qui était rude mais recelait cependant une intonation affable. L'homme ne dit mot; il paraissait ne prêter aucune attention, ou ne pas entendre. « Je veux quelque chose de toi », dit Épervier. Là encore il n'y eut aucune réponse. « Je suis prêt à payer. »

Une réaction tardive : « Ivoire ou or? »

– « Or. »

– « Combien? »

– « Le sorcier connaît la valeur du sort. »

Le visage d'Hare grimaça et se fit différent; il devint vivant l'espace d'un moment, si bref que ce fut comme un frémissement, puis il s'obscurcit à nouveau et perdit toute expression. « Tout cela, c'est fini », dit-il, « fini ». Un accès de toux le fit se plier en deux; son crachat était noir. Quand il se redressa, il se tint immobile, frissonnant, et paraissant avoir oublié le sujet de leur entretien.

Arren l'observa à nouveau, fasciné. Le recoin dans lequel il se trouvait était formé de deux statues gigantesques flanquant un seuil, des personnages dont le cou pliait sous le poids d'un fronton et dont le corps aux muscles noueux n'émergeait du mur qu'en partie, comme s'ils avaient tenté de s'évader de la pierre pour s'ouvrir à la vie et avaient échoué à mi-chemin. La porte qu'ils gardaient avait pourri sur ses gonds; la maison, jadis un palais, était abandonnée. Les faces moroses et bombées des géants étaient ébréchées et couvertes de lichen. Entre ces formes massives, l'homme appelé Hare se tenait, flasque et fragile, les yeux aussi sombres que les fenêtres de la maison vide. Il leva son bras mutilé entre Épervier et lui, et gémit : « La charité pour un pauvre infirme, maître... »

Le mage se rembrunit, sous l'effet, semblait-il, du chagrin ou de la honte; Arren eut l'impression d'avoir un instant aperçu son vrai visage sous le travesti. Il posa encore sa main sur l'épaule de Hare et prononça quelques mots, doucement, dans la langue magique que Arren ne comprenait pas.

Mais Hare, lui, comprenait. S'accrochant à Épervier de son unique main, il bégaya : « Tu peux encore parler... parler. Viens avec moi, viens... »

Le mage jeta un coup d'œil à Arren, puis fit un signe de tête.

Ils descendirent par une rue en pente raide jusqu'à l'une des vallées entre les trois collines de Horteville. Les chemins devenaient plus étroits, plus sombres, plus déserts à mesure qu'ils descendaient. Le ciel était un ruban pâle entre les toits en surplomb, et de chaque côté les murs des maisons étaient humides. Au bas de la gorge courait un ruisseau, puant comme un égout à ciel ouvert; entre des ponts en arche, des maisons s'entassaient sur ses rives; Hare franchit le seuil ténébreux d'une de ces maisons, et s'évanouit comme la flamme d'une chandelle que l'on souffle. Ils le suivirent.

Les escaliers sans lumière fléchissaient et craquaient sous leurs pieds. Arrivé en haut, Hare poussa une porte, et ils purent voir où ils se trouvaient : une pièce vide avec un matelas bourré de paille dans un coin et une fenêtre sans vitres aux volets fermés, qui laissait entrer une petite lumière poussiéreuse.

Hare se tourna pour faire face à Épervier et lui saisit à nouveau le bras. Ses lèvres remuaient. Il dit enfin, en bredouillant : « Dragon... Dragon... »

Épervier lui rendit son regard avec calme, sans mot dire.

– « Je ne peux pas parler », dit enfin Hare, et, relâchant son étreinte du bras d'Épervier, il se recroquevilla sur le sol nu, en pleurant.

Le mage s'agenouilla près de lui et lui parla doucement dans l'Ancien Langage. Arren resta près de la porte fermée, la main sur le manche de son couteau. La lumière grise et la pièce poussiéreuse, les deux personnages agenouillés, le son doux et étrange de la voix du mage parlant la langue des dragons, tout cela lui parvenait comme un rêve sans rapport avec les événements du dehors ni le temps qui passe.

Lentement, Hare se releva. Il se brossa les genoux de sa main unique, et cacha son bras mutilé derrière son dos. Il regarda autour de lui, regarda Arren ; il voyait à présent ce qu'il regardait. Il se détourna aussitôt et s'assit sur son matelas. Arren resta debout, sur ses gardes ; mais, avec la simplicité de quelqu'un qui a été dans son enfance dépourvu de tout, Épervier s'assit sur le sol nu, jambes croisées. « Raconte-moi comment tu as perdu ton art, et le langage de cet art », dit-il.

Pendant un moment, Hare ne répondit pas. Il se mit à frapper sa cuisse de son bras mutilé, d'une façon saccadée, fiévreuse, et finit par dire, extrayant avec peine les mots, qui partaient cependant comme des salves : « Ils m'ont coupé la main. Je ne peux plus tisser les charmes. Ils m'ont coupé la main. Le sang s'est échappé, s'est tari. »

– « Mais cela s'est passé après que tu as perdu ton pouvoir, Hare, sinon ils n'auraient pu le faire ! »

– « Mon pouvoir... »

– « Ton pouvoir sur les vents, et les vagues et les hommes. Tu les appelais par leur nom et ils t'obéissaient. »

– « Oui. Je me rappelle que j'étais vivant », fit l'homme d'une voix basse et enrouée. « Et je connaissais les mots, et les noms... »

– « Es-tu mort à présent ? »

– « Non. Vivant. Vivant ! Mais autrefois j'étais un dragon... Je ne suis pas mort. Il m'arrive de dormir. Le sommeil est très proche de la mort, tout le monde sait cela. Et aussi que les morts marchent dans les rêves. Ils viennent à vous, vivants, et vous disent des choses. Ils sortent de la mort pour venir peupler les rêves. Il existe un chemin. Et, si l'on va assez loin, il y a un chemin pour revenir jusqu'au bout. On peut le trouver si l'on sait où chercher. Et si l'on est disposé à payer le prix. »

– « Quel est ce prix ? » La voix d'Épervier flottait sur l'air trouble comme l'ombre d'une feuille morte qui tombe.

– « La vie – quoi d'autre ? Avec quoi peut-on acheter la vie, sinon avec la vie ? » Hare se balançait d'avant en arrière sur son grabat, une lueur inquiétante et rusée dans les yeux. « Vois-tu », dit-il, « ils peuvent me couper la main. Ils peuvent me couper la tête. Cela n'a pas d'importance. Je peux trouver le chemin du retour. Je sais où chercher. Seuls des hommes puissants peuvent aller là-bas. »

– « Des sorciers, veux-tu dire ? »

– « Oui. » Hare hésita, parut faire plusieurs tentatives pour dire le mot ; mais il ne put le prononcer. « Des hommes de pouvoir », répéta-t-il. « Et ils doivent... ils doivent y renoncer. Payer. »

Puis il se fit maussade, comme si le mot « payer » eût enfin provoqué une association d'idées, et qu'il se fût rendu compte qu'il donnait des renseignements au lieu de les vendre. On ne put rien obtenir d'autre de lui, pas même des allusions et des bredouillements au sujet d'un « chemin de retour », auquel Épervier paraissait attacher une grande importance, et bientôt le mage se redressa. « Eh bien, une demi-réponse vaut mieux que point de réponse », dit-il, « et il en va de même pour le salaire. » Et, adroit comme un prestidigitateur, il lança une pièce d'or sur la paillasse en face de Hare.

Hare la ramassa. Il la contempla, et reporta son regard sur Épervier, puis sur Arren, avec des mouvements de tête saccadés. « Attends », bredouilla-t-il. Dès que la situation était modifiée, il cessait de l'avoir en main ; et à présent il cherchait lamentablement ses mots. « Cette nuit », dit-il enfin. « Attends. Cette nuit. J'ai de l'hazia. »

– « Je n'en ai nul besoin. »

– « Pour te montrer... Te montrer le chemin. Cette nuit, je t'emmènerai. Tu peux aller là-bas, parce que tu... tu es... »

Il chercha le mot jusqu'à ce que Épervier dise : « Je suis un sorcier. »

– « Oui! Donc nous pouvons... nous pouvons aller là-bas. Jusqu'au chemin. Quand je rêverai. Dans le rêve. Tu comprends? Je t'emmènerai. Tu iras avec moi, jusqu'au... jusqu'au chemin. »

Épervier était debout, solidement campé sur ses jambes, méditatif, au milieu de la pièce obscure. « Peut-être », dit-il enfin. « Si nous venons, nous serons ici à la tombée de la nuit. » Puis il se tourna vers Arren, qui ouvrit la porte aussitôt, impatient de partir.

La rue humide et ombragée paraissait lumineuse comme un jardin après la chambre de Hare. Ils prirent un raccourci jusqu'au haut de la ville, un escalier de pierre raide entre des murs couverts de lierre. Arren soufflait comme un lion de mer : « Ouf! Allez-vous retourner là-bas? »

– « Eh bien, je le ferai, si je ne puis obtenir de renseignement d'une source moins hasardeuse : il est capable de nous tendre un piège. »

– « Mais n'êtes-vous pas protégé contre les voleurs et les gens de cette sorte? »

– « Protégé? » dit Épervier. « Qu'entends-tu par là? Penses-tu que je me promène emmitouflé de sorts comme une vieille femme qui craint les rhumatismes? Je n'en ai pas le temps. Je dissimule mon visage pour dissimuler notre quête; c'est tout. Nous pouvons veiller l'un sur l'autre. Mais le fait est que nous ne pourrons éviter les dangers au cours de ce voyage. »

– « Bien sûr », fit Arren avec raideur, irrité, blessé dans son amour-propre. « Je ne cherchais point à l'éviter. »

– « Cela vaut mieux », dit le mage d'un ton sévère, avec cependant une certaine bonne humeur qui apaisa la colère d'Arren. A dire vrai, il était lui-même étonné de ce mouvement ; il n'aurait jamais cru pouvoir parler ainsi à l'Archimage. Mais ce Faucon au nez camus et aux joues carrées, mal rasées, dont la voix était tantôt la sienne, tantôt celle d'un autre, c'était l'Archimage et ce n'était pas lui : un étranger, auquel on ne pouvait faire confiance.

« Ce qu'il vous a dit a-t-il un sens ? » questionna Arren, car il ne se réjouissait guère à l'idée de retourner dans cette pièce obscure au-dessus de la rivière nauséabonde. « Tout ce boniment disant qu'il était mort et vivant et qu'il reviendrait avec la tête coupée ? »

– « J'ignore si cela a un sens. Je voulais converser avec un sorcier ayant perdu son pouvoir. Il dit qu'il ne l'a point perdu, mais donné – échangé. Contre quoi ? La vie pour la vie, a-t-il dit. Le pouvoir pour le pouvoir. Non, je ne le comprends pas, mais cela vaut la peine qu'on l'écoute. »

La sagesse et la fermeté d'Épervier accrurent la honte d'Arren. Il se sentait nerveux et grognon comme un enfant. Hare l'avait fasciné, mais, maintenant que la fascination avait cessé, il ressentait un malaise, du dégoût, comme s'il avait mangé une chose répugnante. Il résolut de ne plus ouvrir la bouche avant d'avoir retrouvé la maîtrise de lui-même. L'instant d'après, il trébucha sur les marches usées et lisses, glissa, et se rattrapa en s'écorchant les mains sur les pierres. « Oh, maudite soit cette salle ville ! » éclata-t-il, furieux. Et le mage répondit sèchement : « Elle l'est déjà, à ce qu'il me semble. »

Il y avait en effet quelque chose de malsain dans Horteville, jusque dans l'air qu'on y respirait ; on pouvait donc penser sérieusement qu'un sort avait été jeté sur elle ; et pourtant, ce n'était point la présence d'une chose ou d'une autre, mais plutôt l'absence, l'amoindrissement de chaque élément, comme une maladie qui aurait rapidement affecté l'esprit de tout visiteur. Même la chaleur du soleil de l'après-midi était malsaine, une chaleur trop lourde pour le mois de mars. Les places et les rues grouillaient d'activités et de commerces, mais il n'y régnait ni ordre ni prospérité.

Les marchandises étaient pauvres, les prix élevés, et les marchés, peu sûrs pour les vendeurs comme pour les acheteurs, regorgeaient de voleurs et de gangs. Il y avait peu de femmes dans les rues; encore n'allaient-elles que par groupes. C'était une cité sans loi ni gouvernement. En parlant avec les gens, Arren et Épervier apprirent bientôt qu'il n'y avait en fait plus de conseil, ni de maire, ni de seigneur dans Horteville. Certains de ceux qui dirigeaient autrefois la cité étaient morts, d'autres avaient démissionné, d'autres encore avaient été assassinés; divers chefs régnaient sur les différents quartiers de la ville, les gardiens du port étaient maîtres de celui-ci et s'emplissaient les poches; le reste à l'avenant. La cité n'avait plus de centre. Les habitants, malgré toute leur fébrile activité, paraissaient désœuvrés. Les partisans semblaient dénués de volonté de faire du bon travail; même les voleurs ne volaient que parce que c'est tout ce qu'ils savaient faire. En surface, il y avait là tout le tumulte et l'éclat d'une grande ville portuaire, mais dans chaque coin était vautré un mangeur de hazia, immobile. Et les choses ne semblaient pas entièrement réelles, même les visages, les sons, les odeurs. Elles s'évanouissaient parfois, au cours de ce long après-midi durant lequel Arren et Épervier, arpentant les rues, parlaient à l'un et à l'autre. Tout s'évanouissait, les vélums rayés, les cailloux sales, les murs colorés; et toute vie disparaissait, laissant la cité pareille à un mirage, vide et morne dans la lumière floue.

Ce n'est qu'au sommet de la ville, où ils allèrent se reposer un moment en fin d'après-midi, que ce sentiment malsain de marcher dans un songe s'interrompit quelque peu. « Ce n'est pas une ville qui porte chance », avait dit Épervier quelques heures auparavant, et maintenant, après des heures d'errance sans but et d'infructueuses conversations avec des inconnus, il avait l'air fatigué et sombre. Son déguisement commençait à perdre forme; on percevait une certaine dureté et un certain mystère derrière le visage bourru du négociant. Arren n'avait pu se défaire de sa mauvaise humeur du matin. Ils s'assirent sur la pelouse rude du faîte de la colline, sous la frondaison d'un bosquet d'arbres pendiques, aux feuilles sombres et aux denses bourgeons rouges, dont certains étaient ouverts. De cet endroit, ils ne voyaient de la cité que ses toits innombrables descendant graduellement vers la mer. La baie ouvrait largement ses bras, bleu ardoise dans la brume printanière, s'étendant jusqu'à l'horizon. Il n'y avait pas de lignes de délimitation, pas de frontières. Ils contemplaient cette immensité bleue. L'esprit d'Arren s'éclaircit, il s'ouvrit pour accueillir le monde et le fêter.

Quand ils allèrent boire à un petit ruisseau voisin qui courait, limpide, sur des rochers bruns, prenant sa source dans quelque jardin princier sur la colline derrière eux, il but longuement, et plongea sa tête dans l'eau froide. Puis il se leva et déclama les vers de la *Geste de Morred.*

Louées soient les Fontaines de Shelieth,
et la harpe argentée de ses eaux,
Mais béni en mon nom et à jamais ce ruisseau
qui étancha ma soif!

Épervier rit de lui, et il rit également. Il s'ébroua comme un chien, et les gouttelettes brillantes s'envolèrent dans les dernières lueurs d'or du soleil.

Il leur fallut quitter le bosquet et redescendre dans les rues, et quand ils eurent dîné dans une échoppe où l'on vendait des galettes de poisson graisseuses, la nuit commençait à peser lourdement sur l'air. L'obscurité envahit rapidement les rues étroites. « Nous ferions mieux d'y aller, mon garçon », dit Épervier; et Arren questionna : « Au bateau? » Il savait cependant que ce ne serait pas le bateau, mais la maison sur la rivière et la terrible chambre poussiéreuse et vide.

Hare les attendait sur le seuil.

Il alluma une lampe à huile pour éclairer les escaliers ténébreux. Sa flamme minuscule tremblait sans cesse dans sa main, et jetait des ombres immenses et fugitives sur les murs.

Hare avait trouvé un autre sac de paille pour ses

visiteurs, mais Arren prit place sur le plancher nu près de la porte. Celle-ci s'ouvrait de l'extérieur, et pour la garder il aurait dû s'asseoir au-dehors : mais ce couloir d'un noir de poix était plus qu'il n'en pouvait supporter, et il désirait garder un œil sur Hare. L'attention d'Épervier, et peut-être ses pouvoirs, allaient se diriger vers ce que Hare avait à lui dire, ou à lui montrer; il incombait à Arren de demeurer vigilant, au cas où Hare leur jouerait un tour.

Celui-ci se tenait plus droit, et tremblait moins maintenant; il s'était nettoyé la bouche et les dents; il parla de manière assez sensée, au début, bien qu'avec excitation. A la lumière de la lampe, ses yeux étaient si noirs qu'ils ressemblaient aux yeux des animaux, dépourvus de blanc. Il discutait sérieusement avec Épervier, le pressant de manger de l'hazia. « Je veux t'emmener, t'emmener avec moi. Nous devons faire le même chemin. Dans peu de temps, je vais partir, que tu sois prêt ou non. Tu dois prendre l'hazia pour me suivre. »

– « Je crois que je peux te suivre. »

– « Pas là ou je vais. Ce n'est pas... comme de jeter un sort. » Il semblait incapable de prononcer les mots « sorcier » ou « sorcellerie ». « Je sais que tu peux aller jusqu'à... cet endroit, tu sais, le mur. Mais ce n'est pas là. C'est un autre chemin. »

– « Je crois que je peux te suivre. »

Hare secoua la tête. Son beau visage ravagé s'empourpra; il jetait fréquemment des coups d'œil vers Arren, le mêlant à la conversation, bien qu'en réalité il s'adressât seulement à Épervier. « Écoute : il y a deux sortes d'hommes, n'est-ce pas? La nôtre, et les autres. Les... dragons et le reste. Les gens sans pouvoir ne sont qu'à demi vivants. Ils ne comptent pas. Ils ne savent pas ce que sont leurs rêves, ils ont peur de la nuit. Mais les autres, les seigneurs parmi les hommes, n'ont point peur d'aller dans les ténèbres. Nous avons la force. »

– « Tant que nous connaissons le nom des choses. »

– « Mais les noms n'ont pas d'importance là-bas; tout est là, tout est là! Ce n'est pas ce que tu fais, ce que tu sais, qui t'est utile. Les sorts ne servent à rien. Il te faut oublier tout cela, le laisser s'effacer. C'est là que tu as besoin de l'aide de l'hazia : tu oublies les noms, tu laisses s'effacer les formes des choses, tu pars tout droit vers la réalité. Je vais partir très bientôt maintenant; si tu veux découvrir où, tu devrais faire ce que je te dis. Je fais ce qu'il dit. Il faut être un seigneur des hommes pour être seigneur de la vie. Il faut découvrir le secret. Je pourrais te dire son nom, mais qu'est-ce qu'un nom? Un nom n'est pas réel, le réel, le réel éternel. Les dragons ne peuvent aller là-bas. Les dragons meurent. Ils meurent tous. J'ai tellement pris de hazia ce soir que tu ne me rattraperas jamais. Tu ne m'arrives pas à la cheville. Si je me perds, tu peux me conduire. Te rappelles-tu ce qu'est le secret? Te rappelles-tu? Pas de mort. Pas de mort... non! Pas de lit trempé de sueur et de cercueil pourrissant, plus jamais. Le sang se tarit comme la rivière et c'est fini. Pas de peur. Pas de mort. Les noms n'existent plus, ni les mots ni la peur. Montre-moi où je puis me perdre, montre-moi, seigneur... »

Il continua ainsi, avec des mots d'extase s'étranglant dans sa gorge, et c'était comme une incantation magique, mais cela ne produisait aucune magie, ne formait pas un tout, n'avait pas de sens. Arren écoutait, écoutait, s'efforçant de comprendre. Si seulement il pouvait comprendre! Épervier devait faire comme il le disait, et prendre la drogue, juste cette fois, afin de découvrir ce dont parlait Hare, le mystère dont il ne pouvait ou ne voulait dire le nom. Pour quelle autre raison étaient-ils ici? Mais peut-être (Arren détourna son regard du profil extatique de Hare pour le porter sur l'autre profil) le mage avait-il déjà compris... Dur comme un roc, ce profil. Où étaient le nez camus, le regard débonnaire? Faucon le négociant était évanoui, oublié. C'était le mage, l'Archimage, qui était assis là.

La voix de Hare n'était plus maintenant qu'un murmure plaintif, et il balançait son corps, assis en tailleur. Son visage était devenu hagard et sa bouche molle. En face de lui, dans la faible et vacillante lumière de la lampe à huile posée sur le sol entre eux deux, l'autre ne parlait pas, mais il avait tendu la main et pris celle de Hare, et la tenait fermement. Arren ne l'avait pas vu faire ce geste. Il y avait des brèches dans la succession des événements, des brèches de non-existence; mais ce devait être l'effet de la somnolence. Plusieurs heures s'étaient certainement écoulées, et il devait être près de minuit. S'il dormait, pourrait-il lui aussi suivre Hare dans son rêve, et parvenir à l'endroit, au chemin secret? Peut-être. Cela lui paraissait tout à fait faisable maintenant. Mais il devait garder la porte. Épervier et lui en avaient à peine parlé, mais tous deux étaient conscients qu'en les faisant revenir à la nuit, Hare avait pu préparer quelque embuscade; il avait été pirate, il connaissait des voleurs. Ils n'avaient rien dit, mais Arren savait que son rôle était de monter la garde, car, pendant que le mage effectuerait cet étrange voyage de l'esprit, il serait sans défense. Comme un niais, il avait laissé son épée sur le bateau : et à quoi lui servirait son couteau si la porte s'ouvrait soudain derrière lui? Mais cela ne se produirait pas : il pouvait écouter, et entendre. Hare ne parlait plus, les deux hommes étaient totalement silencieux, toute la maison était silencieuse. Personne ne pouvait gravir cet escalier branlant sans faire de bruit. Il pouvait parler, s'il entendait un bruit; crier très fort, et la transe cesserait; et Épervier se retournerait et les défendrait, Arren et lui-même, de toute la foudre vengeresse qu'est la colère d'un mage... Lorsque Arren s'était assis devant la porte, Épervier l'avait regardé, un bref regard d'approbation et de confiance. Il était le gardien. Il n'y avait nul danger s'il montait la garde. Mais c'était difficile, difficile de fixer sans cesse ces deux visages – la petite goutte de la flamme de la lampe sur le plancher, entre eux deux, à présent silencieux, immobiles, les yeux ouverts, mais ne voyant ni la lumière ni la chambre poussiéreuse, qui ne voyaient pas le monde, mais un autre monde de rêve ou de mort – de les fixer, sans tenter de les suivre...

Là, dans les ténèbres vastes et arides, quelqu'un se

tenait, qui l'appelait. *Viens,* disait-il, le haut seigneur des ombres. Dans sa main il tenait une flamme minuscule, pas plus grosse qu'une perle; et il la tendit à Arren, lui offrant la vie. Lentement, Arren fit un pas vers lui, pour le suivre.

IV

LUMIÈRE DE MAGE

SÈCHE, sa bouche était sèche. Avec un goût de poussière. Ses lèvres étaient couvertes de poussière.

Sans relever la tête du sol, il observait le jeu des ombres. Il y avait des ombres énormes qui se mouvaient et se baissaient, s'enflaient et rétrécissaient, et d'autres plus légères qui couraient sur les murs et le plafond, prestes, et qui le narguaient. Il y en avait une dans le coin, une autre sur le plancher, et aucune de ces deux ombres ne bougeait.

Il commençait à avoir mal à l'arrière du crâne. En même temps, ce qu'il voyait devint net dans son esprit en un éclair, et s'y fixa : Hare effondré dans un coin, la tête sur les genoux; Épervier étendu sur le dos, un homme agenouillé au-dessus d'Épervier, un autre jetant des pièces d'or dans un sac et un troisième debout, contemplant la scène. Le troisième homme tenait une lanterne dans une main et une dague dans l'autre : la dague d'Arren.

S'ils parlaient, il ne les entendait pas. Il n'entendait que ses propres pensées, qui lui disaient ce qu'il devait faire, immédiatement et sans hésiter. Il leur obéit sur-le-champ. Il rampa très lentement sur quelques mètres, projeta sa main gauche, empoigna le sac contenant le butin, bondit sur ses pieds, et courut vers les escaliers avec un hurlement enroué. Il dévala les marches dans l'obscurité complète sans en manquer une seule, sans même les sentir sous ses pieds, comme s'il eût plané. Il déboucha dans la rue et s'engouffra à toute allure dans les ténèbres.

Les maisons telles des carcasses noires se détachaient contre les étoiles. La clarté stellaire chatoyait faiblement sur la rivière à sa droite, et, bien qu'il ne pût voir où aboutissaient les rues, il pouvait deviner les croisements, et ainsi tourner et faire des crochets, afin de dépister les autres. Ils l'avaient suivi; il pouvait les entendre derrière lui, pas très loin. Ils n'avaient pas de souliers, et leur respiration haletante était plus bruyante que leurs pas. Il aurait ri s'il en avait eu le temps; il savait enfin ce qu'on éprouvait à être la proie au lieu d'être le chasseur, celui qui menait la course, le gibier. Cela signifiait être seul, et être libre. Il fit un crochet à droite et traversa en se baissant un pont au parapet élevé, se glissa dans une rue latérale, tourna au coin, et rejoignit le bord de la rivière, qu'il suivit un moment, traversant un autre pont. Ses souliers résonnaient sur les cailloux de la chaussée, seul bruit dans toute la cité; il s'arrêta devant la culée du pont pour les délacer, mais les cordons étaient fortement noués et la meute n'avait pas perdu sa trace. La lanterne brilla une seconde de l'autre côté de la rivière, et des pas de course lourds et étouffés lui parvinrent. Il lui était impossible de leur échapper, il ne pouvait que les distancer; il lui fallait continuer à courir, rester en tête, et les éloigner de la chambre poussiéreuse, le plus possible... Ils lui avaient ôté son manteau en même temps que sa dague, et il était en manches de chemise, léger et ardent; la tête lui tournait et la douleur, à l'arrière de son crâne, se faisait plus aiguë à chaque pas, mais il courait, courait... Le sac le gênait. Il le jeta soudain à terre, une pièce d'or s'en échappa et heurta les pierres avec un tintement clair. « Voilà votre argent! » clama-t-il, la voix enrouée et haletante. Il reprit sa course. Et soudain la rue s'acheva. Pas de rue transversale, pas d'étoiles devant lui : une impasse. Sans s'arrêter, il fit demi-tour et courut au-devant de ses poursuivants. La lanterne se balançait follement devant ses yeux, et il poussa un cri de défi en arrivant sur eux.

Une lanterne se balançait d'avant en arrière devant lui, faible tache lumineuse dans une immense grisaille mouvante. Il la regarda un long moment. Elle se fit plus faible, et finalement une ombre la dissimula; et quand l'ombre fut passée la lumière avait disparu. Il s'en affligea un peu; peut-être s'affligeait-il sur lui-même, car il savait qu'il devait maintenant se réveiller.

La lanterne, morte, se balançait toujours contre le mât auquel elle était fixée. Tout autour, la mer s'illuminait avec le soleil naissant. Un tambour battait. Des avirons grinçaient lourdement, régulièrement; le bois du bateau crissait et craquait, émettant des centaines de gémissements; un homme, debout à l'avant, criait quelque chose aux marins derrière lui. Les hommes enchaînés à Arren dans la cale arrière étaient tous silencieux. Chacun portait un cercle de fer autour de la taille, et aux poignets des menottes, et ces liens étaient attachés à ceux du voisin par une chaîne courte et épaisse; la ceinture de fer était également enchaînée à un anneau dans le pont, si bien que l'homme pouvait s'asseoir ou s'accroupir, mais pas se mettre debout. Et ils étaient trop proches les uns des autres pour s'étendre, entassés dans cette petite cale. Arren était dans le coin, près du hublot avant. S'il levait haut la tête, ses yeux étaient au niveau du pont entre la cale et la lisse, une largeur de cinquante centimètres environ.

Il se rappelait peu de chose de la nuit précédente, hormis la poursuite et l'impasse. Il s'était battu, avait été assommé et ligoté, et emporté en quelque endroit. Un homme à la voix chuchotante et étrange avait parlé; un lieu pareil à une forge, avec un feu rouge et bondissant... Il ne pouvait s'en souvenir. Il savait cependant qu'il se trouvait sur un bateau faisant le commerce des esclaves, et qu'on l'avait capturé pour le vendre.

Cela ne signifiait pas grand-chose pour lui. Il avait trop soif. Son corps était meurtri et la tête lui faisait mal. Quand le soleil se leva, la lumière darda sur ses yeux des javelots de douleur.

Vers le milieu de la matinée, on leur donna à chacun un quart de pain et une longue gorgée d'une gourde de cuir, tenue devant leurs lèvres par un homme au visage dur et anguleux. Son cou était enserré par un large bandeau de cuir clouté d'or, pareil à un collier de chien; et, l'entendant parler, Arren reconnut la voix, ténue, étrange et sifflante.

La boisson et la nourriture soulagèrent momentanément sa misère physique, et éclaircirent son esprit. Il regarda pour la première fois les visages de ses compagnons d'esclavage, trois dans sa rangée et quatre derrière. Certains étaient assis, la tête sur leurs genoux levés; l'un était effondré, malade ou drogué. Le voisin d'Arren était un gars d'une vingtaine d'années, avec une large figure plate. « Où nous emmènent-ils? » lui demanda Arren.

L'homme le regarda – leurs visages n'étaient qu'à quelques centimètres de distance – et sourit, haussant les épaules; Arren crut qu'il ne savait pas; il agita ensuite ses bras enchaînés comme pour faire un geste, et ouvrit sa bouche, toujours souriante, révélant à la place de la langue une racine noire.

– « Ce doit être Chole », dit quelqu'un derrière Arren, et un autre : « Ou bien le Marché d'Amrun », et l'instant d'après l'homme au collier, qui semblait être partout à la fois sur ce bateau, se pencha au-dessus de la cale en sifflant : « Taisez-vous, si vous ne voulez pas servir d'appât aux requins! » Tous se turent alors.

Arren tenta d'imaginer ces endroits, Chole, le Marché d'Amrun. On y vendait des esclaves. On les alignait devant les acheteurs, sans doute, comme des œufs ou des béliers mis en vente sur le marché de Berila. Il serait là; couvert de chaînes. Quelqu'un l'achèterait et l'emmènerait chez lui, et lui donnerait un ordre; il refuserait d'obéir. Ou il obéirait, et essaierait de s'échapper. Et il serait tué, d'une façon ou d'une autre. Ce n'était pas que son âme se rebellât à la pensée de l'esclavage, il était beaucoup trop malade et désorienté pour cela; c'était simplement qu'il savait qu'il ne pourrait le faire, qu'au bout d'une semaine ou deux il mourrait ou serait tué. Bien qu'il vît et acceptât cela comme un fait acquis, cela l'effrayait, si bien qu'il cessa d'anticiper. Il abaissa les yeux sur le plancher noir, immonde, de la cale, entre ses pieds, sentit la chaleur du soleil sur ses épaules nues, et éprouva à nouveau la soif qui desséchait sa bouche et rétrécissait sa gorge.

Le soleil sombra, la nuit tomba, claire et froide. Apparurent les étoiles à la clarté perçante. Le tambour battait comme un cœur lent, rythmant le mouvement des rames, car il n'y avait pas un souffle de vent. A présent, le froid devenait la plus grande misère. Le dos d'Arren captait un peu de chaleur des jambes engourdies de l'homme derrière lui, et son côté gauche de son voisin muet, qui était accroupi, le menton sur les genoux, fredonnant un air, un grognement sur une seule note. Les rameurs furent relevés par une nouvelle équipe, le tambour se remit à battre. Arren avait attendu la nuit avec impatience, mais il ne pouvait s'endormir, ses os étaient douloureux, et il ne pouvait changer de position. Il était là, dolent, frissonnant, assoiffé, les yeux fixés sur les étoiles qui sursautaient dans le ciel à chaque mouvement des rameurs, revenaient à leur place, s'immobilisaient, sursautaient encore, revenaient, s'arrêtaient...

L'homme au collier et un autre se tenaient entre la cale arrière et le mât; la petite lanterne se balançant en haut du mât jetait des reflets entre eux, silhouettant leur tête et leurs épaules. « Du brouillard, espèce de vessie de porc », disait la voix grêle et détestable de l'homme au collier, « que fait le brouillard dans le Détroit Sud à cette époque de l'année? Quelle malédiction! »

Le tambour roulait. Les étoiles sursautaient, revenaient, s'arrêtaient. Auprès d'Arren, l'homme sans langue frémit soudain et, levant la tête, poussa un cri de cauchemar, un son terrible et informe. « Silence, là-bas! » rugit le deuxième homme près du mât. Le muet frémit à nouveau et se tut, remuant sa mâchoire.

Furtivement les étoiles glissèrent dans le néant.

Le mât vacilla et disparut. Une froide couverture

grise sembla tomber sur le dos d'Arren. Le tambour hésita, puis reprit son battement, mais plus lentement.

« Épais comme du lait caillé », dit la voix enrouée quelque part au-dessus d'Arren. « Gardez la cadence, là-bas! Il n'y a pas de hauts-fonds durant trente kilomètres! » Un pied caleux et marqué de cicatrices surgit du brouillard, s'arrêta un instant près du visage d'Arren, puis en un pas disparut.

Dans le brouillard, on n'avait pas l'impression d'avancer, seulement d'osciller, bien qu'on sentît le mouvement saccadé des rames. La pulsation du tambour était étouffée. Il faisait froid et humide. La brume en se condensant dans les cheveux d'Arren coulait dans ses yeux; il essaya d'attraper les gouttes avec sa langue, et la bouche ouverte respira l'air moite, pour tenter de calmer sa soif. Mais il claquait des dents. Le métal froid d'une chaîne heurta sa cuisse, le brûlant comme du feu. Le tambour battait, battait, puis s'arrêta soudain.

Tout était silencieux.

« Continue à battre le tambour! Qu'est-ce qui ne va pas? » rugit à la proue la voix sifflante et enrouée. Aucune réponse ne vint.

Le bateau tanguait légèrement sur la mer paisible. Au-delà du bastingage indistinct, il n'y avait rien : le vide. Quelque chose crissa contre le flanc du bateau, provoquant un bruit énorme dans ce silence mortel et insolite, dans ces ténèbres. « Nous sommes échoués », murmura l'un des prisonniers, mais le silence se referma sur sa voix.

Le brouillard devint lumineux, comme si un feu y eût éclos. Arren vit distinctement les têtes des hommes enchaînés à lui, et les minuscules gouttes d'humidité dans leurs cheveux. Une nouvelle fois, le navire oscilla, et Arren se pencha aussi loin que le lui permirent ses chaînes, tirant le cou pour voir plus avant. Le brouillard luisait sur le pont comme la lune derrière un nuage léger, froid et radieux. Les rameurs étaient pareils à des statues. Les hommes d'équipage se tenaient sur le passavant, leurs yeux brillant faiblement. Un homme se dressait seul à bâbord, et c'était de lui que venait la lumière, de son visage, de ses mains, et du bâton qui ardait comme de l'argent en fusion.

Aux pieds de l'homme rayonnant était accroupie une forme sombre.

Arren essaya de parler, et n'y parvint pas. Vêtu de cette splendeur lumineuse, l'Archimage vint à lui et s'agenouilla sur le pont. Arren sentit le contact de sa main et entendit sa voix. Il sentit céder les liens de ses poignets et de sa taille ; dans toute la cale on entendait cliqueter les chaînes. Mais nul ne bougea ; seul Arren tenta de se lever, mais en fut incapable, engourdi qu'il était par cette longue immobilité. La poigne solide de l'Archimage se resserra sur son bras, et avec son aide Arren se traîna hors de la cale, et se pelotonna frileusement sur le pont.

L'Archimage s'éloigna de lui, et la clarté floue siffla sur le visage impassible des rameurs. Il s'arrêta près de l'homme blotti à bâbord contre le bastingage.

« Je ne punis point », dit la voix dure et claire, glacée comme la froide lumière de mage dans le brouillard. « Mais pour la cause de la justice, Egre, je prends ceci sur moi : je commande à ta voix de se taire jusqu'au jour où tu trouveras un mot qui vaille la peine d'être dit. »

Il revint auprès d'Arren et l'aida à se lever. « Viens maintenant, mon garçon », dit-il ; avec son aide, Arren réussit à avancer clopin-clopant, et, moitié à quatre pattes, moitié tombant, prit place dans l'embarcation qui se balançait sous le flanc du navire : *Voitloin,* sa voile pareille à une aile de phalène dans le brouillard.

Dans le même silence et le même calme plat, la lumière s'éteignit, et la barque s'éloigna en glissant du flanc du navire. Aussitôt ou presque, la galère, la lanterne sourde du mât, les rameurs immobiles, la lourde coque noire, disparurent. Arren crut entendre des voix pousser des cris, mais c'était un son ténu qui se perdit bientôt. Quelque temps encore, et le brouillard commença à s'atténuer et à s'effilocher, emporté par le vent dans l'obscurité. Ils émergèrent sous les étoiles, et, silencieux comme une phalène, *Voitloin* fila à travers la nuit claire sur la mer.

Épervier avait enveloppé Arren de couvertures et lui avait donné de l'eau. Il posa sa main sur l'épaule du garçon, quand celui-ci soudain se mit à pleurer; il ne dit rien, mais il y avait une ferme douceur dans le contact de sa main. Petit à petit, Arren fut réconforté : la chaleur, le mouvement doux du bateau, la paix du cœur.

Il leva les yeux vers son compagnon. Il n'y avait plus trace de cette clarté surnaturelle sur le visage sombre. C'est à peine s'il pouvait le distinguer, sur ce fond d'étoiles. Le bateau poursuivait sa course, guidé par un enchantement. Les vagues chuchotaient, comme surprises, le long de ses flancs.

– « Qui est l'homme au collier? »

– « Ne bouge pas!... Un pillard des mers, Egre. Il porte ce collier pour cacher une cicatrice, là où il eut un jour la gorge coupée. Il semble avoir chu de la piraterie au trafic d'esclaves. Mais il a reçu une leçon, cette fois. » Une petite pointe de satisfaction perçait dans la voix sèche et tranquille.

– « Comment m'avez-vous retrouvé? »

– « Sorcellerie, corruption... J'ai perdu du temps. Je ne voulais pas qu'on sache que l'Archimage et Gardien de Roke furetait dans les taudis de Horteville. J'aurais aimé garder mon déguisement. Mais il m'a fallu traquer celui-ci et celui-là, et lorsque enfin j'ai découvert que la galère avait appareillé avant l'aube, j'ai perdu patience. J'ai pris *Voitloin,* mis le vent dans sa voile, dans le calme plat du jour, et ai collé les avirons de tous les bateaux de cette baie à leurs tolets – pour un certain temps. Comment ils vont expliquer cela, si la sorcellerie n'est que du vent et des mensonges, c'est leur problème. Mais, dans ma hâte et ma colère, j'ai manqué et dépassé le navire d'Egre, parti vers le sud-est pour éviter les hauts-fonds. Tout ce que j'avais fait dans la journée avait été mal fait. La chance n'existe pas à Horteville... Finalement, j'ai fabriqué un sort-trouveur, et c'est ainsi que j'ai retrouvé le bateau dans les ténèbres. Ne devrais-tu pas dormir à présent? »

– « Je vais bien, je me sens beaucoup mieux. » Une légère fièvre avait remplacé le froid d'Arren; et il était vrai qu'il se sentait bien, le corps langoureux mais l'esprit sautant avec légèreté d'une chose à l'autre. « Au bout de combien de temps vous êtes-vous réveillé? Qu'est-il advenu de Hare? »

– « Je me suis éveillé avec la lumière du jour; et, heureusement, j'ai la tête dure; il y a derrière mon oreille une bosse et une coupure qui font comme un concombre fendu. J'ai laissé Hare à son sommeil narcotique. »

– « J'ai failli à ma charge de monter la garde... »

– « Mais ce n'est pas de t'être endormi. »

– « Non. » Arren hésita. « C'était... J'étais... »

– « Tu étais devant moi; je t'ai vu », fit Épervier, bizarrement. « Et ainsi ils sont entrés furtivement, nous ont frappés sur la tête comme on le fait des agneaux à l'abattoir, ont prit l'or, les bons vêtements, l'esclave monnayable, et sont partis. C'est à toi qu'ils en voulaient, mon garçon. Tu rapporterais le prix d'une ferme au marché d'Amrun. »

– « Ils ne m'ont pas frappé assez fort. Je me suis réveillé. Je les ai bien fait courir. J'ai aussi répandu leur butin partout dans la rue, avant qu'ils ne m'attrapent. » Les yeux d'Arren luisaient.

– « Tu t'es réveillé pendant qu'il étaient là – et tu t'es enfui? Pourquoi? »

– « Pour les attirer loin de vous. » La surprise contenue dans la voix d'Épervier heurta soudain la fierté d'Arren, et il ajouta farouchement : « Je pensais que c'était à vous qu'ils en voulaient. Je croyais qu'ils allaient peut-être vous tuer. Je me suis emparé de leur sac afin qu'ils me poursuivent, j'ai crié et me suis enfui. Et ils m'ont suivi. »

– « Oui... Bien sûr! » Ce fut tout ce que dit Épervier; pas un mot de félicitation. Mais il resta un moment pensif. Puis il dit : « Ne t'est-il pas venu à l'esprit que j'étais peut-être déjà mort? »

– « Non. »

– « Tuer d'abord, voler ensuite, c'est le parti le plus sûr. »

– « Je n'ai pas pensé à cela. Je pensais seulement à les éloigner de vous. »

– « Pourquoi ? »

– « Parce que vous pouviez nous défendre, nous sortir tous deux de ce guet-apens, si vous aviez le temps de vous réveiller. Ou vous en sortir, en tout cas. J'étais de garde et j'ai failli à ma tâche. J'ai essayé de réparer cela. C'était vous que je gardais. C'est vous qui comptez. C'est pour veiller sur vous que je suis là, pour faire ce que vous me demandez – c'est vous qui nous conduirez là où nous devons aller, et qui remettrez à l'endroit ce qui est à l'envers. »

– « Vraiment ? » dit le mage. « C'est aussi ce que je croyais, jusqu'à la nuit dernière. Je pensais avoir quelqu'un à ma suite, mais c'est moi qui te suivais, mon garçon. » Sa voix était froide et peut-être ironique. Arren ne savait que dire. Il était en fait complètement déconcerté. Il avait cru que la faute qu'il avait commise en s'endormant ou en tombant en transe pendant sa garde pouvait à peine être rachetée par l'exploit d'avoir attiré les voleurs loin d'Épervier. Il apparaissait maintenant que ç'avait été un acte stupide, alors que tomber en transe au mauvais moment avait été d'une ingéniosité prodigieuse.

– « Je suis navré, mon seigneur », dit-il enfin, les lèvres crispées, ayant à nouveau du mal à contrôler son envie de pleurer, « de vous avoir déçu. Et vous m'avez sauvé la vie... »

– « Et toi peut-être la mienne », dit le mage avec rudesse. « Qui sait ? Ils m'auraient sans doute coupé la gorge, après en avoir terminé. Il suffit, Arren. Je suis heureux de t'avoir avec moi. »

Il se rendit ensuite à la soute, alluma leur petit réchaud à charbon de bois, et s'affaira à quelque besogne. Arren était étendu et contemplait les étoiles ; ses émotions s'apaisèrent et son esprit cessa de battre la campagne. Et c'est alors qu'il comprit que ce qu'il avait fait, et ce qu'il n'avait pas fait, ne serait aucunement jugé par Épervier. Il l'avait fait, c'est tout, et Épervier l'acceptait comme tel. « Je ne punis point », avait-il dit d'une voix glaciale à Egre. Il ne récompensait point non plus. Mais il était parti chercher Arren en toute hâte à travers la mer, laissant libre cours à son pouvoir magique pour le sauver; et il recommencerait. On pouvait se fier à lui.

Il méritait tout l'amour qu'Arren lui portait, et toute sa confiance. Car c'était un fait qu'il faisait confiance à Arren. Ce qu'Arren faisait était bien.

Il revenait à présent, tendant à Arren une tasse fumante de vin chaud. « Peut-être cela te fera-t-il dormir, Arren. Fais attention, sinon tu vas te brûler la langue. »

– « D'où vient ce vin? Je n'ai pas vu d'outre à vin à bord... »

– « Il y a sur *Voitloin* davantage que ce qu'on voit », dit Épervier, s'asseyant près de lui; et Arren l'entendit rire, un rire bref et presque silencieux, dans le noir.

Arren se redressa pour boire le vin. Il était très bon, vivifiant l'esprit et le corps. Il dit : « Où allons-nous maintenant? »

– « Vers l'ouest. »

– « Où êtes-vous allé avec Hare? »

– « Dans les ténèbres. Je ne l'ai jamais perdu de vue, mais lui s'était égaré. Il errait en dehors des frontières, dans les déserts sans fin du délire et du cauchemar. Son âme pleurait comme un oiseau en ces lieux désolés, comme une mouette loin de la mer. Ce n'est pas un guide. Il a toujours été perdu. Malgré toute son habileté en magie, il n'a jamais vu le chemin devant lui, n'apercevant que lui-même. »

Arren ne comprenait pas tout; il ne désirait d'ailleurs pas le comprendre, pour le moment. Il avait été quelque peu entraîné vers ces « ténèbres » dont parlaient les sorciers, et il ne voulait pas s'en souvenir; cela n'avait rien à voir avec lui. En fait, il ne voulait pas dormir, de peur de retrouver cela en rêve, de revoir cette silhouette noire, cette ombre lui tendant une perle, et chuchotant : « Viens. »

– « Mon seigneur », dit-il, sa pensée se détournant promptement vers un autre sujet, « pourquoi... »

– « Dors! » fit Épervier, avec une pointe d'impatience.

– « Je ne puis dormir, mon seigneur. Je me demandais pourquoi vous n'aviez pas libéré les autres esclaves. »

– « Je l'ai fait. Je n'ai laissé nulle entrave sur ce bateau. »

– « Mais les hommes d'Egre avaient des armes. Si vous les aviez enchaînés, *eux*... »

– « Oui, si je les avais enchaînés? Ils n'étaient que six. Les rameurs étaient des esclaves enchaînés, comme toi. Egre et ses hommes sont peut-être morts à l'heure qu'il est, ou les autres les ont mis aux fers pour les vendre comme esclaves; mais je les ai laissés libres de combattre, ou de négocier. Je ne suis pas preneur d'esclaves. »

– « Mais vous savez que ce sont de méchants hommes... »

– « Devais-je pour autant être pareil à eux? Laisser leurs actes gouverner les miens? Je ne ferais pas le choix à leur place, et ne permettrais pas qu'ils le fassent pour moi! »

Arren resta silencieux, méditant sur ces paroles. Le mage reprit aussitôt, d'une voix plus douce : « Tu vois, Arren, qu'un acte n'est pas comme le croient les jeunes gens, pareil à un caillou qu'on ramasse et qu'on jette, qui touche son but ou le rate, et rien de plus. Quand on ramasse ce caillou, la terre est plus légère, et la main qui le prend plus lourde. Quand on le lance, le parcours des étoiles en est affecté, et quand il frappe le but ou le manque, l'univers en est changé. De chacun de nos actes dépend l'équilibre du tout. Les vents et les mers, les puissances de l'eau et de la terre, et de la lumière, tout ce qu'ils font, et tout ce que font les bêtes et les végétaux, est bien fait, et justement fait. Tous agissent selon l'Équilibre. Depuis l'ouragan et le mugissement de la baleine géante jusqu'à la chute d'une feuille sèche et le vol du moustique, tous leurs actes sont fonction de l'équilibre du tout. Mais nous, dans la mesure où nous avons un pouvoir sur le monde et sur les autres, nous devons *apprendre* à faire ce que la feuille et la baleine et le vent font naturellement. Nous devons apprendre à conserver l'Équilibre.

Ayant l'intelligence, nous ne devons pas agir avec ignorance. Ayant le choix, nous ne devons pas agir sans responsabilité. Qui suis-je – bien que j'en aie le pouvoir – pour punir et récompenser, et jouer avec les destinées des hommes? »

– « Mais alors », dit le jeune homme, contemplant les étoiles en fronçant les sourcils, « faut-il maintenir l'Équilibre en ne faisant rien? Sans nul doute un homme doit agir, même sans connaître toutes les conséquences de son acte, si quelque chose doit être fait? »

– « N'aie crainte. Il est beaucoup plus facile aux hommes d'agir que de se retenir d'agir. Nous continuerons à faire le bien et le mal... Mais s'il y avait à nouveau un roi pour régner sur nous tous, et qu'il cherchât les conseils d'un mage, comme par le passé, et si j'étais ce mage, je lui dirais : Mon Seigneur, ne faites rien parce qu'il est juste, ou louable, ou noble de le faire; ne faites rien parce qu'il semble bon de le faire; ne faites que ce que vous devez faire, et que vous ne pouvez faire d'aucune autre façon. »

Il y avait dans sa voix une intonation qui fit qu'Arren se retourna pour le regarder. Il crut que la lumière radieuse éclairait à nouveau son visage, en voyant le nez de rapace, la joue couturée, les yeux sombres et farouches. Et Arren le regarda avec amour mais aussi avec crainte, pensant : « Il est trop loin au-dessus de moi. » Pourtant, à le contempler, il prit enfin conscience que ce n'était pas la lumière de mage, l'éclat froid de la sorcellerie qui faisait ainsi ressortir chaque trait et chaque méplat du visage de l'homme, mais la lumière elle-même : le jour, la banale lumière du jour. Il y a avait là un pouvoir plus grand que le sien. Et les années n'avaient pas été plus douces à Épervier qu'à tout autre homme. C'étaient là les rides de l'âge; et il avait l'air fatigué, à mesure que la lumière devenait plus forte. Il bâilla...

A force de contempler, de s'étonner, de réfléchir, Arren finit par s'endormir. Mais Épervier resta auprès de lui à observer la venue de l'aurore et le lever du soleil, comme quelqu'un qui veillerait sur un trésor en danger ou sur un enfant malade.

V

RÊVES EN MER

TARD dans la matinée, Épervier ôta le vent de mage de la voile et laissa son bateau aller au vent du monde, qui soufflait doucement vers le sud-ouest. Loin sur la droite, les collines du sud de Wathort s'enfuyaient et devenaient de plus en plus distantes, petites et bleues comme des vagues confuses au-dessus des vagues.

Arren s'éveilla. La mer se chauffait à la chaleur dorée de midi, infinité d'eau sous une infinité de lumière. A la poupe se tenait Épervier, nu, à l'exception d'un pagne et d'une sorte de turban fait de toile de voile. Il chantait à voix basse, frappant de ses paumes le banc de nage comme un tambour, dans un rythme léger et monotone. Ce qu'il chantait n'était pas un envoûtement, ne célébrait point les Gestes de héros ou de rois, mais c'était un bourdonnement mélodieux aux paroles dénuées de sens, comme pourrait en chanter un jeune garçon gardant les chèvres, durant les longs, longs après-midi d'été, solitaire parmi les hautes collines de Gont.

Un poisson sauta hors de l'eau et glissa dans l'air sur une distance de plusieurs mètres, sur ses ailettes raides et chatoyantes pareilles aux ailes des libellules.

« Nous sommes dans le Lointain Sud », dit Épervier quand il eut terminé de chanter. « Une étrange partie du monde, où les poissons volent, et les dauphins chantent, dit-on. Mais l'eau est tiède, on peut y nager, et j'ai passé un accord avec les requins. Lave-toi du contact des trafiquants d'esclaves. »

Arren avait mal dans chacun de ses muscles, et fut d'abord réticent à se mouvoir. Il était aussi un nageur inexpérimenté, car les mers d'Enlad sont glaciales, si bien que l'on doit plutôt s'y battre qu'y nager, et que l'on se fatigue vite. Cette mer, plus bleue, était froide au premier plongeon, puis devenait délicieuse. Ses maux disparurent. Il battait l'eau près du flanc de *Voitloin* comme un jeune serpent de mer. La poussière d'eau s'envolait en fontaines. Épervier se joignit à lui; sa brasse était plus vigoureuse. Docile et protecteur, *Voitloin* les attendait, ses ailes paraissant blanches sur l'eau scintillante. Un poisson sauta hors de la mer; Arren le poursuivit; le poisson plongea, bondit à nouveau, nageant dans l'air, volant dans la mer, poursuivant Arren.

Doré et souple, le jeune garçon joua et lézarda dans l'eau et la lumière jusqu'à ce que le soleil touche la mer. Sombre et mesuré, avec l'économie de mouvement et la force précise de l'âge, l'homme nagea, maintint le cap du bateau, dressa une tente en toile de voile, observa avec une tendresse impartiale le garçon qui nageait et le poisson qui volait.

–« Où allons-nous? » questionna Arren à la nuit tombante, après avoir mangé en quantité viande salée et pain dur, et déjà somnolent.

– « Lorbanerie », répondit Épervier, et ces douces syllabes qui ne voulaient rien dire furent le dernier mot qu'Arren entendit ce soir-là, de sorte que ses rêves du début de la nuit se tissèrent autour. Il rêva qu'il marchait parmi des flots d'étoffe douce aux pâles couleurs, des lambeaux et des filaments de rose, d'or et d'azur, et en éprouvait un plaisir insensé; quelqu'un lui dit : « Ce sont les champs de soie de Lorbanerie, où il ne fait jamais nuit. » Mais plus tard, en fin de nuit, quand les étoiles d'automne brillent dans le ciel du printemps, il rêva qu'il se trouvait dans une maison en ruine. Il y faisait sec. Tout était empoussiéré, festonné de toiles d'araignées déchiquetées et poussiéreuses. Les jambes d'Arren étaient emmêlées dans ces toiles, qui emplissaient sa bouche et ses narines, l'empêchant de respirer. Et la pire de ces horreurs était qu'il savait que cette haute salle délabrée était celle où il avait déjeuné avec les Maîtres dans la Grande Maison de Roke.

Il se réveilla épouvanté, le cœur battant, les jambes comprimées par un banc de nage. Il se redressa, essayant d'échapper à ce rêve funeste. A l'est, il n'y avait pas encore de lumière, mais les ténèbres se diluaient. Le mât crissait; la voile, encore tendue à la brise du nord-est, luisait faiblement, bien au-dessus de lui. A l'arrière, son compagnon dormait profondément, silencieusement. Arren s'étendit à nouveau et somnola jusqu'à ce que la clarté du jour le réveille.

Ce jour-là, la mer était plus bleue et plus calme qu'il n'eût jamais pu l'imaginer, l'eau si tiède et si claire qu'en nageant dedans on avait l'impression de glisser ou de flotter sur l'air; c'était étrange, et ressemblait à un rêve.

A midi, il demanda : « Les sorciers font-ils grand cas des rêves? »

Épervier était en train de pêcher. Il surveillait attentivement sa ligne. Au bout d'un long moment, il dit : « Pourquoi? »

– « Je me demandais s'ils renferment jamais une part de vérité. »

– « Certainement. »

– « Est-il vrai qu'ils prédisent l'avenir? »

Mais le mage avait une prise, et dix minutes plus tard, lorsqu'il eut ramené leur déjeuner, un splendide bar bleu-argent, la question fut totalement oubliée.

Dans l'après-midi, comme ils paressaient sous la tente dressée pour les protéger du soleil implacable, Arren demanda : « Qu'allons-nous chercher à Lorbanerie? »

– « Ce que nous cherchons. »

– « A Enlad », fit Arren après un temps, « nous avons une histoire au sujet d'un garçon dont le maître était une pierre. »

– « Oui?... Et qu'a-t-il appris? »

– « A ne pas poser de questions. »

Épervier renifla, comme pour réprimer un rire, et se redressa. « Très bien! » fit-il. « Mais j'aurais préféré épargner mes mots jusqu'à ce que je sache de quoi je parle. Pourquoi ne fait-on plus de magie à Horteville, et à Naveduen, et peut-être à travers tous les Lointains? C'est ce que nous cherchons à apprendre, n'est-ce pas? »

– « Oui. »

– « Connais-tu ce vieux dicton : *Les lois changent dans les Lointains*? Les marins l'utilisent, mais c'est un dicton de mage, et il signifie que la magie elle-même dépend du lieu. Un sort authentique sur Roke peut n'être que de simples mots sur Iffish. On ne se rappelle pas partout le Langage de la Création : ici un mot, là un autre. Et le tissage des sorts est lui-même un tissage de la terre et de l'eau, des vents, du déclin de la lumière, de l'endroit où on le jette. J'ai navigué une fois dans l'Est, si loin que ni le vent ni l'eau ne prenaient garde à mes ordres, ignorants de leur nom véritable; ou plutôt c'était moi l'ignorant. Car le monde est très vaste, la Mer Ouverte s'étend au-delà de toute connaissance; et il existe des mondes au-delà du monde. Par-dessus ces abysses d'espace et dans cette longue étendue de temps, je doute qu'aucun mot qu'on puisse prononcer garde, partout et toujours, son pesant de sens et son pouvoir; à moins qu'il ne s'agisse de ce Premier Mot que prononça Segoy, en créant tout, ou Mot Final qui n'a pas été prononcé et ne le sera pas avant que toutes choses soient défaites... Ainsi, même dans notre monde de Terremer, les petites îles que nous connaissons, il existe des différences et des mystères, et des changements. Et le lieu le moins connu et le plus peuplé de mystères est le Lointain Sud. Peu de sorciers des Contrées de l'Intérieur sont venus parmi ce peuple. Il n'accueille pas volontiers les sorciers, possédant – à ce qu'on croit – sa propre forme de magie. Mais les rumeurs à ce sujet sont bien vagues, et il est possible que l'art de magie n'ait jamais été bien connu là-bas, ni pleinement compris. S'il en est ainsi, cet art pourrait facilement être défait par quelqu'un qui y serait déterminé, et plus tôt affaibli que notre magie des Contrées de l'Intérieur. Et dès lors nous pourrions entendre des contes sur la faillite de la magie dans le Sud. Car la discipline est le canal où s'écoulent nos actes, avec force et intensité; quand ils ne sont pas canalisés, les actes des hommes ne coulent qu'en surface, s'égarent et se perdent. C'est ainsi que cette grosse femme aux miroirs a perdu son art, et pense qu'elle ne l'a jamais possédé. C'est ainsi que Hare prend sa hazia, et croit être allé plus loin que ne vont les plus grands mages, alors qu'il se perd sitôt abordées les terres du rêve... Mais où *croit-il* aller? Que recherche-t-il? Quelle est cette chose qui a englouti sa magie? Nous avons assez vu de Horteville, je crois, et nous allons donc plus au sud, à Lorbanerie, pour voir ce qu'y font les sorciers, pour découvrir ce que nous devons découvrir. Cela répond-il à ta question? »

– « Oui, mais... »

– « Alors permets à la pierre de se taire un moment! » dit le mage. Et il s'assit près du mât dans l'ombre du vélum à la lumière jaunâtre, et se mit à observer la mer vers l'ouest, tandis que le bateau voguait doucement en direction du sud, au long de l'après-midi. Il était assis très droit, immobile. Les heures passèrent. Arren nagea plusieurs fois, se laissant tranquillement glisser dans l'eau depuis la poupe, car il n'aimait pas traverser la ligne de mire de ce regard sombre qui, dirigé vers l'ouest par-dessus la mer, semblait voir au-delà de la lumineuse ligne de l'horizon, au-delà du bleu de l'air, au-delà des frontières de la lumière.

Épervier émergea enfin de son silence, et parla, mais sans dire plus d'un mot à la fois. L'éducation d'Arren l'avait rendu apte à discerner promptement l'humeur cachée sous la courtoisie ou la réserve: il sut que son compagnon avait le cœur lourd. Il ne posa pas d'autre question, et, le soir venu, dit: « Si je chante, cela troublera-t-il votre réflexion? » Épervier répliqua, dans un effort pour plaisanter : « Cela dépend de ta façon de chanter. »

Arren s'adossa au mât et chanta. Sa voix n'était plus aiguë et suave comme lorsque le maître de musique du château de Berila l'avait formée, des années auparavant, faisant résonner les accords sur sa haute harpe: à présent, elle était voilée dans les notes élevées, et dans les basses avait la résonance d'une viole, grave et claire. Il chanta la Complainte de l'Enchanteur Blanc, cette chanson composée par Elfarranne quand elle sut la mort de Morred, et attendait la sienne. Ce n'est pas souvent qu'on chante cette chanson, ni pour quelque motif futile. Épervier écouta la jeune voix forte, assurée et triste entre la mer et le ciel rouge, et les larmes lui vinrent aux yeux, l'aveuglant.

Arren resta un certain temps silencieux après cette chanson; puis il se mit à chanter des airs mineurs, plus légers, à voix basse, berçant l'immense monotonie de l'air sans un souffle de vent, de la mer palpitante et de la lumière décroissante, tandis que se répandait la nuit.

Quand il s'arrêta de chanter, tout était calme, le vent était tombé, les vagues avaient diminué, les bois et les cordages crissaient à peine. La mer se taisait; au-dessus d'elle, les étoiles apparaissaient une à une. Au sud surgit une lumière jaune et perçante, qui dispersa sur l'eau des éclats d'or.

– « Regardez! Un phare! » Puis, au bout d'une minute : « Se peut-il que ce soit une étoile? »

Épervier la contempla un moment et dit enfin : « Je crois qu'il s'agit de l'étoile Gobardon. On ne peut la voir que dans le Lointain Sud. Gobardon veut dire Couronne. Kurremkarmerruk nous a enseigné que, si l'on pousse encore plus loin vers le sud, on dégage une à une de l'horizon huit autres étoiles en dessous de Gobardon, formant une grande constellation, dont certains disent qu'elle a la forme d'un homme qui court, d'autres de la rune Agnen. La rune de Fin. »

Ils la regardèrent illuminer l'horizon marin agité et continuer à briller d'un éclat soutenu.

– « Tu as chanté Elfarranne », dit Épervier, « comme si tu avais su sa douleur, et me l'as fait savoir aussi... De toutes les histoires de Terremer, c'est celle qui m'a toujours le plus captivé. Le courage extraordinaire de Morred contre le désespoir; et Serriadh qui était né au-delà du désespoir, le bon roi. Et elle, Elfarranne. Lorsque j'accomplis le plus grand mal que j'aie jamais fait, ce fut pourtant vers sa beauté que je crus me tourner; et je la vis... L'espace d'un moment. je vis Elfarranne. »

Un frisson glacé parcourut le dos d'Arren. Il déglutit et resta silencieux, fixant l'étoile couleur de topaze. sinistre et splendide.

– « Lequel de ces héros est ton préféré? » questionna le mage, et Arren répondit en hésitant : « Erreth-Akbe. »

– « Parce que c'était le plus grand? »

– « Parce qu'il aurait pu régner sur Terremer tout entière, mais ne le voulut pas, et partit seul, et mourut solitaire en combattant le dragon Orm sur le rivage de Sélidor. »

Le mage ne répondit pas. Chacun suivit un moment ses propres pensées. Puis Arren demanda, observant toujours Gobardon la jaune : « Il est donc vrai qu'on peut ramener les morts à la vie par la magie et les faire parler aux vivants? »

– « Par les sorts d'Appel. C'est en notre pouvoir. Mais on en fait rarement usage, et jamais avec sagesse, je crois. Le Maître Appeleur est d'accord avec moi; il n'enseigne pas la Science de Paln où se trouvent ce genre de sorts; il ne l'utilise pas non plus. Les plus puissants de ces sorts furent forgés, il y a mille ans, par celui qu'on appelait le Grand Mage de Paln. Il invoquait les esprits des héros et des mages, Erreth-Akbe lui-même, afin qu'ils conseillent les Seigneurs de Paln sur la conduite des guerres et du gouvernement. Mais le conseil des morts n'est pas profitable aux vivants. Paln connut des temps malheureux. Le Mage Gris fut chassé. Il mourut oublié. »

– « Il est donc mauvais de les appeler? »

– « J'appellerai plutôt cela un malentendu. Une conception erronée de la vie. La mort et la vie sont une seule et même chose; comme les deux côtés de la main, le dessus et la paume. Et pourtant, le dessus et la paume sont différents... On ne peut ni les séparer, ni les confondre. »

– « Alors, personne n'utilise plus ces sorts, à présent? »

– « Je n'ai connu qu'un homme qui les employât

librement, sans se rendre compte de leurs risques. Car ils sont dangereux, et comportent des risques plus grands que toute autre magie. Je viens de dire que la vie et la mort sont comme les deux côtés de ma main, mais, en vérité, nous ne savons pas ce qu'est la vie ni ce qu'est la mort. Il n'est pas sage d'avoir pouvoir sur ce qu'on ne comprend pas; et il est bien improbable qu'il en résulte quelque chose de bon. »

– « Qui était cet homme qui les utilisait? » demanda Arren.

C'était la première fois qu'Épervier répondait si volontiers à ses questions, dans cette ambiance tranquille et méditative. Parler les consolait tous deux, quoique le sujet en fût sombre.

– « Il vivait à Havnor. On le tenait pour un simple sorcier, mais il avait le pouvoir inné d'un grand mage. Il monnayait son art, montrant à quiconque le payait tout esprit qu'il désirait voir, celui d'une épouse morte, d'un mari ou d'un enfant, emplissant sa maison d'ombres inquiètes venues des siècles anciens, des jolies femmes du temps des Rois. Je l'ai vu faire revenir de la Terre Aride mon vieux maître, celui qui était Archimage dans ma jeunesse, Nemmerle, dans le seul but de distraire les oisifs. Et cette grande âme vint à son appel, comme un chien soumis. Je me mis en colère, et le défiai. Je n'étais point encore Archimage. Je dis: « Tu contrains les morts à venir dans la maison. Viendras-tu avec moi dans la leur? » Et je le fis venir, bien qu'il luttât contre moi de toute sa volonté, changeât de forme, et pleurât à voix haute dans les ténèbres quand il ne put plus rien faire d'autre. »

– « Vous l'avez donc tué? » chuchota Arren, captivé.

– « Non. Je l'ai obligé à me suivre dans la terre des morts, et à en revenir avec moi. Il avait peur. Lui qui invoquait les morts avec une telle facilité avait plus peur de la mort – de sa propre mort – que tout autre homme de ma connaissance. Devant le mur de pierre... Mais je t'en dis plus qu'un novice ne doit en savoir. Et tu n'es pas même un novice. » Dans la nuit, les yeux perçants rendirent à Arren son regard, le plongeant dans la confusion. « Aucune importance », dit l'Archimage. « Il y a donc un mur de pierre, à un certain endroit de la frontière. L'esprit le traverse à l'heure de la mort, et un vivant peut le traverser, et revenir, s'il connaît le chemin... Près du mur de pierre, cet homme se blottit, du côté des vivants, et essaya en vain de résister à ma volonté. Il s'accrochait aux pierres avec ses mains, pleurait et gémissait. Je l'ai obligé à continuer. Sa peur me donnait la nausée et m'irritait. J'aurais dû savoir à cela que j'agissais mal. Mais j'étais possédé par la colère et la vanité. Il était très fort, et moi impatient de prouver que j'étais plus fort encore. »

– « Qu'a-t-il fait ensuite, lorsque vous êtes revenus ? »

– « Rampé, et juré de ne plus employer la Science Palnienne ; il m'embrassa la main, mais m'aurait tué s'il l'avait osé. »

– « Qu'advint-il de lui ? »

– « Il a quitté Havnor pour l'ouest, peut-être pour Paln ; j'ai entendu dire, des années plus tard, qu'il était mort. Il avait les cheveux blancs lorsque je le connus, bien qu'il fût encore un homme vif, aux longs bras de lutteur. Qu'est-ce qui m'a pris de parler de lui ? Je n'arrive même pas à me rappeler son nom. »

– « Son vrai nom ? »

– « Non ! Celui-là, je peux m'en souvenir... » Puis il s'interrompit, et, le temps de trois battements de cœur, se tint à tout fait immobile.

– « On l'appelait Cygne, à Havnor », dit-il d'une voix prudente et changée. Il faisait trop sombre maintenant pour distinguer l'expression de son visage. Arren le vit se tourner et regarder l'étoile jaune, à présent plus haute sur les vagues, projetant sur eux une traînée d'or aussi fine qu'un fil d'araignée. Au bout d'un moment, il dit : « Ce n'est pas seulement dans les rêves, Arren, que nous nous trouvons face à ce qui est encore à venir dans ce qui est depuis longtemps oublié, et que nous disons ce qui paraît être des absurdités parce que nous refusons d'en voir la signification. »

VI

LORBANERIE

VUE à travers quinze kilomètres d'une eau éclairée par le soleil, Lorbanerie était verte, verte comme la mousse vive sur le bord d'une fontaine. De près, elle éclatait en feuilles, en troncs d'arbres, en ombres, en routes, en maisons, en visages et en vêtements, en poussière, et tout ce qui compose une île habitée par l'homme. Mais pourtant, par-dessus tout, elle était verte : car chacun de ses arpents de terre qui n'était pas bâti ou ne servait pas de chaussée était abandonné à ces arbres bas au faîte arrondi appelés hurbahs, dont les feuilles nourrissent les petits vers filant la soie que dévident et tissent les hommes, les femmes et les enfants de Lorbanerie. Au crépuscule, l'air est empli de petites chauves-souris grises qui se nourrissent des vers. Elles en mangent beaucoup, mais on le leur tolère et elles ne sont point exterminées par les tisserands, qui tiennent en vérité leur meurtre pour un acte de très mauvais augure. Car, disent-ils, si les êtres humains vivent des vers, les petites chauves-souris ont certainement le droit d'en faire autant.

Les maisons étaient curieuses, avec leurs petites fenêtres disposées au hasard, et leurs toits faits de brindilles d'hurbah, tous verts de mousse et de lichen. Ç'avait été autrefois une île prospère, pour une île des Lointains, et cela se voyait encore aux maisons qui avaient été bien peintes et bien meublées, aux grands rouets et aux métiers dans les chaumières et les ateliers, et à la jetée de pierre du petit port de Sosara, où auraient pu se ranger plusieurs galères marchandes. Mais le port était vide. La peinture des maisons était délavée, il n'y avait plus de mobilier neuf, et la plupart des rouets et des métiers étaient immobiles, couverts de poussière, avec des toiles d'araignées entre les pédales, entre la lice et le cadre.

« Des sorciers? » dit le maire du village de Sosara, un homme trapu au visage aussi dur et aussi brun que la plante de ses pieds nus. « Il n'y a pas de sorciers à Lorbanerie. Il n'y en a jamais eu. »

– « Qui l'eût cru? » fit Épervier, d'un ton admiratif.

Il était assis avec huit ou neuf villageois, et buvait du vin fait avec les baies d'hurbah, une boisson claire et amère. Il leur avait dit, par nécessité, qu'il était dans le Lointain Sud à la recherche de pierre d'emmelle, mais ne s'était déguisé d'aucune manière, pas plus que son compagnon, mis à part le fait qu'Arren avait caché son épée sur le bateau, comme de coutume; et si Épervier avait son bâton sur lui, il était invisible. Les villageois s'étaient d'abord montrés maussades et hostiles, et paraissaient disposés à le redevenir d'un moment à l'autre; seules l'habileté et l'autorité d'Épervier avaient pu forcer leur réticence. « Vous devez avoir ici de merveilleux arboriculteurs », disait-il à présent. « Que font-ils en cas de gelée tardive pour les vergers? »

– « Rien », dit un homme maigre au bout de la rangée des villageois. Ils étaient tous assis en file, adossés au mur de la taverne, sous les feuilles du chaume. Tout près de leurs pieds nus, la pluie douce d'avril s'écrasait en grosses gouttes sur la terre.

– « C'est la pluie le danger, non la gelée », dit le maire. « Elle fait pourrir les caisses des vers à soie. Et nul ne peut empêcher la pluie de tomber. Nul ne l'a jamais fait. » Il était agressif pour tout ce qui touchait aux sorciers et à la sorcellerie; certains des autres semblaient plus réservés sur le sujet. « Jamais il ne pleuvait à cette époque de l'année », fit l'un d'eux, « quand le vieux était vivant. »

– « Qui? Le vieux Mildi? Eh bien, il n'est plus vivant. Il est mort », dit le maire.

– « On l'appelait l'Homme des Vergers », dit l'homme maigre. « Oui. L'Homme des Vergers, qu'on l'appelait », dit un autre. Le silence tomba, comme tombait la pluie.

Derrière la fenêtre de l'unique pièce de l'auberge se tenait Arren. Il avait trouvé, accroché au mur, un vieux luth, au long manche et à trois cordes, tel qu'on en jouait dans l'Ile de Soie; et il en jouait en ce moment, apprenait à en tirer de la musique, sans guère faire plus de bruit que la pluie crépitant sur le chaume.

« Dans les marchés d'Horteville », dit Épervier, « j'ai vu de l'étoffe vendue pour de la soie de Lorbanerie. C'était quelquefois de la soie. Mais jamais de la soie de Lorbanerie. »

– « Les saisons ont été mauvaises », dit l'homme maigre. « Quatre ans, cinq maintenant. »

– « Cinq ans, que cela fait, depuis la Veille des Friches », dit un vieillard d'une voix mâchonnante, satisfaite, « depuis que le vieux Mildi est mort, oui, mort bel et bien, et il était loin d'avoir l'âge que j'ai. Mort la Veille des Friches, oui. »

– « La rareté a fait monter les prix », dit le maire. « Pour une pièce de demi-fine teinte en bleu, nous obtenons maintenant ce que nous obtenions jadis pour trois. »

– « Quand nous les obtenons. Mais où sont les bateaux? Et le bleu est artificiel », dit l'homme maigre, amenant ainsi une discussion d'une demi-heure sur la qualité des teintures qu'ils employaient dans les immenses ateliers.

– « Qui fabrique les teintures? » interrogea Épervier, et alors éclata une nouvelle querelle. On aboutit à la conclusion que toutes les opérations de teinture se faisaient sous la surveillance d'une famille, dont les membres, en fait, se donnaient le titre de sorciers; mais s'ils avaient jamais été des sorciers, ils avaient perdu leur art, et personne d'autre ne l'avait retrouvé, comme le fit aigrement remarquer l'homme maigre. Car ils étaient tous d'accord là-dessus, excepté le maire : les fameuses teintures bleues de Lorbanerie, et la pourpre sans pareille, le « feu de dragon » porté autrefois par les Reines de Havnor, n'étaient plus ce qu'elles avaient été. Quelque chose leur manquait, les pluies hors saison en étaient la cause, ou les colorants, ou les purifiants. « Ou les yeux des hommes qui ne savent distinguer l'azur véritable du bleu boueux », dit l'homme maigre en regardant fixement le maire. Celui-ci ne releva pas le défi ; et ils retombèrent dans le silence.

Le vin clairet ne semblait rendre leur humeur que plus acide, et leurs visages avaient un air renfrogné. On n'entendait plus à présent d'autre bruit que le murmure de la pluie sur les feuilles innombrables des vergers de la vallée, et le chuchotement de la mer au bout de la rue, et le susurrement du luth dans l'obscurité, à l'intérieur de la maison.

« Sait-il chanter, cette fille manquée qui vous accompagne ? » demanda le maire.

– « Oui, assurément. Arren ! Chante-nous un air, mon garçon. »

– « Je n'arrive pas à faire jouer ce luth autrement qu'en mineur », dit Arren par la fenêtre, souriant. « Il ne veut que pleurer. Qu'aimeriez-vous entendre, mes hôtes ? »

– « Quelque chose de nouveau », grommela le maire.

Le luth frémit légèrement ; Arren possédait déjà le toucher. « Ceci sera peut-être nouveau pour vous », dit-il. Puis il chanta.

Par les blancs Détroits de Soléa
et les rouges branches
qui inclinent leurs fleurs
sur sa tête penchée, lourde
de chagrin pour l'amant perdu,
par la branche rouge et la branche blanche
et le chagrin incessant
je jure, Serriadh,
fils de ma mère et de Morred,
de me souvenir du mal qui te fut fait
à jamais, à jamais.

Ils étaient immobiles : le visage amer et sagace, les mains durcies par le travail et le corps noueux. Ils étaient immobiles dans ce chaud et pluvieux crépuscule du Sud, et ils écoutaient ce chant pareil au cri du cygne gris des froides mers d'Ea, affligé, languissant. Après que le chant fut terminé, ils restèrent un moment silencieux.

« C'est une étrange musique », fit l'un d'eux avec hésitation.

Un autre, sûr que l'île de Lorbanerie était, de toute éternité, le centre du monde, dit : « La musique étrangère est toujours bizarre et lugubre. »

– « Faites-nous entendre un peu de la vôtre », dit Épervier. « J'aimerais entendre moi-même une stance joyeuse. Ce garçon ne chante jamais que les héros morts. »

– « Écoutez ça », dit celui qui avait parlé le dernier ; il toussa un peu et entonna un chant qui parlait d'un loyal et robuste tonneau de vin, *ého ého, trinquons en cœur !*. Mais personne ne se joignit à lui et son *ého ého* tomba à plat.

« On ne sait plus chanter comme il faut », dit-il avec irritation. « C'est la faute aux jeunes gens, toujours à changer la façon de faire les choses, de vraies girouettes, et qui n'apprennent pas les vieilles chansons. »

– « Ce n'est pas cela », dit l'homme maigre, « on ne sait plus rien faire comme il faut. Rien ne va plus. »

– « Oui, oui, oui », siffla le plus vieux. « La chance s'est tarie. Voilà ce qu'il y a. La chance s'est tarie. »

Après cela, il n'y avait plus grand-chose à dire. Les villageois partirent par groupes de deux ou trois, jusqu'à ce qu'Épervier restât seul devant la fenêtre, et Arren derrière. Puis, finalement, Épervier se mit à rire. Mais ce n'était pas un rire joyeux.

La timide épouse de l'aubergiste vint étendre pour eux des matelas sur le plancher, et s'en alla ; ils se couchèrent. Mais les hauts chevrons de la chambre étaient peuplés de chauve-souris. Tout au long de la nuit, elles entrèrent et sortirent par les fenêtres sans vitres, couinant de façon très aiguë. Ce n'est qu'à l'aube qu'elles se calmèrent, chacune revenant se suspendre tête en bas à un chevron, en un petit paquet gris et net.

Peut-être était-ce l'activité fébrile des chauves-souris qui empêchait Arren de dormir. Cela faisait plusieurs nuits qu'il n'avait pas dormi sur la terre ferme; son corps n'était plus habitué à l'immobilité, et exigeait pour s'endormir d'être bercé, bercé... Puis le monde surgissait sous lui, et il s'éveillait en un grand sursaut. Lorsque enfin il s'endormit, il rêva qu'il était enchaîné dans la cale du marchand d'esclaves; d'autres se trouvaient avec lui, mais ils étaient tous morts. Il se réveilla plus d'une fois au cours de ce rêve, dans ses tentatives pour s'en évader; mais en se rendormant, il le réintégrait aussitôt. Enfin, il lui sembla qu'il était tout seul sur le bateau, mais toujours enchaîné et incapable de bouger. Alors une curieuse voix lente lui parla à l'oreille. « Détache tes liens », lui dit-elle. « Détache tes liens. » Il essaya donc de bouger, et remua : il se leva. Il se trouvait sur une lande obscure et vaste, sous un ciel pesant. Il y avait de l'horreur sur cette terre, dans cet air lourd, une horreur immense. Cet endroit était la peur, la peur elle-même, et il était au beau milieu, et il n'y avait pas de chemin. Il devait trouver sa voie, mais il n'y avait aucun chemin, et il était tout petit, comme un enfant, comme une fourmi; et ce lieu était immense, sans limites. Il essaya de marcher, trébucha, et s'éveilla.

Maintenant qu'il était conscient, la peur était en lui, et ce n'était pas lui qui était dedans : pourtant elle n'était pas moins immense et sans bornes. Il se sentait étouffé par les ténèbres de la chambre; il chercha des étoiles dans le carré noir de la fenêtre, mais, bien que la pluie eût cessé, il n'y en avait pas. Il resta allongé là, éveillé, effrayé, et les chauves-souris entraient et sortaient sur leurs ailes de cuir silencieuses. Parfois il entendait leurs voix grêles, à la limite de ses facultés auditives.

Le matin arriva, lumineux, et ils se levèrent de bonne heure. Épervier s'informa gravement des endroits où il pourrait trouver la pierre d'emmelle. Bien qu'aucun des habitants de la ville ne sût ce qu'était la pierre d'emmelle, tous avaient une théorie à ce sujet, et ils se querellèrent; il écouta, mais les informations qu'il recherchait ne concernaient pas la pierre d'emmelle. En fin de compte, Arren et lui prirent la direction que leur suggérait le maire, vers les carrières d'où l'on tirait la terre bleue des teintures. Mais, en cours de route, Épervier bifurqua sur un chemin latéral.

« Ce doit être cette maison », dit-il. « Ils ont dit que cette famille de fabricants de couleurs et de magiciens tombés en discrédit vivait sur cette route. »

– « Est-il utile de leur parler? » fit Arren, qui ne se souvenait que trop bien de Hare.

– « Il y a un noyau à cette infortune », dit le mage avec rudesse. « Il y a un endroit par où fuit la chance. J'ai besoin d'un guide qui m'y conduise! » Il continua, et Arren fut obligé de le suivre.

La maison se dressait à l'écart au milieu des vergers; c'était une belle bâtisse en pierre, mais depuis longtemps négligée, ainsi que les terrains environnants. Les cocons de vers à soie que l'on n'avait pas cueillis pendaient décolorés parmi les branches déchiquetées, et le sol en dessous était couvert d'une épaisse litière de vers et de larves, qui avait la consistance du papier. Tout autour de la maison, sous les arbres serrés, flottait une odeur de pourriture, et, comme ils s'en approchaient, Arren se remémora soudain l'horreur qui l'avait hanté la nuit précédente.

Avant qu'ils aient atteint la porte, celle-ci s'ouvrit à la volée. Surgit une femme aux cheveux gris, qui leur lança un regard furibond de ses yeux rougis, en hurlant : « Hors d'ici, maudits, voleurs, langues de vipères, niais, menteurs et bâtards stupides! Dehors, dehors, partez! La malchance soit éternellement sur vous! »

Épervier abandonna son air quelque peu stupéfait et leva vivement une main, en un geste curieux. Il dit un mot : « Détourne! »

La femme cessa de glapir. Elle le dévisagea.

– « Pourquoi as-tu fait cela? »

– « Pour détourner ta malédiction. »

Elle le fixa plus longuement et dit enfin, d'une voix enrouée : « Étrangers ? »

– « Nous venons du nord. »

Elle s'avança. Au début, Arren s'était senti enclin à rire d'elle, cette vieille femme poussant des cris de chouette sur le pas de sa porte, mais, arrivé plus près, il sentit seulement la honte. Elle était répugnante, mal vêtue, son haleine empestait, et ses yeux avaient une expression fixe, terrible, de douleur.

« Je n'ai pas le pouvoir de jeter des malédictions », dit-elle. « Aucun pouvoir. » Elle imita le geste de l'Épervier. « On fait encore cela, là d'où vous venez ? »

Il acquiesça. Il la regardait calmement, et elle lui rendait son regard. Très vite, son visage se crispa et commença à se modifier, et elle dit : « Où est ton bâton ? »

– « Je ne le montre pas ici, sœur. »

– « Non, c'est préférable. Cela te tiendrait à l'écart de la vie. Comme mon pouvoir m'en tenait à l'écart. Aussi l'ai-je perdu. J'ai perdu toutes les choses que je connaissais, tous les mots et les noms. Ils sont sortis en chapelets de ma bouche et de mes yeux comme des fils d'araignées. Il y a un trou dans le monde, par où s'écoule la lumière. Et les mots s'enfuient avec elle. Le savais-tu ? Mon fils passe toutes ses journées à contempler le noir, il cherche le trou dans le monde. Il dit qu'il verrait mieux s'il était aveugle. Il a perdu la main, en tant que teinturier. Nous étions les Teinturiers de Lorbanerie. Regarde ! » Elle agita devant eux des bras maigres, musculeux, zébrés jusqu'à l'épaule par un mélange de teintures ineffaçables. « Cela ne part pas », dit-elle, « mais l'esprit, lui, se nettoie. Il ne garde pas les couleurs. Qui es-tu ? »

Épervier ne dit rien. A nouveau ses yeux retinrent ceux de la femme ; et Arren, à l'écart, les observait, mal à l'aise.

Tout à coup elle se mit à trembler et dit dans un murmure : « Je te connais... »

– « Oui. Entre pareils on se connaît, sœur. »

C'était étrange à voir, la façon dont elle s'écartait du

mage, terrifiée, voulant le fuir, et en même temps brûlant d'envie de s'agenouiller à ses pieds.

Il lui prit la main et la retint. « Aimerais-tu retrouver ton pouvoir, tes talents et les noms? Je puis te les rendre. »

– « Tu es le Grand Homme », chuchota-t-elle. « Tu es le Roi des Ombres, le Seigneur des Ténèbres... »

– « Non. Je ne suis pas un roi. Je suis un homme, un mortel, ton frère et ton semblable. »

– « Mais tu ne mourras pas? »

– « Si fait. »

– « Mais tu reviendras, et vivras à jamais. »

– « Non. Ni moi, ni aucun homme. »

– « Tu n'es donc pas... pas le Grand Ténébreux? » dit-elle, se rembrunissant, et le regardant avec une certaine méfiance, mais moins de crainte. « Mais tu es un Grand. Y en a-t-il donc deux? Quel est ton nom? »

Le visage grave d'Épervier s'adoucit pour un temps. « Cela, je ne puis te le dire », fit-il avec affabilité.

– « Je vais te dire un secret », dit-elle. Elle se tenait plus droite maintenant, face à lui, et il y avait comme l'écho d'une dignité ancienne dans sa voix et son maintien. « Je ne désire pas vivre, vivre et vivre à jamais. Je préférerais retrouver les noms des choses. Mais ils ont tous disparu. Les noms n'importent plus guère à présent. Il n'y a plus de secrets. Veux-tu savoir mon nom? » Les yeux emplis de lumière, les poings serrés, elle se pencha et murmura : « Mon nom est Akaren. » Puis elle hurla : « Akaren! Akaren! Mon nom est Akaren! Maintenant ils connaissent tous mon nom secret, mon nom véritable, et il n'y a plus de secrets, plus de vérité, et plus de mort-mort-mort-mort! » Elle hurlait ce mot en sanglotant, et l'écume volait de ses lèvres.

– « Du calme, Akaren! »

Elle se calma. Les larmes coulèrent sur son visage, qui était sale et strié par les mèches de sa chevelure grise en désordre.

Épervier prit entre les mains ce visage ridé, bouffi de larmes, et très légèrement, très tendrement, l'embrassa sur les yeux. Elle resta immobile, les yeux fermés. Puis, la bouche contre son oreille, il parla un peu dans l'Ancien Langage, l'embrassa encore, et la lâcha.

Elle ouvrit les yeux et le regarda un moment, avec des yeux pensifs et étonnés. C'est ainsi qu'un nouveau-né contemple sa mère; c'est ainsi qu'une mère contemple son enfant. Elle fit lentement demi-tour, alla jusqu'à la porte, la franchit, et la referma derrière elle; le tout en silence, avec toujours sur son visage cet air d'étonnement tranquille.

En silence, le mage fit demi-tour et repartit vers la route. Arren le suivit. Il n'osait pas poser de question. Bientôt le mage s'arrêta, là, dans le verger abandonné, et dit : « Je lui ai retiré son nom, pour lui en donner un neuf. Et c'est dans un sens une nouvelle naissance. Il n'y avait pour elle aucun autre recours ni aucun autre espoir. »

Sa voix était tendue et étouffée.

« C'était une femme de pouvoir », poursuivit-il. « Pas une simple sorcière, ni une faiseuse de potions, mais une femme de talent, employant son art à créer la beauté, une femme fière, et honorable. C'était sa vie. Et tout cela est perdu. » Il se détourna brusquement, s'éloigna dans les allées du verger, et s'arrêta auprès d'un tronc d'arbre, tournant le dos à Arren.

Celui-ci l'attendit dans la chaude lumière mouchetée par le feuillage. Il savait qu'Épervier avait honte d'accabler Arren de son émotion; et il n'y avait rien en vérité que le jeune homme pût faire ou dire. Mais son cœur débordait d'un élan total vers son compagnon, non plus avec l'ardeur romantique et l'adoration des premiers moments, mais avec douleur, comme si un lien que rien ne pouvait rompre eût été forgé entre eux, ancré au tréfonds de lui-même. Car dans son amour il y avait à présent de la compassion, sans laquelle l'amour manque de fermeté et de plénitude et ne dure pas.

Enfin, Épervier le rejoignit à travers l'ombre verte du verger. Aucun d'eux ne parla, et ils reprirent leur chemin côte à côte. Il faisait déjà très chaud; la pluie de la nuit précédente avait séché et de la poussière se soulevait sous leurs pas. Le début de la journée avait paru ennuyeux et insipide à Arren, comme infecté par ses rêves; maintenant il prenait plaisir à la morsure du soleil et au réconfort de l'ombre, et il lui était agréable de marcher sans réfléchir à leur situation.

C'était aussi bien, car ils n'obtinrent aucun résultat. Ils passèrent l'après-midi à bavarder avec les hommes qui extrayaient les minéraux de teinture, et marchandèrent quelques morceaux de ce qu'on leur dit être de la pierre d'emmelle. Tandis qu'ils s'en retournaient d'une démarche lasse vers Sosara, le soleil déclinant leur martelant la tête et le cou, Épervier remarqua : « C'est de la malachite bleue; mais je doute que ceux de Sosara connaissent la différence. »

– « Les gens d'ici sont bizarres », dit Arren. « Il en est ainsi de tout, ils ne savent faire aucune différence. Comme l'a dit l'un d'entre eux au chef hier soir : " Tu ne reconnaîtrais pas l'azur véritable de la boue bleue... " Ils se plaignent que les temps soient durs, mais ils ne savent pas quand ces temps difficiles ont commencé; ils disent que le travail est de mauvaise qualité, mais ne font rien pour l'améliorer; ils ne savent pas même la différence entre un artisan et un forgeur de sort, entre l'artisanat et la magie. C'est comme si les limites, les différences et les couleurs n'étaient pas claires dans leur tête. Tout est pareil pour eux, tout est gris. »

– « Oui », dit le mage, pensif. Il marcha à grands pas durant un moment, la tête entre les épaules, comme un faucon; bien que de petite taille, sa foulée était longue. « Que leur manque-t-il? »

Arren répondit sans hésitation : « La joie de vivre. »

– « Oui », répéta Épervier, admettant le jugement d'Arren, sur lequel il médita un moment. « Je suis heureux», dit-il enfin, « que tu puisses penser à ma place, mon garçon... Je me sens stupide et las. J'ai mal dans mon cœur depuis ce matin, depuis que nous avons parlé à celle qui fut Akaren. Je n'aime pas le gâchis et la destruction. Je ne veux pas avoir d'ennemi. Si je dois en avoir un, je n'ai pas envie de le chercher, de le trouver, de le rencontrer... S'il faut partir en chasse, que le prix en soit un trésor, et non une chose détestable. »

– « Un ennemi, mon seigneur?... » fit Arren.

Épervier hocha la tête.

– « Quand elle parlait du Grand Homme, du Roi des Ombres...? »

Épervier hocha à nouveau la tête. « C'est ce que je pense », dit-il. « Je pense qu'il nous faut non seulement arriver à un lieu, mais à une personne. C'est le mal, le mal qui passe sur cette île, cette perte de l'art et de l'orgueil, ce manque de joie, ce gâchis. C'est l'œuvre d'une volonté maligne. Mais d'une volonté qui n'est pas même tournée vers cet endroit, qui ne remarque pas même Akaren ou Lorbanerie. La piste que nous suivons est jonchée d'épaves, comme si nous suivions une charrette détachée qui dévale le flanc d'une montagne, déclenchant une avalanche. »

– « Pourrait-elle, Akaren, vous en dire plus sur cet ennemi, qui il est et où il est, ou *ce* qu'il est? »

– « Pas maintenant, mon garçon », dit le mage d'une voix douce mais plutôt découragée. « Elle aurait pu le faire, sans nul doute. Dans sa folie, il restait encore de la sorcellerie. En fait sa folie *était* sa sorcellerie. Mais je ne pouvais pas la forcer à me répondre. Elle avait trop mal. »

Et il continua d'avancer, la tête rentrée entre les épaules, comme si lui-même souffrait d'un mal auquel il eût aimé échapper.

Arren se détourna en entendant un frottement de pieds derrière eux sur la route. Un homme courait après eux, à bonne distance, mais se rapprochant vite. La poussière de la route et sa longue chevelure raide dessinaient autour de lui des auréoles rouges dans la lumière du couchant, et son ombre allongée faisait des bonds fantastiques sur les troncs et les allées des vergers le long de la route. « Écoutez! » clamait-il. « Arrêtez! Je l'ai trouvé! Je l'ai trouvé! »

Il les rattrapa rapidement. La main d'Arren se porta d'abord à l'endroit où aurait pu être la garde de son épée, puis à la place où avait été le couteau qu'il avait perdu, et enfin serra le poing, le tout en une demi-seconde. Il fronça le sourcil et avança. L'homme avait largement une tête de plus qu'Épervier, la carrure large; un dément, haletant, délirant, au regard fou. « Je l'ai trouvé! » poursuivit-il, cependant qu'Arren tentait de le dominer par une voix et une attitude sévères et menaçantes. « Que voulez-vous? » lui dit-il. L'homme essaya de le contourner pour atteindre Épervier; Arren se campa à nouveau devant lui.

– « Tu es le Teinturier de Lorbanerie », dit Épervier.

Arren eut alors le sentiment de s'être conduit comme un idiot, en voulant protéger son compagnon; et il s'écarta du chemin. Car, dès que le mage eut prononcé ces six mots, le fou s'arrêta de panteler et de serrer convulsivement ses grosses mains tachées; ses yeux se firent plus calmes; il hocha la tête.

– « J'étais le Teinturier », dit-il, « mais à présent je ne sais plus teindre. » Puis il jeta un regard oblique à Épervier, et sourit; il secoua sa tête garnie d'une broussaille de cheveux rougeâtres et poussiéreux. « Vous avez ôté son nom à ma mère. Maintenant, je ne la connais plus, et elle ne me connaît plus. Elle m'aime encore, mais elle m'a quitté. Elle est morte. »

Le cœur d'Arren se serra, mais il vit qu'Épervier se contentait de secouer la tête. « Non, elle n'est pas morte », dit-il.

– « Mais elle le sera bientôt. Elle va mourir. »

– « Oui. C'est l'une des conséquences de la vie », dit le mage. Le Teinturier sembla chercher dans sa tête pour déchiffrer cette phrase, puis il alla droit à Épervier, le prit par les épaules et se pencha sur lui. Il fit si vite qu'Arren ne put l'en empêcher, mais celui-ci s'approcha suffisamment pour entendre son chuchotement : « J'ai trouvé le trou dans les ténèbres. Le roi se tenait là. Il le surveille, il règne sur lui. Il avait dans sa main une petite flamme, une petite chandelle. Il a soufflé dessus, et elle s'est éteinte. Puis il a soufflé à nouveau et elle s'est rallumée! Elle s'est enflammée! »

Épervier ne protesta pas contre cette étreinte et ce

chuchotement à ses oreilles. Il demanda simplement : « Où étais-tu quand tu as vu cela ? »

– « Au lit. »

– « Tu rêvais ? »

– « Non. »

– « A travers le mur ? »

– « Non », dit le Teinturier, d'un ton soudain plus calme, comme mal à l'aise. Il lâcha le mage, et fit un pas en arrière. « Non... Je ne sais pas où c'est. Je l'ai trouvé. Mais je ne sais pas où. »

– « C'est ce que j'aimerais savoir », dit Épervier.

– « Je peux vous aider. »

– « Comment ? »

– « Vous avez un bateau. C'est avec lui que vous êtes venu, c'est avec lui que vous allez continuer. Allez-vous vers l'ouest ? C'est la direction. La direction de l'endroit d'où il sort. Il faut qu'il y ait un endroit, un endroit *ici,* parce qu'il est vivant – pas seulement les esprits, les fantômes, qui passent par-dessus le mur, pas ça – il n'y a que les âmes qu'on puisse faire passer par-dessus le mur, mais il s'agit du corps, de la chair immortelle. J'ai vu la flamme monter dans les ténèbres sous son souffle, la flamme qui était éteinte. J'ai vu cela. » Le visage de l'homme était transfiguré, empli d'une sauvage beauté, dans la lumière rouge doré qui persistait. « Je sais qu'il a vaincu la mort. Je le sais. J'ai donné ma magie pour le savoir. J'étais sorcier, autrefois. Et vous le savez, et vous allez là-bas. Emmenez-moi avec vous ! »

La même lumière brillait sur le visage d'Épervier, mais elle le laissait inchangé, dur. « Je tente de me rendre là-bas », fit-il.

– « Laissez-moi partir avec vous ! »

Épervier acquiesça brièvement. « Si tu es là quand nous appareillerons », dit-il, d'un ton aussi froid qu'auparavant.

Le Teinturier recula d'un autre pas, et resta à le contempler, tandis que sur son visage l'exaltation se voilait lentement pour faire place à une expression étrange et lourde ; comme si la raison se fût efforcée de percer à travers la tempête de mots, de sentiments et de visions qui le troublait. Finalement, il se retourna sans un mot et se mit à courir sur la route, à travers la brume de poussière qui ne s'était pas encore reposée sur ses traces. Arren laissa échapper un long soupir de soulagement.

Épervier soupira également, mais d'une façon qui n'indiquait guère qu'il avait le cœur plus léger. « Eh bien », dit-il. « A chemins étranges, étranges guides. Reprenons notre route. »

Arren accorda son pas au sien. « Vous n'allez pas l'emmener avec nous? » interrogea-t-il.

– « Cela dépend de lui. »

Dans une bouffée de colère, Arren pensa : Cela dépend de moi également. Mais il ne dit mot, et ils continuèrent à marcher en silence.

Ils ne furent pas bien accueillis à leur retour à Sosara. Tout, sur une petite île comme Lorbanerie, se sait aussitôt, et sans doute on les avait vus prendre le chemin transversal menant à la maison du Teinturier, et parler au fou sur la route. L'aubergiste les servit sans égards, et sa femme se comporta comme si elle eût été mortellement terrifiée par eux. Dans la soirée, quand les hommes du village vinrent s'asseoir sous l'auvent de l'auberge, ils se gardèrent ostensiblement d'adresser la parole aux étrangers, et s'appliquèrent à se montrer enjoués et spirituels entre eux. Mais ils n'avaient guère d'esprit à faire circuler et se trouvèrent bientôt à court de gaieté. Ils restèrent tous assis en silence un long moment; enfin le maire dit à Épervier : « Avez-vous trouvé vos roches bleues? »

– « J'ai trouvé quelques roches bleues », répondit Épervier poliment.

– « Sopli vous a montré où les trouver, sans doute. »

Ha, ha, ha! firent les autres, devant ce chef-d'œuvre d'ironie.

– « Sopli doit être cet homme aux cheveux rouges? »

– « Le fou. Vous êtes allés rendre visite à sa mère durant la matinée. »

– « Je cherchais un sorcier », dit Épervier.

L'homme maigre, qui était le plus proche de lui, cracha vers les ténèbres. « Pour quoi faire? »

– « Je pensais que je pourrais découvrir quelque chose concernant ce que je recherche. »

– « Les gens viennent à Lorbanerie pour chercher de la soie », dit le maire. « Ils ne viennent pas chercher des pierres. Ils ne viennent pas chercher des charmes. Ni du baragouin, des battements de bras et des tours de sorcier. Des honnêtes gens vivent ici et font un travail honnête. »

– « C'est vrai. Il a raison », dirent les autres.

– « Et nous ne voulons pas d'une autre espèce ici, pas d'étranges fureteurs qui mettent leur nez dans nos affaires. »

– « C'est vrai. Il a raison », reprit le chœur.

– « S'il y avait dans les parages un sorcier qui ne soit pas fou, nous lui donnerions un travail honnête dans les ateliers; mais ils ne savent point faire d'honnête besogne. »

– « Ils le pourraient, s'il y en avait à faire », dit Épervier. « Vos ateliers sont vides, les vergers ne sont pas soignés, la soie de vos entrepôts a été tissée il y a des années. Que faites-vous, à Lorbanerie? »

– « Nous nous occupons de nos affaires », aboya le maire, mais l'homme maigre intervint, excité : « Pourquoi les bateaux ne viennent-ils pas, dis-nous cela! Que font-ils à Horteville? Est-ce parce que notre travail est de mauvaise qualité?... » Il fut interrompu par de furieuses dénégations. Ils se mirent à hurler, bondirent sur leurs pieds, le maire brandit son poing à la figure d'Épervier, un autre tira un couteau. Une frénésie s'était emparée d'eux. Arren se leva aussitôt et regarda Épervier, s'attendant à le voir nimbé de la soudaine lumière de mage, et les clouer de stupeur en révélant son pouvoir. Mais il ne le fit point. Il restait là à les regarder successivement, et à écouter leurs menaces. Et petit à petit ils se calmèrent, comme s'ils ne pouvaient davantage entretenir la colère que la gaieté. Le couteau fut remis dans sa gaine, les menaces se muèrent en ricanements. Ils commencèrent à partir comme des chiens quittant un combat, certains se rengorgeant, d'autres d'un air furtif.

Quand ils furent tous deux seuls, Épervier se leva, rentra dans l'auberge, et but une longue rasade de la cruche d'eau, près de la porte. « Viens, mon garçon », dit-il. « J'en ai assez. »

– « Nous regagnons le bateau ? »

– « Oui. » Il posa deux jetons d'argent sur le rebord de la fenêtre pour payer leur logement, et ils jetèrent sur l'épaule leur léger baluchon de vêtements. Arren était fatigué, somnolent, mais il parcourut du regard la chambre de l'auberge, lugubre, mal aérée, et toute voltigeante de chauves-souris inquiètes, là-haut dans les chevrons ; il pensa à la nuit qu'il avait passée dans cette chambre et suivit Épervier de bon cœur. Il pensa aussi, pendant qu'ils descendaient l'unique et obscure rue de Sosara, qu'en partant maintenant ils échapperaient à Sopli le fou. Mais lorsqu'ils arrivèrent au port, celui-ci les attendait sur la jetée.

– « Te voilà », dit le mage. « Monte à bord, si tu veux venir. »

Sans un mot, Sopli descendit dans le bateau et s'accroupit auprès du mât, comme un gros chien hirsute. Cela révolta Arren. « Mon Seigneur ! » dit-il. Épervier se retourna ; ils se tinrent face à face sur le quai, au-dessus du bateau.

– « Ils sont tous fous sur cette île, mais je croyais que vous, vous ne l'étiez pas. Pourquoi l'emmenez-vous ? »

– « Pour nous servir de guide. »

– « Un guide... vers une plus grande folie ? Vers la mort par noyade ou d'un coup de couteau dans le dos ? »

– « Vers la mort ; mais par quelle voie, je l'ignore. » Arren parlait avec fièvre, et, bien qu'Épervier répondît avec calme, sa voix recelait une note farouche. Il n'avait pas l'habitude de voir contester ses décisions. Mais depuis qu'Arren avait tenté de le protéger du dément cet après-midi sur la route, et avait vu combien vaine et inutile était sa protection, il éprouvait de l'amertume, et toute cette flambée de dévotion qu'il avait ressentie dans la matinée en était gâchée, saccagée. Il était incapable de protéger Épervier; on ne lui permettait aucune initiative. Il était incapable, ou on ne lui permettait pas de comprendre même la nature de leur quête. On le traînait simplement tout au long de la route, aussi inutile qu'un enfant. Mais il n'était pas un enfant.

– « Je ne souhaite point me quereller avec vous, mon seigneur », dit-il, avec autant de calme qu'il en était capable. « Mais cela... cela dépasse la raison! »

– « Cela dépasse toute raison. Nous allons là où la raison ne nous conduira pas. Veux-tu venir, ou ne le veux-tu point? »

Des larmes de colère jaillirent des yeux d'Arren. « J'ai dit que je viendrais avec vous et vous servirais. Je ne romps point mon serment. »

– « C'est bien », dit le mage sévèrement, et il fit mine de se détourner. Puis il fit à nouveau face à Arren. « J'ai besoin de toi, Arren; et tu as besoin de moi. Car je veux te dire à présent ceci : je crois que le chemin que nous suivons est celui qu'il te faut suivre, non par obéissance ou loyauté envers moi, mais parce que c'était le tien avant même que tu m'aies vu; avant que tu aies posé le pied sur Roke; avant que tu aies quitté Enlad. Tu ne peux t'en écarter. »

Sa voix ne s'était pas radoucie. Arren lui répondit d'un ton tout aussi sévère : « Comment pourrais-je m'en écarter, sans bateau, alors que je me trouve à la lisière du monde? »

– « Ceci, la lisière du monde? Non, elle se trouve plus loin! Nous y parviendrons peut-être. »

Arren hocha la tête une fois, et se laissa glisser sur le bateau. Épervier libéra l'amarre et mit un vent léger dans la voile. Une fois loin des quais indistincts et vides de Lorbanerie, l'air était froid et pur, en provenance du sombre nord; la lune surgit, argentée, de la mer lisse devant eux, et vogua sur leur gauche tandis qu'ils viraient vers le sud pour longer le rivage.

VII

LE FOU

Le fou, le Teinturier de Lorbanerie, était blotti contre le mât, les bras enserrant ses genoux et la tête sur ses genoux. La masse de ses cheveux raides paraissait noire au clair de lune. Épervier s'était enroulé dans une couverture, et dormait à l'arrière. Aucun d'eux ne bougeait. Arren était assis bien droit à la proue. Il s'était juré de veiller toute la nuit. Si le mage choisissait de croire que leur passager dément ne l'attaquerait pas, non plus qu'Arren, durant la nuit, tant mieux pour lui; Arren, en tout cas, ferait son propre choix et prendrait ses propres responsabilités.

Mais la nuit fut très longue, et très calme. La lumière lunaire inondait le bateau, immuable. Pelotonné contre le mât, Sopli ronflait, de longs et faibles ronflements. Doucement, le bateau poursuivait sa course; doucement, Arren glissait dans le sommeil. Il se réveilla soudain en sursaut, et vit que la lune était à peine plus haute; il abandonna sa garde vaine, s'installa confortablement et s'endormit.

Il rêva encore, comme il semblait toujours le faire au cours de ce voyage, et au début les rêves furent fragmentaires mais étrangement doux et rassurants. A la place du mât du *Voitloin* poussait un arbre aux immenses ramures en arcade et couvertes de feuillage; des cygnes guidaient le bateau, et descendaient en piqué devant lui sur leurs ailes vigoureuses; loin devant, sur la mer verte comme le béryl, brillait une cité aux tours blanches. Puis il se trouva dans l'une de ces tours, en train de gravir les marches qui s'élevaient en spirale, de les gravir en courant, léger et impatient. Ces scènes changeaient, revenaient, en amenaient d'autres, qui passaient sans laisser de trace; mais soudain il fut dans ce redoutable et terne demi-jour sur les landes, et l'horreur grandit en lui jusqu'à ce qu'il fût incapable de respirer. Mais il continua, parce qu'il le devait. Après un long moment, il se rendit compte qu'avancer voulait dire ici tourner en rond et revenir sans cesse sur ses pas. Pourtant, il fallait qu'il sorte, qu'il s'en aille; cela devenait de plus en plus urgent. Il se mit à courir. Alors les cercles se rétrécirent et le sol commença à s'incliner. Il courait dans des ténèbres de plus en plus noires, de plus en plus vite, autour du rebord intérieur d'un puits qui s'enfonçait, un énorme tourbillon qui l'aspirait vers l'obscurité; et comme il reconnaissait ce lieu, son pied glissa et il tomba.

« Que se passe-t-il, Arren? »

Épervier lui parlait, depuis la poupe. L'aube grise immobilisait le ciel et la mer.

– « Rien. »

– « Le cauchemar? »

– « Rien. »

Arren avait froid, et son bras droit était douloureux d'être resté coincé sous lui. Il ferma les yeux pour se protéger de la lumière grandissante et pensa : « Il fait allusion à ceci et à cela, mais ne veut jamais me dire clairement où nous allons, ni pourquoi, ni pour quelle raison je dois y aller. Et maintenant il entraîne ce fou avec nous. Qui est devenu fou, le dément ou moi, pour le suivre? Eux deux peuvent se comprendre, les sorciers sont fous à présent, a-t-il dit. Je pourrais être chez moi à l'heure qu'il est, chez moi dans le château de Berila, dans ma chambre aux murs sculptés, avec les tapis rouges sur le sol, et un feu dans la cheminée, et me lever pour partir à la chasse au faucon avec mon père. Pourquoi suis-je venu avec lui? Pourquoi m'a-t-il emmené? Parce que c'est la voie que je dois suivre, dit-il, mais ce sont là des discours de sorcier, qui font paraître grandes les choses en employant de grands mots. Mais le sens de ces mots est toujours ailleurs. S'il est un chemin que je dois suivre, c'est celui qui mène chez moi, et non errer absurdement de cette manière à travers les Lointains. J'ai des charges à remplir chez moi, et je les néglige. S'il pense vraiment qu'il trouve un ennemi de la magie à l'œuvre, pourquoi est-il parti seul avec moi? Il aurait pu prendre un autre mage pour l'aider – ou une centaine. Il aurait pu emmener une armée de guerriers, toute une flottille de vaisseaux. Est-ce ainsi qu'on affronte un grand péril, avec un vieil homme et un garçon dans un bateau? C'est pure folie. Il est lui-même dément; comme il l'a dit, il cherche la mort. Il cherche la mort, et veut m'entraîner. Mais je ne suis ni fou ni vieux, je ne veux pas mourir, je ne veux pas aller avec lui. »

Il se redressa sur un coude, et regarda devant lui. La lune qui s'était levée en face d'eux lorsqu'ils avaient quitté la Baie de Sosara était à nouveau devant eux, et sombrait. Derrière, à l'est, le jour arrivait, blême et morne. Il n'y avait pas de nuages, mais le ciel était légèrement couvert, maladif. Plus tard dans la journée, le soleil devint brûlant, mais sa lumière était voilée, sans éclat.

Tout le jour, ils longèrent la côte de Lorbanerie, basse et verte, à main droite. Un vent léger soufflait du continent et gonflait leur voile. Vers le soir, ils doublèrent un long cap, le dernier; la brise mourut. Épervier mit le vent de mage dans la voile, et, comme un faucon s'envole d'un poignet, *Voitloin* se mit à filer avec ardeur, laissant derrière lui l'Ile de Soie.

Sopli le Teinturier était resté tapi à la même place toute la journée durant, de toute évidence effrayé par le bateau et par les flots, secoué par le mal de mer, misérable. A présent, il parlait, d'une voix enrouée. « Allons-nous vers l'ouest? »

Le soleil couchant éclairait son visage de face, mais Épervier, pas le moins du monde impatienté par cette question si stupide, acquiesça.

« Vers Obehol? »

– « Obehol se trouve à l'ouest de Lorbanerie. »

– « Très loin à l'ouest. Peut-être l'endroit est-il là-bas. »

– « A quoi ressemble-t-il, cet endroit? »

– « Comment le saurais-je? Comment pourrais-je le voir? Il n'est pas sur Lorbanerie! Je l'ai recherché pendant des années, quatre ans, cinq ans, dans le noir, la nuit, en fermant mes yeux, avec lui qui toujours m'appelait, *viens, viens*, mais je ne pouvais pas venir. Je ne suis pas le seigneur des sorciers, qui peut montrer le chemin dans le noir. Mais il y a aussi un endroit auquel on peut parvenir dans la lumière, sous le soleil. C'est ce que Mildi et ma mère refusaient de comprendre. Ils s'obstinaient à chercher dans le noir. Puis le vieux Mildi est mort, et ma mère a perdu l'esprit. Elle a oublié les sorts que nous employions pour les teintures, et cela a affecté sa raison. Elle voulait mourir, mais je lui ai dit d'attendre. D'attendre jusqu'à ce que j'aie trouvé l'endroit. Il doit exister un endroit. Si les morts peuvent revenir à la vie dans le monde, cela doit se passer quelque part dans le monde. »

– « Les morts reviennent-ils à la vie? »

– « Je croyais que vous saviez ces choses-là », répliqua Sopli après une pause, jetant à Épervier un regard en biais.

– « Je cherche à les savoir. »

Sopli ne dit rien. Le mage le regarda soudain, d'un regard direct, irrésistible, mais son ton était doux : « Cherches-tu un moyen de vivre éternellement, Sopli? »

Sopli soutint son regard un moment; puis il cacha entre ses bras sa tête hirsute d'un brun rougeâtre, noua ses mains en travers de ses chevilles, et se balança d'avant en arrière. Il semblait qu'il prît cette position lorsqu'il était effrayé; et lorsqu'il était ainsi, il ne parlait pas et ne prêtait nulle attention à ce qu'on disait. Arren se détourna de lui, désespéré et dégoûté. Comment pourraient-ils continuer ainsi, avec Sopli, durant des jours ou des semaines, sur un bateau de six mètres? C'était comme de partager un corps avec une âme malade...

Épervier le rejoignit à la proue et mit un genou sur le banc de nage, contemplant le soir jaunâtre. Il dit : « L'homme est d'humeur douce. »

Arren ne répondit pas à cela. Il demanda froidement : « Qu'est-ce qu'Obehol? Je n'ai jamais entendu ce nom. »

– « Je connais son nom et son emplacement sur les cartes; rien de plus... Regarde : les compagnes de Gobardon! »

L'immense étoile couleur topaze était plus haute au sud maintenant; et sous elle, émergeant de la mer pâle, brillait une étoile blanche, à gauche, et une blanc-bleu, à droite, formant un triangle.

« Ont-elles des noms? »

– « Le Maître Nommeur l'ignorait. Peut-être les hommes d'Obehol et de Wellogie leur donnent-ils des noms. Je ne sais pas. Nous entrons à présent dans d'étranges mers, Arren, sous le Signe de Fin. »

Le garçon ne répondit pas; il regardait avec une sorte de répugnance les étoiles lumineuses et sans nom étincelant sur les eaux infinies.

Tandis qu'ils faisaient voile vers l'ouest, jour après jour, la chaleur du printemps du sud s'étendait sur les eaux et le ciel était clair. Cependant il semblait à Arren que la lumière manquait d'éclat, comme si elle fût tombée obliquement à travers une vitre. La mer était tiède et ne le rafraîchissait guère quand il nageait. Leur nourriture salée n'avait pas de saveur. Il n'y avait de fraîcheur ni d'éclat en nulle chose, sauf la nuit, quand les étoiles scintillaient avec un rayonnement plus grand que tout ce qu'il avait jamais vu. Il restait étendu à les contempler jusqu'à ce qu'il trouve le sommeil. En dormant, il rêvait : toujours ce rêve des landes, ou du puits, ou d'une vallée cernée de falaises, ou d'une longue route qui descendait sous un ciel bas; toujours cette lumière terne, et cette horreur en lui, et cet effort désespéré pour s'en échapper.

Mais il ne parla jamais de cela à Épervier. Il ne lui parlait de rien qui fût important, rien d'autre que les menus incidents quotidiens de la traversée; et Épervier, à qui il fallait toujours arracher les mots, était silencieux par habitude.

Arren voyait maintenant combien il avait été fou de

se confier corps et âme à cet homme inquiet et dissimulé, qui se laissait gouverner par l'impulsion et ne faisait aucun effort pour contrôler sa vie, pas même pour la sauver. Car, maintenant, le désir de la mort était en lui; et cela, à ce que croyait Arren, parce qu'il n'osait pas faire face à son propre échec – à l'échec de la sorcellerie en tant que grand pouvoir parmi les hommes.

Il était clair maintenant pour ceux qui connaissaient les secrets qu'il n'y avait guère de secrets à cet art de magie dont Épervier et toutes les générations de magiciens et de sorciers avaient tiré gloire et puissance. Cela pouvait se résumer à l'emploi du temps et du vent, la connaissance des herbes qui soignent, et une habile présentation d'illusions telles que les brouillards, les lumières et les changements de forme, illusions qui pouvaient en imposer aux ignorants, mais qui étaient de simples supercheries. La réalité n'en était pas changée. Il n'y avait dans la magie rien qui donnât à un homme un vrai pouvoir sur les hommes; elle n'était non plus d'aucun recours à l'égard de la mort. Les mages ne vivaient pas plus longtemps que les hommes ordinaires. Tous leurs mots secrets ne pouvaient retarder d'une heure la venue de leur mort.

Même pour les questions de moindre importance, la magie ne valait pas qu'on se repose sur elle. Épervier était toujours avare à faire usage de son art; ils voguaient avec le vent du monde chaque fois qu'ils le pouvaient, ils pêchaient pour manger, économisaient l'eau, comme n'importe quel navigateur. Après quatre jours passés à se démener dans un vent debout capricieux, Arren lui demanda s'il ne voulait point mettre un petit vent d'arrière dans la voile, et lorsque le mage secoua négativement la tête, il dit : « Pourquoi ? »

– « Je ne demanderais pas à un malade de courir », dit Épervier, « et n'ajouterais pas une pierre sur un dos surchargé. » On ne pouvait dire s'il parlait de lui-même, ou du monde en général. Ses réponses étaient toujours données comme à contrecœur, et difficiles à comprendre. C'était là, pensa Arren, le cœur même de la sorcellerie : laisser entendre des choses formidables en ne disant rien du tout, et ne rien faire du tout en faisant croire que c'était le sommet de la sagesse.

Arren avait essayé d'ignorer Sopli, mais c'était chose impossible; et, en tout cas, il se trouva bientôt en quelque sorte allié au fou. Sopli n'était pas si fou que cela, ou pas si simplement que sa chevelure rebelle et ses discours fragmentés le faisaient paraître. En fait, ce qu'il y avait en lui de plus fou était peut-être sa terreur de l'eau. Monter dans le bateau avait exigé de lui le courage du désespoir, et sa peur ne s'émoussa jamais entièrement; il baissait la tête de façon à ne pas voir l'eau se soulever et clapoter autour de lui et autour de la fragile petite coque du bateau. Se mettre debout lui donnait le vertige; il s'agrippait au mât. La première fois qu'Arren décida d'aller nager et plongea de la proue, Sopli poussa un hurlement d'horreur; lorsque Arren regrimpa à bord, le pauvre homme était vert de saisissement. « Je pensais que tu voulais te noyer », dit-il, et Arren fut obligé de rire.

Dans l'après-midi, alors qu'Épervier méditait, n'entendant rien et ne prêtant garde à rien, Sopli vint jusqu'à Arren en s'accrochant prudemment aux bancs de nage. Il dit à voix basse : « Tu ne veux pas mourir, n'est-ce pas? »

– « Bien sûr que non. »

– « Lui, si », dit Sopli avec un petit mouvement de la mâchoire en direction d'Épervier.

– « Pourquoi dis-tu cela? »

Arren prit un ton hautain, qui en vérité lui était coutumier, et que Sopli acceptait comme une chose naturelle, bien qu'il eût dix ou quinze ans de plus qu'Arren. Il répondit avec une politesse empressée, bien que de la manière fragmentaire qui lui était habituelle : « Il veut atteindre le lieu secret. Mais je ne sais pas pourquoi. Il ne veut pas... Il ne croit pas en... la promesse. »

– « Quelle promesse? »

Sopli lui lança un regard aigu avec dans les yeux quelque chose de son humanité ancienne; mais la volonté d'Arren était plus forte. Il répondit, très bas: « Tu sais... La vie. La vie éternelle. »

Un terrible frisson traversa le corps d'Arren. Il se rappela ses rêves, la lande, le puits, les falaises, la lumière sourde. C'était la mort, c'était l'horreur de la mort. C'était à la mort qu'il devait échapper, il lui fallait trouver le chemin. Et sur le seuil apparaissait le personnage couronné d'ombre tenant une petite lumière pas plus grosse qu'une perle : la lueur de la vie immortelle. Arren rencontra les yeux de Sopli pour la première fois : des yeux bruns, très clairs; à l'intérieur, il vit qu'il avait enfin compris, et que Sopli partageait cette connaissance.

« Lui », dit le Teinturier, avec une torsion de la mâchoire en direction d'Épervier, « il ne renoncera pas à son nom. Nul ne peut traverser avec son nom. Le passage est trop étroit. »

– « L'as-tu vu? »

– « Dans le noir, dans mon esprit. Cela ne suffit plus. Je veux l'atteindre. Je veux le voir. Dans le monde, avec mes yeux. Et si je... si je mourais et ne pouvais trouver le chemin, le lieu? La plupart des gens ne peuvent le trouver, ils ne savent même pas qu'il est là, seuls quelques-uns de nous ont ce pouvoir. Mais c'est difficile, car il faut abandonnner le pouvoir pour arriver là-bas... Plus de mots. Plus de noms. C'est trop difficile pour l'esprit. Et quand on... meurt, l'esprit... meurt. » Il butait chaque fois sur ce mot. « Je veux *savoir* que je pourrai revenir. Je voudrais être là-bas. Du côté de la vie. Je veux vivre, être sauvé. Je hais... je hais cette eau... »

Le Teinturier rassembla ses membres, comme le fait une araignée lorsqu'elle tombe, et rentra sa tête hirsute et rouge entre ses épaules, pour ne plus voir la mer.

Mais Arren, par la suite, n'évita plus sa conversation, sachant que Sopli ne partageait pas seulement sa vision, mais aussi sa peur; et que, si le pire advenait, Sopli pourrait l'aider, contre Épervier.

Ils poursuivaient leur navigation, lentement, dans les calmes plats et les brises capricieuses, en direction de l'ouest, vers où les guidait Sopli, du moins à ce que prétendait Épervier. Mais Sopli ne les guidait pas, lui qui ne connaissait rien à la mer, n'avait jamais vu une carte, n'était jamais monté dans un bateau et éprouvait une crainte maladive pour la mer. C'était le mage qui les dirigeait et les égarait délibérément. Arren le voyait bien maintenant, et en comprenait la raison. L'Archimage savait qu'eux, et d'autres comme eux, étaient en quête de la vie éternelle, qu'on la leur avait promise, ou qu'on les avait attirés vers elle, et qu'ils la trouveraient peut-être. Dans son orgueil, son orgueil insensé d'Archimage, il craignait qu'ils ne l'obtiennent; il les enviait, les redoutait, et ne voulait être surpassé par personne. Son intention était de voguer sur la Mer Ouverte au-delà de toutes les terres, jusqu'à ce qu'ils soient tout à fait égarés et qu'ils ne puissent jamais revenir vers le monde, et qu'ils meurent de soif. Car il préférait mourir lui-même, afin de leur interdire la vie éternelle.

Parfois venait un moment – lorsque Épervier entretenait Arren de quelque menu problème touchant à la direction du bateau, ou qu'il nageait avec lui dans la mer chaude, ou lui souhaitait bonne nuit sous les énormes étoiles – où toutes ces idées semblaient au jeune garçon parfaitement absurdes. Il regardait son compagnon, voyait ce visage dur, âpre, patient, et pensait : « Voici mon maître et mon ami. » Et il lui paraissait incroyable d'avoir douté de lui. Mais un peu plus tard, il doutait à nouveau, et Sopli et lui échangeaient des regards de défiance à l'égard de leur ennemi mutuel.

Chaque jour, le soleil était très chaud, mais sans éclat. Sa lumière se posait comme un vernis sur la mer aux lentes ondulations. L'eau était bleue, le ciel d'azur, sans nuances ni changement. Les vents soufflaient et mouraient, et ils changeaient de cap pour les saisir et glissaient lentement vers l'infini.

Un après-midi, un léger vent arrière s'éleva enfin, et Épervier pointa le doigt vers le soleil couchant, disant : « Regardez. » Très haut au-dessus du mât, une file d'oies marines volait comme une rune noire tracée dans le ciel. Les oies se dirigeaient vers l'ouest; et, à la suite,

Voitloin arriva le lendemain en vue d'une île immense.

– « C'est elle », dit Sopli. « Cette île. C'est là que nous devons aller. »

– « Le lieu que tu cherches se trouve là? »

– « Oui. Nous devons débarquer là. Nous ne pouvons aller plus loin. »

– « Ce doit être Obehol. Après elle, dans le Lointain Sud, il y a une autre île, Wellogie. Et dans le Lointain Ouest il y a d'autres îles plus à l'ouest que Wellogie. Es-tu bien certain de ce que tu dis, Sopli? »

Le Teinturier de Lorbanerie se mit en fureur, si bien que son regard redevint vacillant; mais, pensa Arren, il ne parlait pas à la manière d'un dément, comme il l'avait fait lors de leur premier entretien, bien des jours avant, sur Lorbanerie. « Oui! C'est là que nous devons débarquer. Nous sommes allés assez loin. L'endroit que nous cherchons est ici. Voulez-vous que je vous fasse le serment que je le reconnais? Ferai-je le serment par mon nom? »

– « Tu ne le peux pas », dit Épervier, la voix dure, en levant les yeux vers Sopli, plus grand que lui, qui s'était levé, s'agrippant fortement au mât, pour regarder la terre devant eux. « N'essaie pas, Sopli. »

Le Teinturier grimaça, comme sous l'effet de la rage ou de la douleur. Il regarda les montagnes qui avec la distance paraissaient bleues, devant le bateau, pardessus l'étendue d'eau ondoyante et mouvante, et dit : « Vous m'avez pris comme guide. C'est ici l'endroit. Nous devons y débarquer. »

– « Nous débarquerons de toute façon, il nous faut de l'eau », dit Épervier, et il alla au gouvernail. Sopli s'assit à sa place près du mât, en marmonnant. Arren l'entendit dire : « Je le jure par mon nom. Par mon nom », à plusieurs reprises, et chaque fois il grimaçait comme sous l'effet de la douleur.

Ils louvoyèrent vers l'île sur un vent de nord, et la longèrent à la recherche d'une baie ou d'un débarcadère, mais les brisants, dans un bruit de tonnerre, martelaient sous le soleil brûlant toute la côte nord. A l'intérieur des terres, des montagnes vertes rôtissaient sous cette lumière, revêtues d'arbres jusqu'au sommet.

Contournant un cap, ils arrivèrent enfin en vue d'une profonde baie en croissant, avec des plages de sable blanc. Ici, les vagues étaient calmes, leur force contenue par la langue de terre, et il était possible à un navire d'accoster. Nulle trace de vie humaine sur la plage, ni dans les forêts au-dessus; ils n'avaient vu ni bateau, ni toit, ni fumée. La brise légère tomba dès que *Voitloin* entra dans la baie. L'air était immobile, silencieux et chaud. Arren prit les avirons, Épervier tint le gouvernail. Le crissement des avirons dans les tolets était l'unique bruit qu'on entendît. Les pics verts se profilaient au-dessus de la baie, qu'ils cernaient. Le soleil étendait sur l'eau des nappes de lumière blanche. Arren entendait le sang battre dans ses oreilles. Sopli avait délaissé la sécurité du mât et était accroupi à la proue, se retenant aux plats-bords, fixant le rivage à s'en faire mal aux yeux. Le visage sombre et couturé d'Épervier luisait de chaleur, comme s'il avait été huilé; son regard passait sans cesse des vagues déferlantes et basses aux falaises masquées de feuillage au-dessus d'elles.

– « C'est le moment », dit-il, en s'adressant à Arren et au bateau. Arren donna trois formidables coups d'aviron et, avec légèreté, *Voitloin* s'échoua sur le sable. Épervier sauta à terre pour pousser le bateau hors d'atteinte du dernier soubresaut des vagues. En étendant les mains, il trébucha et manqua tomber, mais se retint à la poupe. Soudain, d'un puissant effort, il repoussa le bateau dans l'eau, dans le remous d'une vague refluante, et, pataugeant, passa par-dessus le plat-bord, tandis que l'embarcation était suspendue entre mer et terre. « Rame! » haleta-t-il; il se mit à quatre pattes, ruisselant d'eau et tentant de reprendre haleine. Il tenait une lance – une lance à pointe de bronze longue de deux pieds. Où l'avait-il trouvée? Une autre lance déchira l'air alors qu'Arren tirait sur les avirons, abasourdi; elle frappa de biais un banc de nage, faisant voler le bois en éclats, et rebondit d'une extrémité sur l'autre. Sur les falaises basses dominant la plage, sous les arbres, des silhouettes bougeaient, s'élançant puis s'accroupissant. L'air était peuplé de petits bruits sifflants, vrombissants. Arren rentra brusquement la tête entre ses épaules, courba le dos, et rama à grands coups : deux pour se dégager des hauts-fonds, trois pour faire virer le bateau, et ils furent bientôt loin.

Sopli, à la proue du bateau, derrière le dos d'Arren, se mit à hurler. Les bras du rameur se trouvèrent saisis si soudainement que les avirons jaillirent de l'eau, et que l'extrémité de l'un d'eux le frappa au creux de l'estomac, l'aveuglant, le souffle coupé. « Demi-tour! Demi-tour! » hurlait Sopli. Le bateau fit un brusque bond dans l'eau et oscilla. Arren se retourna dès qu'il eut repris les avirons en main, furieux. Sopli n'était plus dans le bateau.

Tout autour d'eux l'eau profonde de la baie ondulait, aveuglante sous le soleil.

Stupidement, Arren regarda à nouveau derrière lui, puis regarda Épervier tapi à l'arrière. « Là », dit celui-ci, tendant le doigt de côté; mais il n'y avait rien, rien que la mer et l'éblouissement du soleil. Un javelot projeté par une sarbacane manqua le bateau de quelques mètres, pénétra dans l'eau sans bruit et disparut. Arren donna dix ou douze rudes coups d'aviron, puis rama à rebours, et regarda une nouvelle fois Épervier.

Les mains et le bras gauche d'Épervier étaient ensanglantés; il pressait contre son épaule un tampon de toile de voile. La lance à pointe de bronze gisait au fond du bateau. Il ne la tenait pas, la première fois qu'Arren l'avait vue : elle sortait du creux de son épaule, où s'était enfoncée la pointe. Il scrutait l'eau s'étendant entre eux et la plage blanche, où de minuscules silhouettes sautaient et dansaient dans la chaleur ardente. Enfin il dit : « Continue.»

– « Sopli... »

– « Il n'est pas remonté. »

– « S'est-il noyé? » demanda Arren, incrédule.

Épervier acquiesça.

Arren continua de ramer jusqu'à ce que la plage ne fût plus qu'une ligne blanche en dessous des forêts et des immenses pics verts. Épervier était toujours au gouvernail, appuyant le tampon de tissu contre son épaule, mais sans y prêter attention.

– « A-t-il été frappé par une lance? »

– « Il a sauté. »

– « Mais il... il ne savait pas nager. Il avait peur de l'eau! »

– « Oui. Mortellement peur. Il voulait... il voulait gagner le rivage. »

– « Pourquoi nous ont-ils attaqués? Qui sont-ils? »

– « Ils ont dû croire que nous étions des ennemis. Veux-tu... m'aider un instant? » Arren vit alors que l'étoffe qu'il tenait pressée contre son épaule était trempée et rougie.

La lance avait frappé entre l'articulation de l'épaule et la clavicule, déchirant une des grosses veines, si bien que la blessure saignait abondamment. Sous sa direction, Arren déchira en lanières une chemise de lin, et changea le pansement. Épervier demanda la lance, et lorsque Arren la lui posa sur les genoux, il mit la main droite sur la pointe, longue et mince comme une feuille de saule, de bronze grossièrement travaillé; et il tenta de parler, mais au bout d'une minute secoua la tête. « Je n'ai pas maintenant la force de jeter des sorts », dit-il. « Plus tard. Tout ira bien. Peux-tu nous faire sortir de cette baie, Arren? »

En silence, le jeune garçon retourna aux avirons. Il se mit à l'ouvrage, le dos courbé, et bientôt, car sa charpente souple et svelte recelait de la force, il fit sortir *Voitloin* de la baie en croissant pour le mener en haute mer. Le long calme des midis des Lointains s'étendait sur l'eau. La voile pendait flasque. Le soleil brillait avec ardeur à travers un voile de brume, et les pics verts paraissaient frémir et palpiter dans la chaleur torride. Épervier s'était étendu au fond du bateau, la tête appuyée au banc de nage, près du gouvernail; il était immobile, les lèvres et les paupières mi-closes. Arren évitait de regarder son visage, et gardait les yeux fixés au-delà de la poupe. Une brume de chaleur flottait au-dessus de l'eau, comme si une araignée avait filé ses toiles en travers du ciel. Ses bras tremblaient de fatigue, mais il continuait à ramer.

– « Où nous emmènes-tu? » demanda Épervier d'une voix enrouée, en se redressant un peu. Se retournant, Arren vit la baie en forme de croissant arrondir ses bras à nouveau autour du bateau, et la ligne blanche de la plage devant lui, et les montagnes réunies dans le ciel au-dessus. Il avait fait faire demi-tour au bateau sans s'en rendre compte.

– « Je ne peux plus ramer », dit-il, rangeant les avirons, et il alla se blottir à la proue. Il lui semblait toujours que Sopli était derrière lui, près du mât. Ils étaient restés de nombreux jours ensemble et sa mort avait été trop soudaine, trop insensée pour qu'il la comprenne. Et il n'y avait rien à comprendre.

Le bateau était ballotté sur l'eau; la voile pendait, flasque, à la mâture. La marée qui commençait à pénétrer dans la baie faisait tourner lentement l'embarcation par le travers dans la direction du courant et la poussait à petits coups vers la lointaine ligne blanche du rivage.

« *Voitloin* », dit le mage d'une voix caressante, et il ajouta un ou deux mots dans la Langue Ancienne; et doucement le bateau vira, et glissa hors des bras de la baie sur la mer flamboyante.

Mais tout aussi lentement, aussi doucement, en moins d'une heure, il cessa d'avancer, et la voile pendit à nouveau. Arren jeta un regard derrière lui et vit son compagnon étendu comme précédemment, mais la tête légèrement rejetée en arrière et les yeux fermés.

Durant tout ce temps, Arren avait ressenti une horreur pesante, malsaine, qui grandissait en lui, le retenait d'agir, et paraissait dévider son corps en fils minces et obscurcir son esprit. Aucun courage ne se faisait jour en lui pour résister à cette peur, seulement un sourd ressentiment contre son sort.

Il ne devait pas laisser le bateau dériver de la sorte près des rivages rocailleux d'une terre dont la population attaquait les étrangers; cela du moins était clair dans son esprit, mais ne signifiait pas grand-chose. Et que devait-il faire alors? Ramener le bateau jusqu'à Roke à la rame? Il était perdu, complètement perdu,

perdu au-delà de tout espoir, dans l'immensité du Lointain. Il ne pourrait jamais ramener le bateau vers une quelconque terre hospitalière, à des semaines de traversée. Il ne pouvait le faire que sous la direction du mage, et Épervier était blessé et impuissant, aussi soudainement et absurdement que Sopli était mort. Son visage avait changé, les traits relâchés et le teint jaunâtre; peut-être était-il en train de mourir. Arren se dit qu'il aurait dû le transporter sous le vélum pour le protéger du soleil, et lui donner de l'eau; les hommes qui ont perdu du sang ont besoin de boire. Mais ils étaient à court d'eau depuis plusieurs jours; le tonneau était presque vide. Et qu'importait? Rien ne servait à rien, rien. La chance s'était tarie.

Les heures s'écoulaient, le soleil de plomb écrasait le bateau, la chaleur grisâtre enveloppait Arren. Il ne bougeait pas.

Un souffle frais passa sur son front. Il leva les yeux. C'était le soir : le soleil était couché, l'ouest d'un rouge terne. *Voitloin* voguait avec lenteur sous une douce brise venue de l'est, et longeait les côtes abruptes et boisées d'Obehol.

Arren redescendit dans le bateau, alla soigner son compagnon, lui arrangea une paillasse sous le vélum et lui fit boire de l'eau. Il accomplit ces choses avec précipitation, évitant de regarder le pansement, qui avait besoin d'être changé, car la blessure n'avait pas complètement cessé de saigner. Épervier, faible et languissant, ne parla pas; tandis qu'il buvait avidement, ses yeux se refermèrent, et il glissa à nouveau dans le sommeil, qui était une plus grande soif. Il gisait, silencieux; et lorsque dans l'obscurité la brise mourut, nul vent de mage ne la remplaça, et à nouveau le bateau se balança paresseusement sur la mer lisse et palpitante. Mais à présent les montagnes qui se dessinaient à droite étaient noires, contre un ciel resplendissant d'étoiles, et durant un long moment Arren les contempla. Leurs contours lui paraissaient familiers, comme s'il les eût déjà vues, comme s'il les eût connues toute sa vie.

Lorsqu'il s'allongea pour dormir, il se mit face au

sud, et là, haut dans le ciel au-dessus de la mer vide, il vit briller l'étoile Gobardon. En dessous d'elle se trouvaient les deux autres, formant avec elle un triangle, et en dessous encore trois autres s'étaient levées en ligne droite, constituant un triangle plus grand. Puis, se libérant des plaines liquides de noir et d'argent, deux autres suivirent, tandis que s'avançait la nuit; elles étaient jaunes comme Gobardon, bien que plus faibles, et glissaient obliquement de droite à gauche sur le côté droit du triangle. C'étaient donc là huit des neuf étoiles qui étaient censées reproduire la silhouette de l'homme, ou la rune hardique Agnen. Aux yeux d'Arren, le tracé ne ressemblait nullement à un homme, à moins que, comme le sont les personnages stellaires, il ne fût bizarrement distordu; mais la rune était évidente, avec un crochet et un trait transversal; il ne manquait qu'un trait à la base pour la compléter : l'étoile qui ne s'était pas encore levée.

En la guettant, Arren s'endormit.

Lorsqu'il s'éveilla, à l'aube, *Voitloin* avait dérivé plus loin qu'Obehol. Une brume cachait les rivages et toute chose, excepté les pics des montagnes; le ciel pâlissait au-dessus des eaux violettes du sud, éteignant les dernières étoiles.

Il regarda son compagnon. Épervier respirait de manière irrégulière, comme lorsque la douleur palpite sous la surface du sommeil, sans la déchirer tout à fait. Son visage était vieux et ridé dans la lumière froide et sans ombre. Arren en le contemplant vit un homme en qui nul pouvoir ne restait, ni la magie, ni la force, pas même la jeunesse; rien. Il n'avait pu sauver Sopli, ni détourner de lui la lance. Il les avait mis en péril, et ne les avait pas sauvés. A présent Sopli était mort, lui moribond, et Arren mourrait aussi. Par la faute de cet homme; en vain, pour rien.

Ainsi Arren le regardait-il, avec les yeux lucides du désespoir, et ne voyait rien.

Nul souvenir ne lui venait de la fontaine sous le sorbier, ou de la blanche lumière de mage sur le bateau des marchands d'esclaves, dans le brouillard, ou des vergers languissants de la Maison des Teinturiers. Pas plus que ne se réveillait en lui l'orgueil, ou l'obstination. Il regarda l'aurore se lever sur la mer paisible, où courait une immense et basse houle couleur d'améthyste pâle, et tout cela était comme un rêve, blafard, sans l'intérêt ni la vigueur de la réalité. Et au fond du rêve comme au fond de la mer, il n'y avait rien – rien qu'une faille, un vide. Il n'y avait pas de profondeur.

Le bateau avançait, lentement, irrégulièrement, suivant l'humeur capricieuse du vent. Derrière, les pics d'Obehol diminuaient, noirs dans le soleil levant, d'où arrivait la brise qui emportait le bateau loin de la terre. loin du monde, sur la Mer Ouverte.

VIII

LES ENFANTS DE LA MER OUVERTE

VERS le milieu de ce jour-là, Épervier remua, et demanda de l'eau. Quand il eut bu, il s'enquit : « Vers quelle direction gouvernons-nous? » Car la voile était tendue au-dessus de lui, et le bateau s'inclinait comme une hirondelle sur les longues lames.

– « Ouest, ou nord-ouest. »

– « J'ai froid », dit Épervier. Et cependant, le soleil déversait ses rayons, emplissant le bateau de chaleur.

Arren ne dit rien.

– « Essaie de maintenir le cap sur l'ouest. Wellogie, à l'ouest d'Obehol. Accostes-y. Nous avons besoin d'eau. »

Le jeune homme regardait droit devant lui, fixant la mer vide.

– « Qu'y a-t-il, Arren? »

Celui-ci ne répondit pas.

Épervier tenta de se redresser, et, n'y parvenant pas, il voulut atteindre son bâton, qui gisait près de la soute; mais il était hors de sa portée, et lorsqu'il voulut à nouveau parler, les mots s'arrêtèrent sur ses lèvres sèches. Le sang afflua de nouveau sous le bandage imbibé et durci, traçant comme un petit fil d'araignée pourpre sur la peau sombre de sa poitrine. Il inspira avec force et ferma les yeux.

Arren le regarda brièvement, sans rien éprouver. Il regagna la proue et reprit sa position accroupie, le regard fixé devant lui. Sa bouche était très sèche. Le vent d'est qui soufflait maintenant de façon continue sur la Mer Ouverte était aussi sec que le vent du désert. Il ne restait plus dans leur barrique qu'un ou deux litres d'eau; ils étaient destinés, dans l'esprit d'Arren, à Épervier, et non à lui-même; il ne lui vint jamais à l'idée de boire de cette eau. Il avait posé des lignes, ayant appris depuis qu'ils avaient quitté Lorbanerie que le poisson cru satisfait à la fois la faim et la soif; mais il n'y avait rien au bout de ces lignes. Cela n'avait pas d'importance. Le bateau avançait à travers ce désert aquatique. Par-dessus lui, lentement, mais finissant quand même par gagner la course, de toute la largeur du ciel, le soleil se déplaçait aussi d'est en ouest.

Une fois, Arren crut apercevoir une éminence bleue, au sud, qui aurait pu être une terre, ou un nuage; le bateau voguait depuis des heures vers l'ouest, un peu au nord. Il n'essaya pas de louvoyer, mais laissa le bateau poursuivre sa route. La terre pouvait être ou non réelle; cela importait peu. Pour lui, toute l'immense et ardente splendeur du vent, de la lumière et de l'océan était terne et fausse.

L'obscurité vint, puis à nouveau la lumière, l'obscurité, et la lumière, comme les battements de tambour sur la toile tendue du ciel.

Il laissa traîner sa main dans l'eau, contre le flanc du bateau. L'espace d'un moment, il vit la scène avec une grande netteté : sa main, vert pâle sous l'eau vivante. Il se pencha et suça l'humidité de sa main. C'était amer, et lui brûla douloureusement les lèvres, mais il recommença. Ensuite il fut malade, et s'accroupit pour vomir, mais seul vint un filet de bile qui lui brûla la gorge. Il n'y avait plus d'eau pour Épervier, et Arren avait peur de l'approcher. Il s'étendit, frissonnant malgré la chaleur. Tout était silencieux, sec et lumineux : terriblement lumineux. Il se cacha les yeux pour échapper à cette lumière.

Ils étaient trois dans le bateau, maigres comme des perches, anguleux, avec des yeux immenses, pareils à d'étranges hérons noirs, ou à des grues. Leur voix était grêle comme celle des oiseaux. Il ne les comprenait pas. L'un d'eux était agenouillé au-dessus de lui, une outre noire sur le bras, de laquelle il versait quelque chose dans la bouche d'Arren : de l'eau. Arren but avidement, s'étrangla, but encore jusqu'à ce qu'il eût vidé le récipient. Puis il regarda autour de lui et se leva à grand-peine, disant : « Où est-il, où est-il ? » Car, à bord du *Voitloin,* il était seul avec les trois étranges hommes maigres.

Ils le regardèrent sans comprendre.

« L'autre homme », croassa-t-il, sa gorge à vif et ses lèvres desséchées l'empêchant d'articuler les mots, « mon ami... »

L'un d'eux comprit sa détresse, sinon ses paroles, et, posant une main légère sur son bras, étendit l'autre main d'un air rassurant.

Arren regarda dans la direction indiquée. Et il vit, devant le bateau et au nord, certains tout proches et d'autres disséminés au loin sur la mer, des radeaux : des radeaux si nombreux qu'ils étaient comme des feuilles mortes posées sur une mare. A ras de l'eau, chacun d'eux portait vers son centre une ou deux cabanes ou huttes, et plusieurs avaient leurs mâts dressés. Comme des feuilles, ils flottaient, montant et descendant très doucement avec les amples vagues de l'océan occidental qui passaient sous eux. Les chemins aquatiques brillaient entre eux comme l'argent, tandis qu'au-dessus d'eux planaient d'immenses nimbus violet et or, assombrissant l'occident.

« Là », dit l'homme, désignant un grand radeau non loin du bateau.

– « Vivant ? »

Ils le regardèrent tous, et l'un d'eux finit par comprendre. « Vivant. Vivant. » A ces mots, Arren se mit à pleurer, à sangloter sans larmes, et l'un des hommes lui prit le poignet dans sa main forte et mince et le fit descendre sur un radeau auquel avait été attaché le bateau. Il était si grand et si léger qu'il ne s'enfonça pas, même légèrement, sous leur poids. L'homme lui fit traverser le radeau tandis qu'un autre tendait une lourde gaffe terminée par une dent recourbée de requin-baleine pour rapprocher un radeau voisin, afin qu'ils puissent franchir l'intervalle les séparant. Quand ce fut fait, il emmena Arren jusqu'à l'abri, ouvert d'un côté et fermé de l'autre par des cloisons de toile. « Allonge-toi », dit-il; et après cela Arren ne perçut plus rien.

Il était étendu sur le dos, à plat, et fixait un toit vert et inégal, pommelé de minuscules taches de lumière. Il crut qu'il était dans les champs de pommiers de Semermine, où les princes d'Enlad passent leurs étés, dans les collines derrière Berila; il crut qu'il était allongé dans l'herbe épaisse de Semermine, à regarder le soleil entre des branches de pommier.

Au bout d'un moment, il entendit l'eau s'agiter et clapoter sous les creux, sous le radeau, et les voix grêles des gens, parlant une langue qui était le hardique commun de l'Archipel, mais très différente dans les sons et les rythmes, si bien qu'elle était difficile à comprendre; mais il sut ainsi où il se trouvait – loin au-delà de l'Archipel, au-delà du Lointain, au-delà de toutes les îles, perdu sur la Mer Ouverte. Mais cela ne le troublait pourtant pas, allongé comme il l'était, aussi confortablement que dans l'herbe des vergers de sa patrie.

Il pensa au bout d'un moment qu'il fallait se lever, ce qu'il fit : il trouva son corps fort amaigri et comme brûlé, et ses jambes tremblantes mais en état de fonctionner. Il écarta la tenture qui constituait les murs de l'abri et sortit dans la lumière de l'après-midi. Il avait plu pendant son sommeil. Le bois du radeau, d'immenses rondins lisses et équarris, assemblés avec précision et calfatés, était noir d'humidité et les cheveux des gens maigres, à demi nus, étaient noirs et aplatis par la pluie. Mais la moitié du ciel était claire, à l'ouest, où brillait le soleil, et les nuages glissaient maintenant vers le lointain nord-est, en amas argentés.

L'un des hommes se dirigea vers Arren, et, avec circonspection, s'arrêta à quelques pas de lui. Il était mince et de petite taille, guère plus grand qu'un garçonnet de douze ans; ses yeux étaient allongés, larges et sombres. Il portait une lance à pointe d'ivoire barbelée.

Arren lui dit : « Je vous dois la vie, à vous et à votre peuple. »

L'homme hocha la tête.

« Voudriez-vous me conduire maintenant à mon compagnon ? »

Faisant volte-face, l'homme des radeaux poussa un cri aigu, perçant comme le cri d'un oiseau de mer. Puis il s'accroupit sur les talons, comme en attente, et Arren fit de même.

Les radeaux étaient pourvus de mâts, bien que celui du radeau sur lequel ils se trouvaient ne fût pas dressé. On pouvait y hisser des voiles, qui étaient petites par rapport à la largeur du radeau, faites d'un matériau brun qui n'était ni de la toile ni du lin, mais une étoffe fibreuse, non pas tissée, mais foulée, comme du feutre. Un radeau, distant d'un quart de mille environ, largua sa voile brune et se fraya lentement un chemin, repoussant à l'aide de gaffes et de perches les radeaux qui les séparaient, pour venir accoster celui sur lequel se tenait Arren. Lorsqu'il n'y eut plus entre eux que trois pieds d'eau, l'homme accroupi auprès d'Arren se leva et sauta nonchalamment de l'autre côté. Arren l'imita et atterrit gauchement, à quatre pattes : ses genoux n'avaient plus aucune souplesse. Il se releva, et découvrit le petit homme en train de le regarder, non pas avec ironie, mais avec approbation : le sang-froid d'Arren avait de toute évidence forcé son respect.

Ce radeau était plus large que tous les autres et plus haut de flottaison, fait de rondins de douze mètres de long et un mètre cinquante de large, noircis et polis par l'usage et par les intempéries. Des statues de bois curieusement sculptées se dressaient autour des divers abris et enclos, et de hauts poteaux garnis de touffes de plumes d'oiseau de mer étaient plantés aux quatre coins. Son guide le conduisit vers le plus petit des abris; et là il vit Épervier, endormi.

Arren s'assit à l'intérieur de l'abri. Son guide repartit vers l'autre radeau, et nul ne vint le déranger. Au bout d'une heure environ, une femme de l'autre radeau lui apporta à manger : une sorte de ragoût de poisson, froid, avec des morceaux d'une matière verte et transparente, d'un goût salé mais agréable; et une petite tasse d'eau, croupie, et qui avait pris le goût du goudron calfatant le tonneau. Il vit, à la façon dont elle lui présenta l'eau, que c'était un trésor qu'elle lui donnait, une chose qu'il fallait honorer. Il la but avec respect et n'en redemanda pas, bien qu'il eût pu en boire dix tasses.

L'épaule d'Épervier avait été habilement pansée; il dormait profondément, paisiblement. Quand il se réveilla, ses yeux étaient clairs. Il regarda Arren, et sourit de ce sourire doux et joyeux qui surprenait toujours sur son visage dur. Arren eut soudain à nouveau envie de pleurer. Il mit sa main sur celle d'Épervier sans rien dire.

Un de ceux du peuple des radeaux s'approcha, et s'accroupit dans l'ombre du vaste abri voisin : une sorte de temple, à ce qu'il semblait, comportant un motif carré d'une grande complexité au-dessus de la porte, dont les montants étaient faits de rondins sculptés représentant des baleines grises en train de plonger. Cet homme était petit et maigre comme tous les autres, de la stature d'un garçonnet, mais les traits vigoureux et patinés par l'âge. Il ne portait rien d'autre qu'un pagne, mais la dignité le vêtait amplement. « Il faut qu'il dorme », dit-il; et Arren quitta Épervier et alla à lui.

« Vous êtes le chef de ce peuple? » dit Arren, qui savait reconnaître un prince au premier regard.

– « Oui », dit l'homme, avec une brève inclination de la tête. Arren était debout devant lui, immobile. Au bout d'un court instant, les yeux sombres de l'homme se plantèrent dans les siens, sans s'attarder : « Vous êtes également un chef », fit-il observer.

– « Oui », répondit Arren. Il eût bien aimé savoir comment l'homme des radeaux l'avait appris, mais il resta impassible. « Mais je sers mon seigneur, qui est ici. »

Le chef du peuple des radeaux dit quelque chose

qu'Arren ne comprit point du tout : des mots changés au point d'en être méconnaissables, ou des noms qu'il ne connaissait pas; puis il dit : « Pourquoi êtes-vous venus à Balatran ? »

– « En quête... »

Mais Arren ne savait ce qu'il pouvait en dire, ni même en fait que dire. Tout ce qui s'était passé, ainsi que l'objet de leur quête, semblait très lointain et confus dans son esprit. Enfin il dit : « Nous allions à Obehol. Ils nous ont attaqués lorsque nous avons débarqué. Mon seigneur a été blessé. »

– « Et vous ? »

– « Je n'ai pas été blessé », dit Arren, et la froide maîtrise de soi que lui avait enseignée son enfance à la cour lui fut alors d'un grand secours. « Mais il y avait... Il y avait comme une folie autour de nous. Un homme qui était avec nous s'est noyé. Il régnait une peur... » Il s'interrompit, et resta silencieux.

Le chef l'observa, de ses yeux noirs presque opaques. Il dit enfin : « C'est donc par hasard que vous êtes arrivés ici. »

– « Oui. Sommes-nous toujours dans le Lointain Sud ? »

– « Le Lointain ? Non. Les îles... » Le chef fit décrire à sa main noire et fine un arc – guère plus que le quart du compas, du nord à l'est. « Les îles sont là », dit-il. « Toutes les îles. » Puis, montrant toute la mer vespérale s'étendant devant eux, du nord au sud en passant par l'ouest, il dit : « La mer. »

– « De quelle terre êtes-vous, seigneur ? »

– « D'aucune terre. Nous sommes les Enfants de la Mer Ouverte. »

Arren contempla son visage ardent. Il regarda autour de lui, sur l'immense radeau, avec son temple et ses hautes idoles, chacune sculptée dans un arbre entier, immenses figures divines où se mêlaient le dauphin, le poisson, l'homme et l'oiseau de mer; il observa les gens affairés, tissant, gravant, pêchant, cuisinant, sur des plates-formes surélevées, soignant les bébés; il vit les autres radeaux, soixante-dix au moins, éparpillés sur l'eau en un grand cercle de peut-être un mille de diamètre. C'était toute une ville : de la fumée montait en volutes minces de maisons éloignées, et le vent apportait des voix aiguës d'enfants. C'était une ville, et en dessous d'elle s'étendaient les abysses.

« N'allez-vous jamais à terre? » demanda le jeune garçon à voix basse.

– « Une fois par an. Nous allons à la Longue Dune. Nous y coupons du bois et réparons les radeaux. Nous faisons cela en automne, et ensuite nous suivons les baleines grises vers le nord. En hiver nous nous séparons, chaque radeau de son côté. Au printemps nous nous rendons à Balatran, pour nous rencontrer. On passe alors d'un radeau à l'autre, il y a des mariages, et on célèbre le Long Bal. Nous sommes sur les Routes de Balatran; à partir d'ici, le grand courant emporte vers le sud. En été, nous dérivons sur le grand courant, jusqu'à ce que nous apercevions les Puissantes, les baleines grises, virer de cap vers le nord. Alors nous les suivons, et regagnons enfin les rivages d'Emah sur la Longue Dune, où nous demeurons un certain temps. »

– « Voilà qui est merveilleux, seigneur », dit Arren. « Jamais je n'avais entendu parler d'un peuple tel que le vôtre. Ma patrie se trouve très loin d'ici. Pourtant, là-bas aussi, nous célébrons le Long Bal la veille du solstice d'été. »

– « Vous foulez la terre, et ne courez aucun danger », dit le chef d'un ton sec. « Nous dansons sur la mer profonde. »

Après un temps, il demanda : « Comment s'appelle-t-il, votre seigneur? »

– « Épervier », dit Arren. Le chef répéta ces syllabes, mais il était clair qu'elles n'avaient aucune signification pour lui. Et cela, plus qu'aucune autre chose, fit comprendre à Arren que son histoire était vraie, que ce peuple vivait toute l'année sur la mer, sur la haute mer loin de toute terre ou de tout parfum de terre, hors de portée du vol des oiseaux terrestres, et inconnu des hommes.

« La mort était en lui », dit le chef. « Il doit dormir. Retourne au radeau d'Étoile; je t'enverrai chercher. »

Il se leva. Bien que parfaitement sûr de lui, il n'était apparemment pas certain de la conduite à tenir à l'égard d'Arren, et ne savait s'il fallait le traiter en égal ou en jeune garçon. Arren, dans cette situation, préféra la dernière solution, et accepta son congé; mais il dut ensuite faire face à un autre problème. Les radeaux en dérivant s'étaient à nouveau séparés, et cent vergues d'eau satinée clapotaient entre eux.

Le chef des Enfants de la Mer Ouverte lui parla encore, brièvement. « Nagez », dit-il.

Arren se glissa dans l'eau avec précaution. Sa fraîcheur était agréable à sa peau brûlée par le soleil. Il traversa à la nage et se hissa sur l'autre radeau, pour découvrir un groupe de cinq ou six enfants et adolescents en train de l'observer avec un intérêt non déguisé. Une toute petite fille dit : « Tu nages comme un poisson au bout d'un hameçon. »

– « Comment faudrait-il que je nage? » fit Arren, quelque peu mortifié, mais d'une voix douce; de fait, il n'aurait pu se montrer rude envers un être humain si petit. Elle ressemblait à une statue d'acajou poli, fragile et exquise. « Comme ça! » s'écria-t-elle, plongeant comme un phoque dans les tourbillons liquides et aveuglants. Ce n'est qu'au bout d'un long moment, et à une distance invraisemblable, qu'il entendit son cri aigu et aperçut sa tête noire et lisse à la surface.

– « Venez », dit un garçon qui devait avoir l'âge d'Arren, bien qu'il ne parût pas plus de douze ans par la taille et la carrure : un garçon au visage grave, avec un crabe bleu tatoué en travers du dos. Il plongea, et tous plongèrent, même un enfant de trois ans; Arren fut donc obligé de les imiter, ce qu'il fit en essayant de ne pas faire d'éclaboussures.

« Comme une anguille », dit le garçon, en remontant près de son épaule.

– « Comme un dauphin », dit une belle fille au joli sourire, en disparaissant dans les profondeurs.

– « Comme moi! » fit le bambin de trois ans d'une petite voix perçante, dansant sur l'eau comme une bouteille.

Ainsi, ce soir-là jusqu'à la nuit, et toute la journée du

lendemain long et doré, et les jours qui suivirent, Arren nagea, parla et travailla avec les jeunes du radeau d'Étoile. Et, de tous les événements survenus dans ce voyage, depuis ce matin d'équinoxe où Épervier et lui avaient quitté Roke, celui-là lui parut d'une certaine manière le plus étrange; car il n'avait rien à voir avec tout ce qui s'était produit auparavant, pendant le voyage comme durant sa vie entière; et encore moins avec ce qui était à venir. A la nuit tombée, quand il s'étendait au milieu des autres pour dormir sous les étoiles, il se disait : « C'est comme si j'étais mort, et que ceci soit l'après-vie, dans la lumière du soleil, au-delà de la lisière du monde, parmi les fils et les filles de la mer... » Avant de s'endormir, il cherchait, loin au sud, l'étoile jaune et le tracé de la Rune de Fin, et voyait toujours Gobardon, et le petit ou le grand triangle; mais les étoiles se levaient plus tard maintenant, et il ne pouvait garder les yeux ouverts jusqu'à ce que la figure entière se fût dégagée de l'horizon. De jour comme de nuit, les radeaux dérivaient vers le sud, mais il n'y avait jamais aucun changement dans la mer, car ce qui change constamment ne change pas en réalité. Les pluies torrentielles de mai prirent fin, et toute la nuit les étoiles brillaient, et tout au long du jour le soleil.

Il savait qu'ils ne vivraient pas toujours ainsi, dans cette facilité et ce bien-être de rêve. Il s'enquit de l'hiver, et ils lui parlèrent des longues pluies et de la houle puissante, des radeaux solitaires, tous séparés les uns des autres, dérivant et tanguant dans la grisaille et les ténèbres, semaine après semaine... L'hiver dernier, pendant une tempête qui avait duré un mois, ils avaient vu des vagues si énormes qu'elles ressemblaient à des « nuages d'orage », disaient-ils, car ils n'avaient jamais vu de collines : ils pouvaient les voir arriver l'une derrière l'autre, immenses, à des milles de distance, se précipitant vers eux. Les radeaux pouvaient-ils naviguer sur de telles mers? interrogea-t-il, et ils dirent que oui, mais pas toujours. Au printemps, quand ils se rassemblaient aux Routes de Balatran, il manquait parfois deux radeaux, ou trois, ou six...

Ils se mariaient très jeunes. Crabe-Bleu, qui portait son homonyme en tatouage, et Albatros la jolie étaient mari et femme, bien que lui n'eût que dix-sept ans et qu'elle fût de deux ans plus jeune; beaucoup de mariages semblables se nouaient entre radeaux. De nombreux bébés rampaient et trottaient là, attachés par de longues courroies aux quatre poteaux de l'abri central, dans lequel ils s'entassaient tous à l'heure la plus chaude, pour dormir en tas frétillants. Les enfants plus âgés s'occupaient des plus jeunes, hommes et femmes se partageant tous les travaux. Chacun à tour de rôle recueillait les grandes algues brunes, le nilgu des Routes, dentelé comme la fougère, et long de vingt-cinq à trente mètres. Tous participaient au foulage du nilgu pour la fabrication de l'étoffe, et au tressage des fibres rugueuses dont on faisait des cordages et des filets; ils pêchaient, séchaient le poisson, façonnaient en outils l'ivoire des baleines, et accomplissaient toutes les autres tâches requises par la vie sur les radeaux. Mais il y avait toujours du temps pour nager et bavarder, et aucun travail ne devait être achevé à une heure précise. Il n'y avait d'ailleurs pas d'heures : rien que des jours entiers, des nuits entières. Au bout de quelques-uns de ces jours et de ces nuits, il sembla à Arren qu'il vivait sur le radeau depuis un temps incalculable, qu'Obehol était un rêve, avec derrière des rêves plus flous, et que c'était dans un autre monde qu'il avait vécu sur terre et été prince d'Enlad.

Lorsque enfin il fut convoqué sur le radeau du chef, Épervier le contempla un moment et dit : « Tu ressembles à l'Arren que je vis dans la Cour de la Fontaine : luisant comme un phoque doré. La vie d'ici te convient, mon garçon. »

– « Oui, mon seigneur. »

– « Mais où est-ce *ici*? Nous avons laissé les lieux derrière nous. Nous avons vogué hors des cartes... Il y a longtemps, j'ai entendu parler du Peuple des Radeaux, mais je croyais que ce n'était qu'un autre des contes du Lointain Sud, une chimère sans substance. Pourtant nous avons été secourus par cette chimère, et nos vies ont été sauvées par ce mythe. »

Il parlait en souriant, comme s'il avait partagé cette douceur de vivre intemporelle dans la lumière de l'été; mais son visage était lugubre, et dans ses yeux se lisait une tristesse non apaisée. Arren s'en aperçut, et fit honnêtement face.

« J'ai trahi... » dit-il, puis il s'interrompit. « J'ai trahi votre confiance. »

– « Comment cela, Arren? »

– « Là-bas... à Obehol. Alors que pour une fois vous aviez besoin de moi. Vous étiez blessé, et aviez besoin de mon aide. Je n'ai rien fait. Le bateau a dérivé, et je l'ai laissé dériver. Vous aviez mal et je n'ai rien tenté pour vous. J'ai vu une terre... j'ai vu une terre et je n'ai même pas essayé de faire virer le bateau... »

– « Calme-toi, mon garçon », dit le mage avec une telle fermeté qu'Arren obéit. Et aussitôt après : « Dis-moi à quoi tu pensais à ce moment-là. »

– « A rien, seigneur... à rien! Je pensais qu'il était inutile de faire quoi que ce soit. Je pensais que votre pouvoir magique avait disparu – non, qu'il n'avait jamais existé. Que vous m'aviez dupé. » La sueur perla sur le visage d'Arren et il lui fallut forcer la voix, mais il continua. « J'avais peur de vous. J'avais peur de la mort. J'en avais tellement peur que je ne voulais pas vous regarder, parce que vous étiez peut-être mourant. Je ne pouvais penser à rien, sinon qu'il y avait... qu'il y avait un moyen pour moi de ne pas mourir, si je pouvais le trouver. Mais, tout ce temps, la vie s'écoulait, comme s'il y avait eu une immense blessure d'où le sang s'échappait – comme vous-même en portiez une. Mais celle-là était dans chaque chose. Et je n'ai rien fait, rien, sauf de me dérober à l'horreur de la mort. »

Il s'interrompit, car dire la vérité à voix haute était insupportable. Ce n'était pas la honte qui l'empêchait, mais la peur, la même peur. Il savait maintenant pourquoi cette vie tranquille, dans la mer et le soleil, sur les radeaux, ressemblait pour lui à une après-vie ou à un rêve, aussi irréelle. C'était parce qu'il savait dans son cœur que la réalité était vide : sans vie, ni chaleur, ni couleur, ni son – sans signification. Il n'y avait ni hauteurs ni profondeurs. Tout ce jeu charmant de formes, de lumière et de couleur sur la mer et dans les yeux des hommes n'était rien de plus que cela : un jeu d'illusions sur le vide creux.

Les illusions passaient et il ne restait que l'informe et le froid. Rien d'autre.

Épervier le regardait, et Arren avait baissé les yeux pour éviter ce regard. Mais voici que subitement s'élevait en lui une petite voix, celle du courage, ou peut-être de l'ironie. Elle était arrogante, impitoyable, et disait : Couard! Couard! Rejetteras-tu cela aussi?

Aussi releva-t-il les yeux, par un immense effort de volonté, et affronta-t-il le regard de son compagnon.

Épervier étendit la main et prit la sienne dans une rude étreinte, si bien que tous deux ils se touchaient par les yeux et la chair.

– « Lebannen », dit-il. Il n'avait jamais prononcé le nom véritable d'Arren, et Arren ne le lui avait jamais dit. « Lebannen, cela est. Et tu es. Il n'y a pas de sécurité. Et pas de fin. Le mot doit être entendu dans le silence. Il faut les ténèbres pour voir les étoiles. On danse toujours au-dessus du vide, au-dessus des terribles abysses. »

Arren crispa ses mains et pencha le front jusqu'à ce qu'il s'appuie sur les mains d'Épervier. « Je vous ai trahi », dit-il. « Je vous trahirai encore. Je n'ai pas suffisamment de force. »

– « Tu as assez de force. » La voix d'Épervier paraissait tendre, mais elle recelait la même dureté que la voix railleuse montée des profondeurs de la honte d'Arren. « Ce que tu aimes, tu continueras à l'aimer. Ce que tu entreprends, tu l'accompliras. On peut se fier à toi. Il n'est pas étonnant que tu n'aies point encore appris cela. Dix-sept ans sont peu de défense contre le désespoir... Mais songes-y, Lebannen. Refuser la mort, c'est refuser la vie. »

– « Mais je cherchais la mort! » Arren leva la tête et fixa Épervier. « Comme Sopli... »

– « Sopli ne cherchait pas la mort. Il cherchait une fin à sa peur de la mort. »

– « Mais il existe un chemin. Le chemin qu'il

cherchait. Sopli. Et Hare; et les autres. Le chemin pour revenir à la vie, à la vie sans mort. Vous – vous plus que tout autre – devez connaître ce chemin... »

Le mage retenait toujours fermement la main d'Arren.

– « Je ne le connais pas, dit Épervier. Oui, je sais ce qu'ils croient chercher. Mais je sais aussi que c'est un mensonge. Écoute-moi, Arren. Tu mourras. Tu ne vivras pas toujours; ni toi, ni personne, ni aucune chose. Rien n'est immortel. Mais il n'y a qu'à nous qu'il est donné de savoir que nous devons mourir. Et c'est un don précieux : c'est la chance d'être soi-même. Car nous ne possédons que ce que nous savons que nous devons perdre, ce que nous acceptons de perdre... Être soi, c'est notre tourment, notre gloire et notre humanité; et cela ne dure pas. Le " soi " change, il s'efface comme une vague sur la mer. Voudrais-tu que la mer devienne immobile, que les marées s'arrêtent pour sauver une vague, pour *te* sauver? Renoncerais-tu à l'habileté de tes mains, à la passion de ton cœur, à la lumière du lever et du coucher du soleil, pour acheter ton salut – la sécurité permanente? C'est cela qu'ils cherchent à Wathort, à Lorbanerie et ailleurs. Car tel est le message que ceux qui savent entendre ont entendu : en niant la vie, il est possible de nier la mort et de vivre pour toujours. Et moi, je n'entends pas ce message, Arren, parce que je ne veux pas l'entendre. Je ne me laisserai pas guider par le désespoir. Je suis sourd, je suis aveugle. Tu es mon guide. Toi, dans ton innocence et ton courage, dans ta déraison et ta loyauté, tu es mon guide – l'enfant que j'envoie devant moi dans les ténèbres. C'est ta peur, ta douleur que je suis. Tu as pensé que j'étais rude avec toi; à quel point je l'étais, tu ne l'as jamais su. Car je me sers de ton amour comme d'une bougie que l'on brûle, qu'on laisse se consumer pour éclairer son chemin. Et nous devons continuer; il le faut. Il nous faut aller jusqu'au bout; arriver à l'endroit où la mer se tarit et la joie s'écoule, l'endroit où t'entraîne ta terreur mortelle. »

– « Où est cet endroit, seigneur? »

– « Je ne sais pas. »

– « Je ne puis vous y conduire. Mais je vous accompagnerai. »

Le regard que le mage posa sur lui était sombre, insondable.

– « Mais si je devais à nouveau faillir, et vous trahir... »

– « Je te ferai confiance, fils de Morred. »

Ils se turent tous deux.

Au-dessus d'eux les hautes idoles gravées se balançaient très légèrement contre le ciel bleu du sud, corps de dauphin, ailes de mouettes repliées, visages humains aux yeux fixes de coquillages.

Épervier se leva, avec raideur, car il était encore loin d'être remis de sa blessure. « Je suis fatigué de rester assis », dit-il, « je vais devenir gras à force d'oisiveté. » Il se mit à arpenter le radeau sur toute la longueur, et Arren se joignit à lui. Ils échangèrent quelques mots en marchant ; Arren raconta à Épervier comment il passait ses journées, qui étaient ses amis parmi le peuple des radeaux. L'agitation d'Épervier était plus grande que sa force, qui fut bientôt épuisée. Il s'arrêta près d'une jeune fille qui tissait le nilgu sur un métier derrière la Maison des Puissantes, et lui demanda d'aller chercher le chef, puis regagna son abri. C'est là que le chef du peuple des radeaux vint le voir et le salua avec courtoisie ; et Épervier lui rendit son salut ; et tous trois s'assirent sur les tapis en peaux de phoque tacheté, à l'intérieur de l'abri.

« J'ai réfléchi », commença le chef, avec lenteur et une solennité polie, « aux choses que vous m'avez dites. Comment les hommes pensaient revenir de la mort dans leur propre corps, et dans cette quête oubliaient d'adorer les dieux, négligeaient leur corps et devenaient fous. C'est une chose mauvaise et une grande folie. J'ai pensé aussi : qu'avons-nous à voir avec cela ? Nous n'avons que faire des autres hommes, de leurs îles, de leurs mœurs, de ce qu'ils font et défont. Nous vivons sur la mer et nos vies appartiennent à la mer. Nous n'espérons pas les sauver, nous ne cherchons pas à les perdre. La folie ne nous atteint pas. Nous n'allons pas à terre, et les gens de la terre ne viennent pas à nous. Quand j'étais jeune, nous parlions quelquefois à des hommes qui venaient par bateau jusqu'à la Longue Dune, quand nous allions y couper des rondins pour les radeaux et construire les abris d'hiver. Souvent nous voyions des voiliers d'Ohol et de Welwai (c'est ainsi qu'il nommait Obehol et Wellogie) qui suivaient les baleines grises à l'automne. Souvent ils suivaient nos radeaux de loin, car nous connaissions les routes et les lieux de rencontre des Puissantes en mer. Mais c'est tout ce que je vis jamais du peuple de la terre, et à présent ils ne viennent plus. Peut-être sont-ils tous devenus fous et se sont-ils entre-tués. Il y a deux ans, sur la Longue Dune, en regardant au nord vers Welwai, nous avons vu durant trois jours la fumée d'un feu immense. Et si cela avait été, que nous importe? Nous sommes les Enfants de la Mer Ouverte. Nous suivons la mer. »

– « Pourtant, lorsque vous avez vu le bateau de gens de la terre à la dérive, vous êtes allés vers lui », dit le mage.

– « Certains d'entre nous ont dit qu'il n'était pas sage d'agir ainsi, et auraient laissé le bateau dériver jusqu'au bout de la mer », répondit le chef de sa voix haut perchée et impassible.

– « Vous n'en faisiez pas partie. »

– « Non. J'ai dit : bien que ce soient des gens de la terre, nous les aiderons, et c'est ce qui fut fait. Mais de votre entreprise nous n'avons que faire. S'il y a une folie chez le peuple de la terre, c'est au peuple de la terre de la soigner. Nous suivons la route des Puissantes. Nous ne pouvons vous aider dans votre quête. Tant que vous souhaiterez rester avec nous, vous serez les bienvenus. Il n'y a plus beaucoup de jours jusqu'au Long Bal; après, nous retournerons vers le nord, en suivant le courant est, qui à la fin de l'été nous ramènera vers les mers proches de la Longue Dune. Si vous désirez rester avec nous jusqu'à ce que vous soyez guéri de votre blessure, c'est bien. Et si vous voulez prendre votre bateau et suivre votre chemin, ce sera bien aussi. »

Le mage le remercia, et le chef se leva, mince et raide comme un héron, les laissant seuls.

– « Dans l'innocence il n'y a point de force contre le mal », dit Épervier, avec une légère grimace. « Mais il y a en elle de la force pour le bien. Nous resterons un moment avec eux, je crois, jusqu'à ce que ma faiblesse soit passée. »

– « Cela est sage », dit Arren. La fragilité physique d'Épervier l'avait choqué et ému ; il avait résolu de protéger cet homme de sa propre énergie et de sa hâte, et d'insister pour qu'ils attendent au moins qu'il fût libéré de la douleur avant de reprendre leur chemin.

Le mage le regarda, quelque peu surpris de ce compliment.

« Les gens d'ici sont gentils », reprit Arren, qui n'avait rien remarqué. « Ils semblent ne pas être touchés par cette maladie de l'âme qui affectait les gens d'Horteville et des autres îles. Peut-être n'est-il aucune île où nous eussions été secourus et accueillis comme nous l'avons été par ces errants. »

– « Il se peut bien que tu aies raison. »

– « Et ils mènent une vie plaisante, en été... »

– « Oui. Bien que manger du poisson froid toute sa vie, ne jamais voir un poirier en fleur ni goûter l'eau d'une source jaillissante doive finir par être ennuyeux ! »

Arren regagna donc le radeau d'Étoile, et travailla, nagea et lézarda avec les autres jeunes gens ; il conversait avec Épervier dans la fraîcheur du soir, et dormait sous les étoiles. Et les jours coulaient vers le Long Bal de la veille du solstice d'été, et les grands radeaux dérivaient lentement vers le sud sur les courants de la Mer Ouverte.

IX

ORM EMBAR

TOUTE la nuit, la nuit la plus courte de l'année, des torches brûlèrent sur les radeaux rassemblés en un cercle gigantesque sous le ciel gorgé d'étoiles, dessinant ainsi un anneau de feu frémissant sur la mer. Le peuple des radeaux dansait, sans recourir au tambour, à la flûte ni à aucune musique, rien que le rythme des pieds nus sur les grands radeaux balancés par les flots, et les voix grêles de leurs chantres s'élevant plaintivement dans l'immensité de leur demeure, la mer. Il n'y avait pas de lune cette nuit-là, et les corps des danseurs étaient incertains dans la clarté des étoiles et des torches. De temps à autre un corps étincelait comme un poisson jaillissant hors de l'eau, un jeune bondissant d'un radeau à l'autre : sautant haut et loin, ils rivalisaient d'adresse, essayant de faire le tour des radeaux et de danser sur chacun d'eux, afin de boucler le cercle avant l'aube.

Arren dansa avec eux, car le Long Bal est accéléré sur chaque île de l'Archipel, bien que les pas et les chants puissent être différents. Mais alors que la nuit s'étirait et que de nombreux danseurs renonçaient et s'asseyaient pour regarder ou somnoler, et que les voix des chantres s'enrouaient, il parvint avec un groupe de gaillards sautant haut jusqu'au radeau du chef, et là s'arrêta, tandis que les autres continuaient.

Épervier était assis avec le chef et ses trois épouses, près du temple. Entre les baleines gravées qui formaient le chambranle se tenait un chantre dont la voix aiguë n'avait pas faibli de toute la nuit. Sans se lasser, il chantait, frappant ses mains sur le pont de bois pour battre la mesure.

« Que chante-t-il? » demanda Arren au mage, car il ne pouvait suivre les paroles, chaque mot étant tenu très longtemps, avec des trilles et de bizarres reprises de la note.

– « Les baleines grises, et l'albatros, et la tempête... Ils ne connaissent pas les chants des héros et des rois. Ils ne connaissent pas le nom d'Erreth-Akbe. Avant, il a chanté Segoy, et comment il créa les terres au milieu de la mer; c'est tout ce qu'ils se rappellent de l'histoire des peuples. Tout le reste ne parle que de la mer. »

Arren écouta; il entendit le chantre imiter le sifflement du dauphin et tisser son chant autour de ce cri. Il contempla le profil d'Épervier dans la lumière de la torche, noir et ferme comme le roc, et vit la lueur liquide des yeux des épouses du chef qui devisaient doucement; il sentit le long et lent glissement du radeau sur la mer, et sombra peu à peu dans le sommeil.

Il se réveilla d'un seul coup : le chanteur s'était tu. Pas seulement celui auprès duquel ils se trouvaient, mais tous les autres, près du radeau ou loin de lui. Les voix ténues s'étaient éteintes comme un lointain gazouillement d'oiseaux de mer, et tout était paisible.

Arren regarda vers l'est par-dessus son épaule, s'attendant à voir l'aube. Mais il n'y avait là que la vieille lune, encore basse, dorée parmi les étoiles d'été.

Puis, regardant vers le sud il vit, très haut, Gobardon la jaune, et au-dessous ses huit compagnes, jusqu'à la dernière : la Rune de Fin, claire et flamboyante sur la mer. Et, comme il se retournait vers Épervier, il vit le visage sombre tourné vers ces mêmes étoiles.

« Pourquoi t'arrêtes-tu? » demandait le chef au chanteur. « Ce n'est pas encore la venue du jour, pas même l'aurore. »

L'homme bredouilla et dit : « Je ne sais pas. »

– « Continue de chanter! Le Long Bal n'est pas terminé. »

– « Je ne sais plus les paroles », dit le chanteur, et sa voix se fit perçante, comme sous l'effet de la terreur. « Je ne peux plus chanter. J'ai oublié le chant. »

– « Chantes-en un autre, alors ! »

- « Il n'y a plus de chants. C'est fini ! » cria le chanteur, et il se pencha en avant, jusqu'à se blottir contre le ponton ; et le chef le contempla, stupéfait.

Les radeaux se balançaient sous les torches crépitantes, tous silencieux. Le silence de l'océan enferma ce petit souffle de vie et cette lumière, et l'engloutit. Aucun danseur ne bougeait.

Il sembla alors à Arren que la splendeur des étoiles se ternissait, et cependant la lueur du jour ne pointait pas encore à l'est. L'horreur fondit sur lui, et il pensa : « Il n'y aura pas de lever du soleil. Il n'y aura pas de jour. »

Le mage se leva alors. En même temps une faible lumière, blanche et rapide, courut le long de son bâton, prit davantage d'éclat sur la rune d'argent sertie dans le bois. « Le bal n'est pas terminé », dit-il, « ni la nuit. Chante, Arren. »

Arren aurait voulu dire : « Je ne puis, seigneur !... » mais au lieu de cela, il fixa les neuf étoiles au sud, prit une profonde inspiration, et sa voix s'éleva, douce et voilée au début, mais se faisant plus forte à mesure qu'il chantait, et son chant était le plus ancien des chants, celui de la Création d'Ea, et de l'équilibre des ténèbres et de la lumière, et de la formation des terres vertes par celui qui prononça le premier mot, l'Aîné des Maîtres, Segoy.

Avant la fin de la chanson, le ciel avait pâli jusqu'au bleu-gris, et seules Gobardon et la lune y brillaient encore, et les torches grésillaient dans le vent du matin. Puis, le chant terminé, Arren se tut ; et les danseurs qui s'étaient rassemblés pour l'écouter regagnèrent tranquillement leurs radeaux, tandis que la clarté grandissait à l'est.

« C'était une bonne chanson », dit le chef. Sa voix était hésitante, bien qu'il fît des efforts pour la rendre impassible. « Il n'aurait pas été bon de finir le Long Bal avant qu'il soit achevé. Je ferai battre ces chanteurs paresseux avec des lanières de nilgu. »

– « Mieux vaut les consoler », dit Épervier. Il était toujours debout, et son air était grave. « Aucun chanteur ne choisit volontiers le silence. Viens avec moi, Arren. »

Il se dirigea vers l'abri, et Arren le suivit. Mais l'étrangeté de ce lever du jour n'avait point pris fin, car au même instant, alors que le liséré de la mer à l'est devenait blanc, arriva du nord un oiseau immense : il volait si haut que ses ailes captaient la lumière du soleil qui n'avait pas encore lui sur le monde, et ses battements d'ailes dessinaient dans l'air des traits d'or. Arren poussa un cri, en le désignant. Le mage leva les yeux, alarmé. Puis son visage se fit exultant et farouche, et il hurla : *« Nam hietha arw Ged arkvaissa! »* ce qui, dans le Langage de la Création, signifie : Si c'est Ged que tu cherches, ici tu le trouveras.

Et alors, comme un plomb doré tomba le dragon, ailes déployées, dans un bruit de tonnerre, avec des serres capables de saisir un bœuf comme si c'eût été une souris, avec une volute de feu et de vapeur sortant de ses larges narines; il se percha comme un faucon sur le radeau oscillant.

Le peuple des radeaux se mit à crier; certains se tapirent au sol, d'autres sautèrent dans la mer, d'autres encore, immobiles, regardèrent, dans un étonnement qui surpassait la peur.

le dragon les dominait maintenant. Peut-être mesurait-il trente mètres, d'une extrémité à l'autre de ses vastes ailes membraneuses, qui luisaient dans la lumière nouvelle comme une fumée moirée d'or, et la longueur de son corps n'était pas moindre; mais il était maigre, cambré comme un lévrier, avec des griffes de lézard et des écailles de serpent. Le long de son échine étroite courait une rangée dentelée de dards, d'une forme pareille à celle des épines de rosier, mais hauts d'un mètre au milieu du dos, et qui allaient diminuant, si bien que le dernier, au bout de la queue, n'était guère plus long que la lame d'un petit couteau. Ces épines étaient grises, et les écailles du dragon, gris fer avec un reflet d'or. Ses yeux étaient verts et fendus.

Mû par une terreur pour son peuple qui lui faisait

oublier la sienne, le chef des gens des radeaux sortit de son abri avec un harpon comme ils en utilisaient pour la chasse à la baleine : il était plus grand que lui, et se terminait par une longue pointe barbelée en ivoire. Le brandissant au bout de son petit bras musclé, il bondit pour prendre de l'élan afin de le lancer vers le centre étroit du dragon que la lumière habillait de mailles. Arren, sorti de sa stupeur, l'aperçut : il plongea en avant et retint son bras, et tous deux s'écroulèrent avec le harpon. « Tenez-vous à l'irriter avec cette aiguille ridicule ? » haleta-t-il. « Laissez le Maître des Dragons parler le premier ! »

Le chef, le souffle à demi coupé, fixa Arren d'un air stupide, puis fixa le mage, et ensuite le dragon. Mais il ne dit rien. C'est alors que le dragon parla.

Personne, sinon Ged à qui il s'adressait, ne put le comprendre car les dragons ne parlent que la Langue Ancienne qui est leur langue. La voix était douce et sifflante, presque semblable à celle d'un chat en colère, mais énorme, et il y avait en elle une terrible musique. Quiconque entendait cette voix ne pouvait que s'immobiliser et écouter.

Le mage répondit brièvement, et le dragon parla à nouveau, suspendu au-dessus de lui sur ses ailes à peines mouvantes : comme, pensa Arren, une libellule planant dans l'air.

Puis le mage répondit un mot : « *Memeas,* je viendrai. » Et il leva son bâton de bois d'if. Les mâchoires du dragon s'ouvrirent, et un serpentin de fumée s'en échappa en longues arabesques. Les ailes d'or claquèrent comme le tonnerre, produisant un grand vent qui charriait une odeur de brûlé ; il fit demi-tour, et s'envola vers le nord.

Tout était à présent silencieux sur les radeaux, hormis les gazouillement ténus et les vagissements des enfants, et les voix des femmes les consolant ; les hommes remontèrent sur les radeaux, l'air un peu honteux ; et les torches oubliées brûlaient dans les premiers rayons du soleil.

Le mage se tourna vers Arren. Son visage était illuminé par ce qui pouvait être de la joie ou de la colère pure, mais sa voix était calme. « Il nous faut partir à présent, mon garçon. Fais tes adieux, et viens. » Il se tourna vers le chef du peuple des radeaux pour le remercier et prendre congé; puis il quitta le grand radeau, en traversa trois autres, car ils étaient toujours rapprochés comme on l'avait fait pour le bal, pour atteindre celui auquel était attaché *Voitloin*. Ainsi, le bateau avait suivi la ville-radeau dans sa lente et longue dérive vers le sud, se balançant, vide, derrière elle; mais les Enfants de la Mer Ouverte avaient empli sa barrique d'eau de pluie qu'ils avaient mise de côté, et pourvu à l'approvisionnement, souhaitant ainsi honorer leurs hôtes; car beaucoup d'eux étaient convaincus qu'Épervier était un puissant, qui avait pris la forme d'un homme au lieu de celle d'une baleine. Quans Arren le rejoignit, il avait hissé la voile. Arren largua l'amarre et sauta dans le bateau, et dans le même instant celui-ci vira de bord et sa voile se raidit comme sous l'effet d'un grand vent, bien que seule soufflât la brise de l'aube. Il donna de la bande en virant et fila vers le nord sur les traces du dragon, léger comme une feuille emportée par le vent.

Lorsque Arren regarda en arrière, il vit la ville-radeau minuscule éparpillée comme des bâtons et des copeaux de bois flottant : les abris et les poteaux portant les torches. Bientôt tout cela se perdit dans l'éblouissement du soleil matinal reflété par l'eau. *Voitloin* poursuivait sa course; quand son étrave mordait les vagues, l'écume s'envolait eu une fine poudre de cristal, et le vent qu'il déplaçait repoussait dans les yeux les cheveux d'Arren, le faisant loucher.

Aucun vent terrestre n'aurait été capable de faire voguer si vite ce petit bateau, sinon une tempête, qui alors aurait pu le faire sombrer sous les lames. Et ce n'était pas un vent terrestre, mais le verbe et le pouvoir du mage, qui rendaient sa course si légère.

Épervier resta un long moment près du mât, le regard attentif. Enfin il reprit son ancienne place près du gouvernail, sur lequel il posa une main, et regarda Arren.

« C'était Orm Embar », dit-il, « le dragon de Selidor, parent du fameux Orm qui tua Erreth-Akbe et fut tué par lui. »

– « Est-ce qu'il chassait, seigneur? » dit Arren; car il ne savait pas si le mage avait adressé au dragon des paroles de bienvenue ou de menace.

– « Il *me* cherchait. Ce que cherchent les dragons, ils le trouvent. Il est venu me demander mon aide. » Il eut un rire bref. « Et c'est une chose que je ne croirais pas si quiconque me la racontait : qu'un dragon se tourne vers un homme pour lui demander secours. Et, entre tous, celui-là! Il n'est pas le plus vieux, bien qu'il soit très âgé, mais il est le plus puissant de sa race. Il ne dissimule point son nom, comme doivent le faire dragons et hommes. Il ne craint de tomber sous le pouvoir de personne. Pas plus qu'il n'est fourbe, comme le sont en général ceux de sa sorte. Il y a longtemps, sur Selidor, il m'a laissé la vie sauve, et m'a appris une grande vérité; il m'a dit comment retrouver la Rune des Rois. C'est à lui que je dois l'Anneau d'Erreth-Akbe. Mais je n'ai jamais songé à m'acquitter d'une telle dette, envers un tel créancier! »

– « Que demande-t-il? »

– « De me montrer le chemin que je cherche », dit le mage, avec plus de gravité. Et, après une pause : « Il a dit : *Dans l'Ouest, il y a un autre Maître des Dragons; il travaille à nous détruire, et son pouvoir est plus grand que le nôtre.* J'ai dit : *Même le tien, Orm Embar?* et il a répondu : *Même le mien. J'ai besoin de toi : suis-moi en toute hâte.* C'est ce qu'il ordonna, et j'obéis. »

– « Vous n'en savez pas davantage? »

– « J'en saurai davantage. »

Arren enroula l'amarre, la rangea, et s'occupa à d'autres menues besognes sur le bateau, mais durant tout ce temps l'excitation vibrait en lui comme la corde d'un arc tendu, et elle résonna dans sa voix lorsque enfin il parla. « C'est un meilleur guide », dit-il, « que tous les autres! »

Épervier le regarda et rit. « Oui », dit-il. « Cette fois, nous ne nous égarerons pas, je crois. »

Ainsi les deux compagnons entamèrent-ils cette

vaste course à travers l'océan. Près de deux mille kilomètres, telle était la distance entre les mers du peuple des radeaux, que les cartes ne répertoriaient pas, et l'île de Selidor, qui de toutes les contrées de Terremer se situe le plus à l'ouest. Un jour après l'autre surgissait, lumineux, du clair horizon, puis sombrait dans l'occident pourpre; et, sous l'arche dorée du soleil et le tournoiement argenté des étoiles, le bateau courait vers le nord, solitaire sur la mer.

Parfois les nuées d'orages du plein été s'amassaient au loin, jetant sur l'horizon des ombres mauves; alors Arren regardait le mage se dresser et, de la voix et du geste, commander aux nuages de flotter vers eux, et déverser leur pluie sur le bateau. La foudre bondissait parmi les nuages, le tonnerre rugissait, et toujours le mage se tenait, la main levée, jusqu'à ce que la pluie tombât sur lui, sur Arren, dans les récipients qu'ils avaient disposés dans le bateau, et aussi sur la mer, en averses si violentes qu'elles nivelaient les vagues. Arren et lui souriaient de plaisir, car ils avaient suffisamment de nourriture, même si ce n'était que le strict nécessaire; mais il leur fallait de l'eau. Et la furieuse splendeur de la tempête obéissant à la parole du mage les ravissait.

Arren s'émerveillait de ce pouvoir que son compagnon utilisait à présent avec une telle facilité, et une fois il dit: « Au début de notre voyage, vous ne fabriquiez pas de charmes. »

– « La première leçon à Roke, et la dernière, c'est : *Fais ce qui est nécessaire.* Et rien de plus! »

– « Toutes les leçons reçues entre ces deux-là, donc, doivent consister en l'apprentissage de ce qui est nécessaire? »

– « En effet. Il faut tenir compte de l'Équilibre. Mais lorsque l'Équilibre lui-même est rompu, il faut alors tenir compte d'autres choses. Par-dessus tout, se hâter. »

– « Mais comment se fait-il que tous les sorciers du Sud – et maintenant mêmes les chantres des radeaux –, tous, aient perdu leur art, et que vous conserviez le vôtre? »

– « C'est que je ne désire rien de plus que mon art », répondit Épervier.

Et au bout d'un instant il ajouta, avec plus de gaieté : « Et si je dois le perdre bientôt, j'en ferai le meilleur usage tant qu'il subsistera.»

En fait une sorte d'allégresse l'habitait maintenant, le plaisir pur de son art, qu'Arren, à le voir toujours si prudent, n'avait pas deviné. L'esprit du magicien se délecte de ses tours; un mage est un escamoteur. Le déguisement d'Épervier à Horteville, qui avait si fort troublé Arren, avait été pour lui un jeu; jeu de peu d'importance, sans doute, pour quelqu'un qui pouvait transformer à volonté non seulement son visage et sa voix, mais également son corps et son être même, et devenir à son gré un poisson, un dauphin, un faucon. Une fois il dit : « Regarde, Arren : je vais te montrer Gont », et il lui fit observer la surface de leur barrique d'eau, qu'il avait ouverte, et qui était pleine à ras bord. Nombre de simples sorciers peuvent faire apparaître une image sur le miroir de l'eau, et c'est ce qu'il avait fait : un immense pic, couronné de nuages, dominant une mer grise. Puis l'image changea, et Arrren vit nettement une falaise de cette île montagneuse. C'était comme s'il eût été un oiseau, faucon ou mouette, planant dans le vent du large et regardant cette falaise qui dominait de deux mille pieds les brisants. Tout en haut, sur la corniche, s'élevait une petite maison. « Voilà Re Albi », dit Épervier. « C'est là que vit mon maître, Ogion, lui qui apaisa le tremblement de terre il y a bien longtemps. Il soigne ses chèvres, récolte des herbes, et garde le silence. Je me demande s'il se promène toujours sur la montagne; il est très vieux, maintenant. Mais je le saurais bien, je le saurais sûrement, même à présent, si Ogion mourait... » Sa voix ne recelait aucune certitude; l'espace d'un moment, l'image se troubla, comme si la falaise se fût écroulée. Elle s'éclaircit, et sa voix également : « Il avait coutume de monter seul dans les forêts, à la fin de l'été et en automne. C'est ainsi qu'il est venu vers moi, la première fois, alors que je n'étais qu'un marmot d'un village montagnard, et qu'il m'a donné mon nom. Et avec lui la vie. » L'image dans le miroir d'eau donnait maintenant au spectateur l'impression d'être un oiseau parmi les branches de la forêt, surveillant les prés en pente, baignés de soleil sous le roc et la neige du pic, et de l'autre côté une route escarpée descendant vers une verte obscurité moirée d'or. « Il n'existe pas de silence pareil au silence de ces forêts », dit Épervier, nostalgique. L'image s'évanouit, et il n'y eut plus rien que le disque aveuglant du soleil de midi reflété dans l'eau du fût.

« Là-bas », dit Épervier, contemplant Arren avec un étrange regard ironique, « là-bas, si jamais je pouvais y retourner, même toi tu ne pourrais me suivre. »

La terre s'étendait devant eux, basse et bleutée dans la lumière de l'après-midi, comme un banc de brume. « Est-ce Selidor? » interrogea Arren, et son cœur battit plus vite; mais le mage répondit : « Obb, je crois, ou Jessage. Nous ne sommes pas encore à la moitié du chemin, mon garçon. »

Cette nuit-là, ils traversèrent les détroits entre ces deux îles. Ils ne virent pas de lumières, mais l'air était plein d'une âcre odeur de fumée, si lourde que leurs poumons se brûlèrent à la respirer. Quand revint le jour et qu'ils regardèrent derrière eux, l'île à l'est, Jessage, présentait un aspect noir et brûlé aussi loin qu'ils pouvaient le voir du rivage, à l'intérieur des terres, et une brume terne et bleuâtre était suspendue au-dessus de l'île.

« Ils ont brûlé les champs », dit Arren.

– « Oui. Et les villages. J'ai déjà senti une fumée semblable. »

– « Sont-ce des sauvages, ici dans l'Ouest? »

Épervier secoua la tête. « Des fermiers, des citadins. »

Arren fixa cette ruine noire qu'était devenue la terre, les arbres desséchés des vergers se détachant sur le ciel; et son visage était dur. « Quel mal les arbres ont-ils fait? » dit-il. « Doivent-ils punir l'herbe pour leurs propres fautes? Les hommes sont des sauvages, qui incendient une terre parce qu'ils sont en querelle avec d'autres hommes. »

– « Ils n'ont pas de guide », dit Épervier. « Pas de roi ; et les rois et les sorciers se sont tous retirés à l'écart, enfouis dans leur propres pensées, en quête de la porte qui mène au-delà de la mort. Il en était ainsi dans le Sud, et je présume qu'il en est de même ici. »

– « Et tout ceci est l'œuvre d'un seul homme – celui dont parlait le dragon ? Cela semble impossible. »

– « Pourquoi ? S'il y avait un Roi des Iles, il serait un seul homme. Et il régnerait. Un seul homme peut aussi facilement détruire que gouverner : être Roi, ou Anti-Roi. »

Sa voix recelait à nouveau cette note de moquerie, ou de défi, qui avait le pouvoir d'éveiller la mauvaise humeur d'Arren.

– « Un roi a des serviteurs, des soldats, des messagers, des lieutenants. Il gouverne à travers ses serviteurs. Où sont les serviteurs de cet... Anti-Roi ? »

– « Dans notre esprit, mon garçon. Dans notre esprit. Il te faut considérer qu'en réalité le traître, c'est le moi, le moi qui crie : *Je veux vivre, le monde peut bien pourrir, du moment que je suis en vie !* Cette petite âme traîtresse qui est en nous, dans le noir, comme le ver dans un fruit. Elle nous parle à tous. Mais quelques-uns la comprennent. Les sorciers, les chanteurs, les créateurs. Et les héros, ceux qui cherchent à être eux-mêmes. Être soi-même *à jamais,* n'est-ce pas chose plus grande encore ? »

Arren regarda Épervier droit dans les yeux. « Vous voulez dire que ça ne l'est pas. Mais dites-moi pourquoi. J'étais au début de ce voyage un enfant. Je ne croyais pas à la mort. Vous me prenez encore pour un enfant, mais j'ai appris quelque chose, pas grand-chose peut-être mais quelque chose. J'ai appris à croire à la mort. Mais je n'ai pas appris à m'en réjouir, à prendre ma mort, ou la vôtre, pour bienvenue. Si j'aime la vie, ne dois-je pas en exécrer la fin ? Pourquoi ne devrais-je pas désirer l'immortalité ? »

Le maître d'armes d'Arren à Berila était un homme dans la soixantaine, chauve, petit et froid. Arren l'avait détesté durant des années, bien qu'il le reconnût pour être un grand escrimeur. Mais un jour, à l'exercice, il avait pris son maître au dépourvu et l'avait désarmé : et il n'avait jamais oublié la joie incrédule et presque incongrue qui avait soudain illuminé le visage froid du maître, le bonheur, l'espoir : un égal, enfin, un égal! Depuis ce jour-là, le maître d'escrime l'avait contraint à un entraînement impitoyable, et, chaque fois qu'ils tiraient l'un contre l'autre, le même sourire, comme implacable, apparaissait sur le visage du vieillard, s'élargissant à mesure qu'augmentait l'ardeur d'Arren dans la lutte. C'était ce même sourire qui était maintenant sur le visage d'Épervier, l'éclat de l'acier dans le soleil.

– « La vie sans fin », dit le mage. « La vie sans mort. L'immortalité. Toute âme la désire, et son harmonie réside dans la force de ce désir. Mais prends garde, Arren. Tu es de ceux qui peuvent exaucer leur désir. »

– « Et alors? »

– « Alors, voici : un faux roi au pouvoir, lès arts des hommes oubliés, les chanteurs muets, l'œil aveugle. Et encore ceci, les terres infestées et flétries, cette blessure que nous cherchons à guérir. Ils sont deux, Arren; deux qui ne forment qu'un : le monde et l'ombre, la lumière et les ténèbres : les deux plateaux de la balance. La vie surgit de la mort; et la mort de la vie; étant opposés, ils se cherchent l'un l'autre; ils se donnent naissance l'un à l'autre. Et chacun renaît à jamais. Et, avec eux, tout renaît, la fleur du pommier, la lumière des étoiles. Dans la vie, il y a la mort; dans la mort il y la renaissance. Que serait donc la vie sans la mort? La vie immobile, sans changement, éternelle? Que serait-ce, sinon la mort – la mort sans renaissance? »

– « Mais comment l'Équilibre du Tout peut-il être compromis par les actes d'un homme, la vie d'un seul homme? Ce n'est certainement pas possible, cela ne peut pas être permis... » Il s'interrompit.

– « Qui permet? Qui interdit? »

– « Je ne sais. »

– « Ni moi. Je sais quel mal peut faire un seul

homme », dit Épervier, et son visage couturé se rembrunit, mais plutôt sous l'effet de la douleur que de la colère. « Je le sais parce que je l'ai fait. J'ai fait le même mal, mû par le même orgueil. J'ai ouvert la porte entre les mondes. Entrebâillée, à peine entrebâillée, rien que pour prouver que j'étais plus fort que la mort elle-même. J'étais jeune, et n'avais pas rencontré la mort – comme toi... Il fallut la force de l'Archimage Nemmerle, il fallut sa maîtrise et sa vie pour fermer cette porte. Tu peux voir la marque que cette nuit a laissée sur moi, sur mon visage. Mais lui, cela le fit périr. Oh! la porte entre la lumière et les ténèbres peut être ouverte, Arren; il y faut de la force, mais c'est possible. La refermer, c'est une autre histoire. »

– « Mais ce que vous avez fait n'était sûrement pas la même... »

– « Pourquoi? Parce que je suis un homme bon? » Cette froideur, pareille à l'épée de l'escrimeur, habitait à nouveau l'œil d'Épervier. « Qu'est-ce qu'un homme bon, Arren? Un homme bon est-il celui qui ne ferait pas le mal, qui n'ouvrirait pas une porte donnant sur les ténèbres, qui n'a pas de ténèbres en lui? Regarde mieux, mon garçon. Regarde un peu plus loin. Tu auras besoin de ce que tu apprends, pour aller là où tu dois aller. Regarde en toi-même. N'as-tu pas entendu une voix qui te disait : *Viens.* Ne l'as-tu pas suivie? »

– « Si. Je... je n'ai pas oublié. Mais je... je croyais que cette voix était... la sienne. »

– « C'était la sienne. Et c'était *la tienne.* Comment pourrait-il te parler, à travers les mers, sinon par ta propre voix? Comment se fait-il qu'il appelle ceux qui savent comment écouter, les mages, les créateurs, les chercheurs, ceux qui tiennent compte de leur voix intérieure? Et pourquoi ne m'appelle-t-il pas? Parce que je ne veux pas écouter; je refuse d'entendre cette voix à nouveau. Tu es né pour le pouvoir, Arren, comme je le fus; pouvoir sur les hommes, sur les âmes des hommes; et qu'est-ce, sinon le pouvoir sur la vie et la mort? Tu es jeune, toi; tu te trouves à la frontière du possible, au pays des ombres, au royaume du rêve; et tu entends la voix qui te dit : *Viens.* Mais moi, qui suis vieux, qui ai accompli ce que je devais faire, moi, qui me tiens dans la lumière du jour, face à ma propre mort, fin de toute virtualité, je sais qu'il n'est qu'un seul pouvoir qui soit réel, et vaille qu'on le possède. Et c'est le pouvoir non de prendre, mais d'accepter. »

Jessage était à présent loin derrière eux, tache bleue sur la mer.

– « Alors je suis son serviteur », dit Arren.

– « Oui. Et je suis le tien. »

– « Mais qui est-il donc? Qu'est-il? »

– « Un homme, je pense. Un homme comme toi et moi. »

– « Cet homme dont vous m'avez déjà parlé une fois – le sorcier d'Havnor, qui appelait les morts? Est-ce lui? »

– « C'est fort possible. Il avait grand pouvoir, tout entier concentré à nier la mort. Et il connaissait les Grands Sorts de la Science de Paln. J'étais jeune et stupide quand j'ai utilisé cette science, et j'ai attiré le désastre sur ma tête. Mais si un vieil homme très puissant en usait, sans souci des conséquences, il pourrait attirer le désastre sur nous tous. »

– « Mais ne vous avait-on pas annoncé que cet homme était mort? »

– « Si », dit l'Épervier, « on me l'a dit. »

Et ils ne dirent rien de plus.

Cette nuit-là, la mer était en feu. Les violents remous soulevés par la proue de *Voitloin,* et le mouvement de chaque poisson sous la surface de l'eau, étaient soulignés et animés de lumière. Arren avait le bras posé sur le plat-bord; et, la tête sur le bras, il contemplait ces courbes et ces spires à l'éclat argenté. Il mit sa main dans l'eau, l'en retira, et la lumière coula doucement entre ses doigts. « Regardez », dit-il, « moi aussi je suis un sorcier. »

– « Ce don-là, tu ne l'as point », dit son compagnon.

– « Et sans lui, de quel secours vous serai-je », dit Arren, les yeux fixés sur le chatoiement éternellement mouvant des vagues, « lorsque nous rencontrerons notre ennemi? »

Car il avait espéré – depuis le tout début il avait espéré – que la raison pour laquelle le mage l'avait choisi, lui et lui seul, pour ce voyage, était qu'il possédait quelque pouvoir inné, transmis par son ancêtre Morred, et qui se révélerait dans une urgence extrême, à l'heure la plus noire : et ainsi il sauverait son maître et lui-même, et le monde entier, de l'ennemi. Mais dernièrement il avait à nouveau considéré cet espoir, et c'était comme s'il l'eût aperçu de très loin ; c'était comme de se rappeler que, lorsqu'il était un tout petit garçon, il avait eu un désir brûlant d'essayer la couronne de son père, et avait pleuré lorsqu'on le lui avait défendu. Cet espoir-ci était aussi mal venu, aussi puéril. Il n'y avait pas de magie en lui. Il n'y en aurait jamais.

Le temps pouvait venir, cependant, où il pourrait, où il devrait ceindre la couronne de son père, et régner en prince d'Enlad. Mais cela semblait maintenant peu de chose, et sa patrie un lieu minuscule et éloigné. Il n'y avait là-dedans aucune infidélité. C'était seulement que sa loyauté était devenue plus grande, s'étant fixée sur un plus grand modèle et un plus vaste espoir. Il avait également pris conscience de sa propre faiblesse, et grâce à cela avait appris à mesurer sa force ; et il savait qu'il était fort. Mais à quoi bon la force s'il n'avait aucun don, et rien d'autre à offrir à son seigneur que son service et son amour constant ? Là où ils allaient, cela suffirait-il ?

Épervier dit seulement : « Pour voir la lumière d'une chandelle, il faut l'emporter en un lieu obscur. » Arren essaya de se rassurer avec ces mots ; mais il ne les trouvait pas très réconfortants.

Le matin suivant, à leur réveil, l'air était gris et l'eau également. Au-dessus du mât, le ciel s'éclaircissait jusqu'au bleu opale, car le brouillard était bas. Pour des hommes du Nord comme Arren d'Enlad et Épervier de Gont, le brouillard était le bienvenu, tel un vieil ami. Doucement, il enveloppa le bateau, de sorte qu'ils ne pouvaient voir loin, et c'était pour eux comme de se retrouver dans une pièce familière après plusieurs semaines passées dans un espace nu et lumineux, sous le souffle du vent. Ils revenaient sous leur propre climat, et se trouvaient peut-être en ce moment à la latitude de Roke.

A quelque douze cents kilomètres à l'est de ces eaux vêtues de brume où voguait *Voitloin,* un clair soleil brillait sur les feuilles des arbres du Bosquet Immanent, sur la verte couronne du Tertre de Roke, et sur les hauts toits d'ardoise de la Grande Maison.

Dans une pièce de la tour sud, un atelier de magiciens encombré d'alambics et de cornues, de bouteilles au col recourbé et à la panse énorme, de fourneaux aux épaisses parois et de minuscules lampes calorifiques, de pinces, de soufflets, d'affûts, de tenailles, d'archives, de tubes, de mille boîtes et fioles et cruches bouchées marquées de caractères hardiques ou d'autres runes plus secrètes encore, de tout un attirail d'alchimiste, de souffleur de verre, d'affineur de métaux et de guérisseur, dans cette pièce, parmi les tables fort encombrées et les bancs, se tenaient le Maître Changeur et le Maître Appeleur de Roke.

Dans ses mains, le Changeur grisonnant tenait une grosse pierre pareille à un diamant brut. C'était un cristal de roche, légèrement coloré en son centre d'améthyste et de rose, mais limpide comme l'eau. Pourtant, quand l'œil se plongeait dans cette transparence, il rencontrait l'obscurité, et nullement le reflet ou l'image de la réalité environnante, mais seulement des plans, et des profondeurs toujours plus insondables jusqu'à se perdre dans le rêve et ne plus trouver d'issue. C'était la Pierre de Shelieth. Elle avait été longtemps conservée par les princes de Wey, parfois comme une simple babiole parmi leurs trésors, parfois comme un charme de sommeil, parfois dans un but plus funeste : car ceux qui contemplaient trop longtemps et sans comprendre cette infinie profondeur cristalline pouvaient devenir fous. Mais l'Archimage Gensher de Wey, en venant à Roke, avait apporté avec lui la Pierre de Shelieth, car entre les mains d'un mage elle renfermait la vérité.

Cependant, la vérité change avec l'homme.

C'est pourquoi le Changeur, en la tenant et en

regardant au travers de sa surface inégale et renflée les profondeurs infinies, chatoyantes et pâles, disait à haute voix ce qu'il voyait. « Je vois la terre, tout comme si je m'étais tenu sur le Mont Onn, au centre du monde, et que j'eusse à mes pieds tout vu, même la plus lointaine île des Lointains les plus reculés, et encore au-delà. Et tout est très net. Je vois des bateaux dans les routes d'Ilien, et les feux dans les cheminées de Torheven, et les toits de cette tour où nous sommes en ce moment. Mais au-delà de Roke, rien. Au sud, pas de terre. A l'ouest, pas de terre. Je ne vois pas Wathort là où elle devrait être, ni aucune île du Lointain Ouest, même aussi proche que Pendor. Et Osskil, et Ebosskil, où sont-elles? Il y a une brume sur Enlad, une grisaille pareille à une toile d'araignée. Chaque fois que je regarde, d'autres îles ont disparu, et la mer où elles se trouvaient est vide et vierge, comme avant la Création.. » Et sa voix trébucha sur le dernier mot comme s'il ne lui fût venu qu'avec difficulté aux lèvres.

Il reposa la pierre sur son socle d'argent et s'en éloigna. Son visage aimable paraissait tendu. Il dit : « Dis-moi ce que tu vois. »

Le Maître Appeleur éleva le cristal entre ses mains et le tourna lentement comme s'il avait cherché sur sa surface rugueuse une entrée pour son regard. Longtemps il la manipula, d'un air attentif. Enfin il la posa et dit : « Changeur, je vois peu de chose, des fragments, des visions fugitives, rien qui forme un tout. »

Le Maître aux cheveux gris serra les poings. « N'est-ce pas une chose étrange en elle-même? »

– « Comment cela? »

– « Tes yeux sont-ils souvent aveugles? » cria le Changeur, comme soudain furieux. « Ne vois-tu pas qu'il y a... » et il bafouilla plusieurs fois avant de pouvoir parler, « qu'il y a une main sur tes yeux, comme il y a une main sur ma bouche? »

L'Appeleur dit : « Tu es surmené. »

– « Appelle la Présence de la Pierre », dit le Changeur en se contrôlant, mais la voix un peu étouffée.

– « Pourquoi? »

– « Pourquoi? Parce que je te le demande. »

– « Allons, Changeur, veux-tu me mettre au défi – comme des garçonnets devant la tanière d'un ours? Sommes-nous des enfants? »

– « Oui! Face à ce que je vois dans la Pierre de Shelieth, je suis un enfant – un enfant terrifié. Appelle la Présence de la Pierre. Dois-je t'en supplier? »

– « Non », dit le grand-maître, mais il se rembrunit, et se détourna de son aîné. Puis, étendant largement les bras dans le geste fameux par lequel débutent les enchantements de son art, il leva la tête et prononça les syllabes d'invocation. Tandis qu'il parlait, une lumière grandissait à l'intérieur de la Pierre de Shelieth. La pièce s'assombrit autour d'elle; les ombres se rassemblèrent. Quand elles furent devenues intenses et la pierre très lumineuse, il joignit les mains et, l'élevant devant son visage, il scruta cette clarté radieuse.

Il resta silencieux, quelque temps, puis parla. « Je vois la Fontaine de Shelieth », dit-il à voix basse. « Les mares et les bassins, et les cascades, les grottes aux rideaux d'argent ruisselant où les fougères croissent sur des talus de mousse, les sables ondoyants, les eaux jaillissant et s'écoulant, les sources profondes sortant de terre, le mystère et la douceur de la source, la source... » Il se tut derechef et resta ainsi un moment, le visage pâle comme l'argent dans la lueur de la Pierre. Puis il poussa un cri inarticulé, et, lâchant la Pierre, qui tomba avec fracas, il s'effondra sur les genoux, la tête entre les mains.

Il n'y avait plus d'ombres. La lumière de l'été filtrait dans la pièce en désordre. La grosse pierre gisait intacte sous une table, dans la poussière et le fouillis.

L'Appeleur avança la main à l'aveuglette, pour saisir comme un enfant celle de l'autre homme. Il prit une profonde inspiration. Enfin il se redressa, s'appuyant légèrement sur le Changeur, et dit avec des lèvres tremblantes, faisant un effort pour sourire : « Je ne relèverai plus tes défis, Changeur. »

– « Qu'as-tu vu, Thorion? »

– « J'ai vu les fontaines. Je les ai vues s'enfoncer, et les ruisseaux se tarir, et les bouches des sources se retirer. Et dessous tout était noir et sec. Tu as vu la mer avant la Création, mais j'ai vu la... ce qui vient ensuite... j'ai vu la Destruction. » Il humecta ses lèvres. « Je voudrais que l'Archimage fût ici. »

– « Je voudrais que nous soyons auprès de lui. »

– « Où? Nul ne peut le retrouver maintenant. » L'Appeleur leva les yeux vers les fenêtres montrant le ciel bleu, paisible. « Aucune projection ne peut l'atteindre, aucun appel le toucher. Il est là où tu as vu une mer vide. Il arrive à l'endroit où se tarissent les sources. Il se trouve là où notre art ne sert de rien... Pourtant, il est peut-être encore des sorts qui pourraient lui parvenir, certains sorts de la Science de Paln. »

– « Mais ce sont des sorts par lesquels on fait revenir les morts parmi les vivants. »

– « Certains amènent les vivants parmi les morts. »

– « Tu ne le crois pas mort? »

– « Je crois qu'il va vers la mort, et qu'il est attiré vers elle. Comme nous le sommes tous. Notre pouvoir nous quitte, et notre force; et notre espoir, et notre chance. Les sources se tarissent. »

Le Changeur le dévisagea un moment avec une expression troublée. « Ne cherche pas à le joindre, Thorion », finit-il par dire. « Il savait ce qu'il cherchait bien longtemps avant nous. Pour lui, le monde est comme cette Pierre de Shelieth : il le regarde et voit ce qui est et ce qui doit être... Nous ne pouvons l'aider. Les grands enchantements sont devenus dangereux; et, entre tous, ceux contenus dans la Science dont tu parles. Nous devons tenir bon, comme il nous l'ordonna, et veiller sur les murs de Roke, et à ce qu'on se souvienne des Noms. »

– « Oui », dit l'Appeleur. « Mais il me faut aller réfléchir à ceci. » Et il sortit de la pièce dans la tour, d'une démarche un peu raide, tenant haut sa tête noble et sombre.

Au matin, le Changeur le chercha. Pénétrant dans sa chambre après avoir frappé en vain, il le trouva étendu sur le sol de pierre, comme renversé par un coup puissant. Ses bras étaient étendus comme en un geste d'invocation, mais ses mains étaient froides, et ses yeux ouverts ne voyaient rien. Bien que le Changeur se fût agenouillé auprès de lui et l'eût appelé avec l'autorité d'un mage, répétant par trois fois son nom, Thorion, il resta immobile. Il n'était point mort, mais il restait en lui juste assez de vie pour que son cœur continuât de battre très lentement et que ses poumons retinssent un léger souffle. Le Changeur lui prit les mains, et les gardant entre les siennes murmura : « O Thorion, je t'ai contraint à regarder dans la Pierre. Ceci est mon œuvre! » Puis, sortant en hâte de la chambre, il dit à tous ceux qu'il croisa, maîtres et étudiants : « L'ennemi est arrivé jusqu'à nous, jusque dans Roke la bien-gardée, et nous a atteints en plein cœur! » Bien qu'il fût un homme doux, il paraissait si froid et si égaré que ceux qui le voyaient prenaient peur. « Prenez soin du Maître Appeleur », dit-il. « Mais qui rappellera son esprit, maintenant que le maître de cet art est lui-même parti? »

Il se dirigea vers sa propre chambre, et tous s'écartèrent pour le laisser passer.

Le Maître Guérisseur fut appelé. Il fit mettre au lit Thorion l'Appeleur, et le fit couvrir chaudement; mais il ne prépara aucune infusion d'herbe qui soigne, non plus qu'il ne chanta un de ces cantiques qui soulagent le corps malade ou l'esprit dérangé. L'un de ses élèves était avec lui, un jeune garçon qui n'avait pas encore été fait sorcier, mais qui promettait dans son art, et il lui demanda : « Maître, n'y a-t-il rien qu'on puisse faire pour lui? »

– « Pas de ce côté du mur », dit le Maître Guérisseur. Puis, se rappelant à qui il parlait, il dit : « Il n'est pas malade, mon garçon; mais même s'il s'agissait d'une fièvre ou d'une maladie physique, je ne sais si notre art serait utile. Il semble qu'il n'y ait plus de goût à mes herbes ces temps-ci; et, bien que je prononce les mots de nos sorts, ils n'ont plus de vertus. »

– « C'est comme le disait le Maître Chantre hier. Il s'est arrêté au milieu d'un chant qu'il nous enseignait et a dit : *Je ne sais plus ce que signifie ce chant.* Et il est sorti de la salle. Certains ont ri, mais j'ai eu l'impression que le sol s'écroulait sous moi. ».

Le Guérisseur regarda le visage franc et intelligent du garçon, puis abaissa les yeux sur celui de l'Appeleur, rigide et glacé. « Il reviendra parmi nous », dit-il. « Et les chants ne seront pas oubliés. »

Mais, cette nuit-là, le Changeur quitta Roke. Nul ne vit comment il partit. Il dormait dans une pièce dont la fenêtre donnait sur un jardin; le matin elle était ouverte, et il avait disparu. Ils pensèrent qu'il s'était, grâce à son talent de changeur de formes, transformé en un oiseau ou une bête, ou même en vent ou en brouillard, car nulle forme ni substance n'était hors de portée de son art, et qu'il s'était ainsi enfui de Roke, peut-être à la recherche de l'Archimage. Certains, sachant comment le Changeur de formes pouvait être pris à ses propres sorts s'il y avait une défaillance du talent ou de la volonté, éprouvèrent des craintes pour lui, mais ils n'en dirent rien.

Ainsi trois Maîtres furent perdus pour le Conseil des Sages. Comme les jours passaient, sans que fût reçue aucune nouvelle de l'Archimage, que l'Appeleur gisait comme mort et que le Changeur ne revenait pas, le froid et la tristesse grandirent dans la Grande Maison. Les jeunes gens chuchotaient entre eux, et certains parlaient de quitter Roke, car on ne leur enseignait plus ce qu'ils étaient venus apprendre. « Peut-être », dit l'un d'eux, « n'étaient-ce depuis le début que des mensonges, tous ces arts et ces pouvoirs secrets. De tous les Maîtres, seul le Maître Manuel continue de faire ses tours, qui sont, nous le savons tous, pure illusion. Et maintenant les autres se cachent ou refusent de faire quoi que ce soit, parce que leurs supercheries ont été mises au jour. » Un autre, qui l'écoutait, dit : « Eh bien, qu'est-ce que la sorcellerie? Qu'est-ce que l'art de magie, sinon un art d'apparence? A-t-il jamais sauvé un homme de la mort, ou même donné plus longue vie? Sans nul doute, si les mages détenaient le pouvoir qu'ils prétendent posséder, ils vivraient tous éternellement! » Et lui et d'autres garçons se mirent à parler de la mort des grands mages, de Morred tué à la bataille, et de Nereger tué par le Mage Gris, et d'Erreth-Akbe vaincu par un dragon, et de

Gensher, le dernier Archimage, mort de simple maladie dans son lit, comme n'importe quel homme. Certains des garçons écoutaient avec plaisir, car ils avaient le cœur envieux; d'autres se sentaient misérables.

Durant tout ce temps, le Maître Modeleur resta seul dans le Bosquet, et ne laissa personne y pénétrer.

Mais le Portier, bien qu'on le vît rarement, n'avait pas changé. Aucune ombre n'habitait ses yeux. Il souriait, et gardait les portes de la Grande Maison en prévision du retour de son seigneur.

X

LA PASSE DES DRAGONS

SUR les mers de l'extrême Lointain Ouest, ledit seigneur de l'Ile des Sages, se réveillant engourdi et raide à bord d'un petit bateau, dans un matin froid et lumineux, se redressa et bâilla. Et au bout d'un moment, désignant le nord, il dit à son compagnon : « Là! Deux îles, les vois-tu? Les plus méridionales des îles de la Passe des Dragons. »

– « Vous avez des yeux de faucon, seigneur », dit Arren, scrutant, encore ensommeillé, la mer et ne voyant rien.

– « C'est pourquoi je suis l'Épervier », dit le mage; il était toujours gai, et paraissait repousser présages et pressentiments. « Ne les vois-tu pas? »

– « Je vois des mouettes », dit Arren, après s'être frotté les yeux et avoir fouillé tout l'horizon gris-bleu qui s'étendait devant le bateau.

Le mage rit. « Même un faucon pourrait-il voir des mouettes à trente kilomètres de distance? »

Tandis que le soleil s'épanouissait par-dessus les brumes de l'est, les minuscules taches tourbillonnantes qu'Arren observait dans l'air paraissaient jeter des étincelles, comme de la poudre d'or qu'on agite dans l'eau, ou des atomes de poussière dans un rayon de soleil. C'est alors qu'Arren s'aperçut que c'étaient des dragons.

Comme *Voitloin* approchait des îles, Arren vit les dragons décrire des cercles dans le vent du matin, et son cœur s'élança avec eux, avec une joie, la joie d'un accomplissement, pareille à une douleur. Toute la gloire mortelle était présente dans ce vol. Leur beauté était faite de force terrible et de férocité totale, et aussi de la grâce de la raison. Car c'étaient là des créatures pensantes, douées de la parole, et d'une antique sagesse : les figures tracées par leur vol révélaient une harmonie volontaire et brutale.

Arren ne parla pas, mais pensa : « Je ne me soucie guère de ce qui peut advenir plus tard; j'ai vu les dragons sur le vent du matin. »

Par moments, les figures se heurtaient et les cercles se brisaient; et souvent, en plein vol, un dragon ou un autre faisait gicler de ses narines un long sillon de feu qui persistait un instant dans l'air, décrivant la courbe et l'éclat du corps long et cambré du dragon. Voyant cela, le mage dit : « Ils sont en colère. Ils dansent leur colère sur le vent. »

Et, aussitôt après, il ajouta : « Maintenant nous sommes dans le guêpier. » Car les dragons avaient vu la petite voile sur les vagues, et un premier, puis un autre, sortit du tourbillon du bal et vint droit au bateau, du vol long et égal de ses ailes immenses.

Le mage regarda Arren, assis à la barre, car les vagues étaient contraires et rudes. Le garçon la maintenait d'une main ferme, mais ses yeux étaient fixés sur ces ailes battantes. L'air satisfait, Épervier se détourna et, debout près du mât, fit retomber le vent de mage de la voile. Il leva son bâton et parla à voix haute.

Au son de sa voix, qui disait les mots du Langage Ancien, quelques dragons se retournèrent à mi-course, et se dispersèrent pour regagner les îles. D'autres s'arrêtèrent et planèrent, les serres de leurs membres de devant sorties, mais contenues. L'un d'eux, se laissant tomber au ras de l'eau, vola lentement vers eux : en deux coups d'aile, il fut au-dessus du bateau, son ventre juste au-dessus du mât. Arren vit la chair ridée et sans protection entre l'articulation interne de l'épaule et la poitrine, partie qui, avec l'œil, est la seule vulnérable du dragon, à moins que le javelot qui le frappe ne soit puissamment ensorcelé. La fumée émise par la longue bouche dentée l'asphyxia, et avec elle lui parvenait une puanteur de charogne qui le fit grimacer et lui donna la nausée.

L'ombre passa. Elle revint, aussi bas, et cette fois Arren sentit le souffle de fournaise avant l'odeur de la fumée. Il entendit s'élever la voix d'Épervier, tranchante et claire. Le dragon les survola. Puis tous disparurent, refluant vers les îles comme des cendres ardentes emportées par une rafale.

Arren reprit son souffle, et essuya son front, couvert de sueur froide. Regardant son compagnon, il vit que ses cheveux étaient devenus blancs : l'haleine du dragon en avait brûlé et crêpé les extrémités. Et la lourde étoffe de la voile était roussie d'un côté.

– « Ta tête a légèrement flambé, mon garçon. »

– « La vôtre aussi, seigneur. »

Épervier se passa la main sur les cheveux, surpris. « En effet!... C'était une insolence; mais je ne cherche pas querelle à ces créatures. Elles ont l'air folles, ou éperdues. Elles n'ont pas parlé. Jamais je n'ai rencontré de dragon qui ne parlât pas avant de frapper, même si ce ne fût que pour tourmenter sa proie... A présent, il nous faut continuer. Ne les regarde pas dans les yeux, Arren. Détourne ton visage au besoin. Nous irons avec le vent du monde, qui est propice et souffle du sud; il se peut que j'aie besoin de mon art pour d'autres choses. Tiens la barre, cependant. »

Voitloin progressa, et eut bientôt à sa gauche une île lointaine; et à sa droite les îles jumelles qu'ils avaient tout d'abord aperçues. Elles se dressaient en falaises basses, et le rocher nu était blanchi par les déjections des dragons et des sternes à tête noire qui faisaient sans crainte leurs nids auprès d'eux.

Les dragons avaient pris leur essor et décrivaient des cercles, très haut dans l'air, ainsi que le font les vautours. Aucun ne descendit à nouveau vers le bateau. Parfois, ils se lançaient des appels, hauts et stridents à travers le gouffre de l'air, mais s'il y avait des mots dans leurs cris, Arren ne put les distinguer.

Le bateau contourna un petit promontoire, et il vit sur le rivage ce qu'il prit un moment pour une forteresse en ruine. C'était un dragon. Une aile noire était repliée sous lui et l'autre étendue sur le sable et jusque dans l'eau, de sorte que le va-et-vient des vagues la faisait bouger d'avant en arrière dans un simulacre de vol. Le long corps de serpent était allongé sur le roc et le sable. Une patte avant manquait, la carapace et la chair avaient été arrachées de l'immense arceau des côtes, et le ventre était ouvert, si bien qu'à des mètres à la ronde le sable était noirci du sang venimeux du dragon. Pourtant la créature vivait encore. La vie est chez eux tellement prodigieuse que seul un égal pouvoir de sorcellerie peut les tuer rapidement. Les yeux mordorés étaient ouverts, et lorsque le bateau passa devant lui, la tête immense et maigre remua faiblement; et, dans un sifflement pareil à un râle, de la vapeur mêlée de sang fusa des narines.

La plage, entre le dragon à l'agonie et le bord de la mer, était marquée, striée par les pattes et les corps pesants de ceux de son espèce, et dans le sable ses entrailles avaient été piétinées.

Ni Arren ni Épervier ne parlèrent jusqu'à ce qu'ils fussent très loin de cette île et qu'ils eussent mis le cap, à travers le canal agité et heurté de la Passe des Dragons, pleins de récifs, de pics et de formes rocheuses, vers les îles nordiques de la double chaîne. Alors Épervier dit : « C'était un spectacle funeste », et sa voix était lugubre et froide.

– « Est-ce qu'ils... se mangent entre eux? »

– « Non. Pas plus que nous. Mais ils sont devenus fous. On leur a ôté la parole. Eux qui parlaient avant que les hommes ne parlent, eux qui sont plus vieux que n'importe quelle chose vivante, les Enfants de Segoy – on les a réduits à la terreur muette des bêtes. Ah! Kalessin! Où tes ailes t'ont-elles porté? N'as-tu vécu que pour voir ta race apprendre la honte? » Sa voix résonnait comme le fer qu'on bat, et il levait la tête, scrutant les cieux. Mais les dragons étaient derrière eux, et tournaient maintenant plus bas au-dessus des îles rocheuses et de la plage maculée de sang, et au-dessus d'eux il n'y avait plus rien que le ciel bleu et le soleil de midi.

Nul être vivant n'avait alors traversé la Passe des Dragons, ni ne l'avait vue, sinon l'Archimage. Plus de vingt ans auparavant, il avait navigué sur toute la longueur, d'est en ouest, et était revenu. C'était un cauchemar, pour un marin, et une merveille. L'eau était un réseau de courants bleus et de hauts-fonds verts, et c'était parmi eux que lui et Arren, par la main et par les mots, se frayaient maintenant un passage avec une attention vigilante, entre rochers et récifs. Certains se trouvaient à moitié ou totalement cachés sous le remous des vagues, couverts d'anémones, de bernacles et de rubans de fougère marine; tels des monstres aquatiques, testacés ou sinueux. D'autres s'élevaient en falaises et en pics perpendiculaires à la mer, et l'on voyait des arcs et des demi-arcs, des tours sculptées, de fantastiques formes d'animaux, des dos de sangliers et des têtes de serpents, tous énormes, déformés, confus, comme si la vie se fût agitée, à moitié consciente, dans le roc. Les vagues les martelaient avec un bruit semblable à une respiration, et ils étaient humides d'embruns et brillants. Dans un de ces rochers se distinguaient nettement du sud les épaules courbées et la tête noble et lourde d'un homme, penché sur la mer dans une profonde méditation; mais lorsque le bateau l'eut dépassé, et qu'ils regardèrent du nord, l'homme avait disparu et les rochers massifs révélaient une grotte qu'envahissaient les flots, retombant avec un son creux et clapotant; et il semblait qu'il y eût un mot, une syllabe, dans ce son. Comme ils poursuivaient leur course, les échos de gargouille s'atténuèrent, et cette syllabe lui parvint plus clairement; et Arren dit : « Y a-t-il une voix dans cette grotte? »

– « La voix de la mer. »

– « Mais elle prononce un mot. »

Épervier écouta; il jeta un coup d'œil à Arren, puis de nouveau se tourna vers la grotte. « Qu'entends-tu? »

– « Cela ressemble au son *ahm.* »

– « Dans la Langue Ancienne, cela signifie *le début,* ou *il y a longtemps.* Mais moi j'entends *ohb,* ce qui est une façon de dire *la fin...* Regarde, là devant! » acheva-t-il soudain, en même temps qu'Arren le prévenait : « Hauts-fonds ! » Et, bien que *Voitloin* sût, comme un chat, éviter les dangers, ils eurent durant un certain temps fort à faire pour le gouverner, et lentement la grotte rugissant éternellement le mot énigmatique fut dépassée.

A présent l'eau devenait plus profonde, et ils émergeaient de la fantasmagorie des rochers ; devant eux se dessinait une île pareille à une tour. Ses falaises étaient noires, constituées de cylindres nombreux, ou d'immenses piliers comme comprimés, avec des bords droits et des surfaces planes, s'élevant cent mètres à pic au-dessus de la mer.

– « Voici le Donjon de Kalessin », dit le mage. « C'est ainsi que les dragons me le désignèrent, quand je vins ici, il y a fort longtemps. »

– « Qui est Kalessin ? »

– « L'aîné... »

– « Est-ce lui qui a bâti cet endroit ? »

– « Je l'ignore. J'ignore si cela est une construction. Et quel âge il a. Je dis " lui ", mais je ne suis même pas sûr de cela... Comparé à Kalessin, Orm Embar est un enfant d'un an. Et toi et moi sommes des éphémères. » Il scrutait les terrifiantes palissades, et Arren les regarda, mal à l'aise, songeant à la façon dont un dragon pourrait s'élancer de ce rebord noir et lointain, et être sur eux presque en même temps que son ombre. Mais nul dragon ne se montra. Ils traversèrent lentement les eaux tranquilles que le rocher protégeait du vent, sans rien entendre que le murmure et le clapotis des vagues ombrées sur les colonnes de basalte. L'eau ici était profonde, sans récifs ni rochers ; Arren manœuvrait le bateau, et Épervier se tenait à la proue, fouillant des yeux les falaises et le ciel lumineux au-dessus d'eux.

Le bateau dépassa enfin l'ombre du Donjon de Kalessin pour émerger au soleil de cette fin d'après-midi. Ils avaient franchi la Passe des Dragons. Le mage leva la tête, comme quelqu'un qui aperçoit soudain ce qu'il était en train de chercher ; à travers l'immense étendue d'or, devant eux, arrivait sur ses ailes dorées le dragon Orm Embar.

Arren entendit Épervier lui crier : *Aro Kalessin?* Il devina le sens de ces mots, mais ne parvint pas à comprendre la réponse du dragon. Pourtant, quand il entendait le Langage Ancien, il avait toujours l'impression qu'il était sur le point de comprendre, qu'il comprenait presque : comme si c'eût été une langue qu'il avait oubliée, et non une langue inconnue. Lorsqu'il la parlait, la voix du mage était beaucoup plus claire que lorsqu'il parlait hardique, et une sorte de silence semblait se faire autour d'elle, comme la plus légère touche sur une cloche gigantesque. Mais la voix du dragon était pareille à un gong, à la fois grave et perçante, ou au choc chuintant des cymbales.

Arren contemplait son compagnon debout sur la poutre étroite, parlant avec la monstrueuse créature qui planait au-dessus d'eux, emplissant la moitié du ciel; et une sorte de fierté joyeuse pénétra le cœur du jeune homme, à voir combien un homme est une petite chose, combien fragile et combien terrible! Car le dragon aurait pu lui séparer la tête des épaules d'un seul coup de sa patte griffue, il aurait pu écraser le bateau et le faire sombrer comme une pierre fait sombrer une feuille qui flotte sur l'eau, si la taille seule avait importé. Mais Épervier était aussi dangereux qu'Orm Embar : et le dragon le savait.

Le mage tourna la tête. « Lebannen », dit-il, et le garçon se leva et s'avança, bien qu'il n'eût aucune envie de s'approcher d'un pas, de ces mâchoires de quelque cinq mètres et des yeux allongés, jaune-vert, aux pupilles en fente, qui brûlaient dans l'air au-dessus de lui.

Épervier ne lui dit rien, mais posa une main sur son épaule, et parla à nouveau au dragon, avec concision.

– « Lebannen », dit la voix immense dépourvue de passion. « *Agni* Lebannen! »

Il leva la tête; la pression de la main du mage le rappela à la prudence et il évita le regard des yeux d'un vert doré.

Il ne savait pas parler la Langue Ancienne; mais il ne resta pas muet pour autant. « Je te salue, Orm

Embar, Seigneur Dragon », dit-il d'une voix claire, comme un prince saluant un autre prince.

Puis il y eut un silence, et le cœur d'Arren battit soudain avec force et péniblement. Mais Épervier, à son côté, sourit.

Après cela, le dragon parla à nouveau, et Épervier lui répondit : et cela parut fort long à Arren. Enfin ce dialogue prit fin, de façon inattendue. Le dragon s'envola d'un battement d'ailes qui faillit faire chavirer l'embarcation, et disparut. Arren regarda le soleil, et découvrit qu'il ne semblait pas plus près de se coucher qu'auparavant; il ne s'était en réalité écoulé guère de temps. Mais le visage du mage avait la couleur de la cendre humide, et ses yeux luisaient quand il se tourna vers Arren. Il s'assit sur le banc de nage.

– « Bien joué, mon garçon », dit-il d'une voix rauque. « Il n'est pas facile... de parler aux dragons. »

Arren alla chercher des vivres, car ils n'avaient rien pris de toute la journée; et le mage ne dit plus rien jusqu'à ce qu'ils aient bu et mangé. Le soleil était alors bas sur l'horizon, bien qu'à ces latitudes nordiques, et peu après le solstice, la nuit vînt tard et lentement.

– « Eh bien », dit-il enfin, « Orm Embar m'en a, à sa façon, beaucoup appris. Il dit que celui que nous cherchons est, et n'est pas, sur Selidor... Il est difficile à un dragon de parler clairement. Ils n'ont pas l'esprit simple. Et même quand l'un d'entre eux veut bien dire la vérité à un homme, ce qui est rare, il ignore comment la vérité se présente à un homme. Je lui ai donc demandé : " De la même manière que ton père Orm se trouve sur Selidor? " Car, comme tu le sais, c'est là qu'Orm et Erreth-Akbe périrent dans leur combat. Et il répondit : " Oui et non. Tu le trouveras sur Selidor, mais pas sur Selidor. " Épervier s'interrompit et réfléchit, mâchonnant une croûte de pain dur. " Peut-être voulait-il dire que, bien que l'homme ne soit pas sur Selidor, c'est là que je dois me rendre pour le rejoindre. Peut-être... " Je l'ai ensuite questionné sur les autres dragons. Il a dit que l'homme était venu parmi eux, sans nulle crainte, car ayant été tué il revient de la mort dans son propre corps, et vivant.

Pour cette raison, ils le craignent comme une créature hors nature; et leur crainte fournit à sa magie une emprise sur eux, et il leur a retiré le Langage de la Création, les laissant en proie à leur nature sauvage. Ils s'entre-dévorent donc, ou se suicident en plongeant dans la mer, mort détestable pour le serpent à feu, la bête du vent et du feu. J'ai dit alors : " Où est le Seigneur Kalessin? " et tout ce qu'il a daigné me répondre fut : " Dans l'Ouest ", ce qui peut signifier, mais ce n'est pas certain, que Kalessin s'est envolé vers d'autres régions, qui se trouvent, disent les dragons, plus loin qu'aucun bateau n'est jamais allé. J'ai alors cessé mes questions, et il m'a posé les siennes, disant : " J'ai survolé Kaltuel en regagnant le Nord, et les Portes de Tor. Sur Kaltuel j'ai vu des villageois tuer un bébé sur la pierre d'un autel, et sur Ingat j'ai vu un sorcier massacré par ses concitoyens, qui lui jetaient des pierres. Mangeront-ils le bébé, à ton avis, Ged? Le sorcier reviendra-t-il de la mort pour jeter des pierres à ses concitoyens? " J'ai pensé qu'il se moquait de moi, et m'apprêtai à répliquer avec colère, mais il ne se moquait point. Il dit : " Les choses ont perdu leurs sens. Il y a un trou dans le monde et la mer s'en échappe. La lumière s'en échappe. Nous resterons sur la terre aride. Il n'y aura plus de verbe, et plus de mort. " Et je compris enfin ce qu'il voulait me dire. »

Arren, lui, ne comprenait pas; et, qui plus est, était cruellement troublé. Car Épervier, en répétant les paroles du dragon, s'était nommé par son nom véritable, on ne pouvait s'y méprendre. Cela ravivait en Arren le souvenir fâcheux de cette femme torturée de Lorbanerie, criant à tous les échos : « Mon nom est Akaren! » Si les pouvoirs de la sorcellerie, de la musique, de la parole et de la confiance s'affaiblissaient et se desséchaient parmi les hommes, si une peur démente s'emparait d'eux au point que, comme les dragons privés de raison, ils se tournaient les uns contre les autres pour se détruire : si tout cela était, son seigneur y échapperait-il? Était-il fort à ce point?

Il n'en avait pas l'air, penché comme il l'était sur son

souper de pain et de poisson fumé, avec ses cheveux gris roussis par le feu, ses mains fines et son visage las.

Cependant le dragon le craignait.

– « Qu'est-ce qui t'ennuie, mon garçon? »

Avec lui, inutile de dissimuler la vérité.

– « Mon seigneur, vous avez prononcé votre nom. »

– « Oh, oui! Je croyais l'avoir déjà fait. Tu auras besoin de mon nom véritable, si nous allons là où il nous faut aller. » Tout en mastiquant, il leva les yeux vers Arren : « Pensais-tu que je devenais sénile, et que j'allais partout clamant mon nom, comme les vieillards larmoyants privés de raison et de vergogne? Pas encore, mon garçon! »

– « Non », fit Arren, tellement confus qu'il lui fut impossible d'ajouter autre chose. Il était très fatigué; la journée avait été longue et pleine de dragons. Et devant eux la route devenait noire.

– « Arren », dit le mage... « Non, Lebannen : là où nous allons, on ne dissimule rien : tous portent leurs vrais noms. »

– « On ne peut blesser les morts », dit Arren, sombrement.

– « Mais ce n'est pas seulement là, pas seulement dans la mort, que les hommes revêtent leur nom. Ceux qu'on peut blesser le plus facilement, les plus vulnérables, sont ceux qui ont donné leur amour, et ne le reprennent point : ceux-là s'appellent par leurs noms. Ceux qui ont le cœur fidèle, ceux qui donnent la vie... Mais tu es épuisé, mon garçon. Étends-toi et dors. Il n'y a plus rien à faire à présent, sinon tenir le cap toute la nuit. Et au matin nous verrons la dernière île du monde. »

Sa voix recelait une douceur infinie. Arren se roula en boule à l'avant, et le sommeil vint immédiatement l'envahir. Il entendit le mage entonner une incantation à voix basse, presque chuchotant, non pas en langue hardique mais dans celle de la Création; et, alors qu'il commençait enfin à la comprendre, et à se rappeler ce que signifiaient les mots, il fut profondément endormi, juste avant de les avoir compris.

En silence le mage rangea le pain et la viande, inspecta les lignes, remit tout en ordre sur le bateau, puis, prenant en main le câble de guidage et s'asseyant sur le banc de nage arrière, il mit dans la voile un fort vent de mage. Inlassable, *Voitloin* fila vers le nord, comme une flèche sur la mer...

Épervier abaissa son regard sur Arren. Le visage endormi du garçon était illuminé d'or rouge par le couchant qui se prolongeait, et sa rude tignasse agitée par le vent. L'air doux, tranquille et princier du garçon qui se tenait près de la fontaine de la Grande Maison, quelques mois auparavant, avait disparu ; ce visage-là était plus maigre, plus dur et beaucoup plus énergique. Mais il n'en était pas moins beau.

– « Je n'ai trouvé personne pour marcher sur mes traces », dit à voix haute Ged l'Archimage à l'adolescent endormi, ou au vent creux. « Personne que toi. Et tu dois suivre ton chemin, pas le mien. Pourtant, ton royaume, en partie, sera mien. Car je t'ai reconnu, je t'ai reconnu le premier ! On me louera bien plus pour cela dans la suite des temps que pour tous mes faits de magie... S'il y a une suite aux temps. Car d'abord nous devons tous deux nous maintenir sur le point d'appui, le levier même du monde. Et si je tombe, tu tomberas, et tout le reste également... Pour un moment, un moment seulement. Aucune obscurité ne dure éternellement. Et même là, il y a des étoiles... Mais que j'aimerais te voir couronné à Havnor, et le soleil luire sur la Tour de l'Épée, et sur l'Anneau que nous avons ramené pour toi d'Atuan, des Tombes ténébreuses, Tenar et moi, avant même que tu fusses né ! »

Il rit alors ; et, se tournant face au nord, il dit pour lui-même, dans la langue commune : « Un chevrier, placer sur son trône l'héritier de Morred ! N'apprendrai-je donc jamais ? »

Immédiatement après, alors qu'il gardait à la main le câble de guidage et regardait se tendre la voile, rougie par les dernières lueurs de l'ouest, il parla encore, doucement. « A Havnor je ne serai point, ni à Roke. Il est temps d'en finir avec le pouvoir. Laisser tomber les vieux joujoux, et reprendre la route. Il est temps que je rentre chez moi. J'irai voir Tenar. J'irai voir Ogion, pour lui parler avant sa mort, dans la maison perchée sur les falaises de Re Albi. J'ai tellement envie de marcher sur la montagne, la montagne de Gont, dans les forêts, en automne, quand les feuilles resplendissent! Il n'est pas de royaume comparable aux forêts. Il est temps que j'aille là-bas, que j'aille silencieux et seul. Et peut-être là-bas apprendrai-je enfin ce que nulle action, nul pouvoir ne peuvent m'enseigner, ce que je n'ai jamais su. »

L'ouest tout entier flamboyait d'un rouge violent et glorieux, au point que la mer était pourpre et la voile au-dessus d'elle rouge comme le sang; puis la nuit arriva, paisible. Tout au long de cette nuit, le garçon dormit et l'homme veilla, le regard toujours fixé droit devant lui, dans les ténèbres. Il n'y avait pas d'étoiles.

XI

SELIDOR

Le matin, à son réveil, Arren vit devant le bateau, se découpant indécis et bas sur le bleu de l'ouest, les rivages de Selidor.

Dans lc Château de Berila se trouvaient de vieilles cartes dessinées à l'époque des Rois, quand les marchands et les explorateurs avaient navigué plus loin que les Pays de l'Intérieur, et que les Lointains avaient été mieux connus. Une immense carte du Nord et de l'Ouest en mosaïque ornait deux murs de la salle du trône, avec l'île d'Enlad en gris et or au-dessus du trône; et Arren la revoyait en pensée, telle qu'il l'avait mille fois vue durant son enfance. Au nord d'Enlad se trouvait Osskil, et à l'ouest Ebosskil, et au sud de celle-ci Semel et Paln; et là finissaient les Contrées de l'Intérieur, et il n'y avait plus rien que la mosaïque d'un vert-bleu pâle de la mer vide, relevée par-ci par-là d'un dauphin ou d'une baleine minuscules. Puis enfin, après l'angle où se rencontraient le mur du Nord et le mur de l'Ouest, il y avait Narveduen, et au-delà encore trois îles de moindre importance. Puis à nouveau la mer déserte, encore et encore; jusqu'à la limite même du mur, et la fin de la carte, où était Selidor; au-delà, rien.

Il se la rappelait nettement, avec sa forme arrondie, et une vaste baie en son centre, se rétrécissant vers l'est. Ils n'étaient pas encore assez au nord pour la voir, mais gouvernaient présentement vers une anse profonde s'ouvrant dans le cap, tout au sud de l'île; et là, tandis que le soleil était encore bas dans la brume du matin, ils débarquèrent.

Ainsi s'achevait leur course prodigieuse, depuis les Routes de Balatran jusqu'à l'Ile Occidentale. L'immobilité du sol leur sembla étrange, lorsqu'ils eurent tiré *Voitloin* au sec et qu'ils foulèrent la terre ferme, après une si longue navigation.

Ged escalada une dune basse, couronnée d'herbe dont les aigrettes s'inclinaient sur la pente raide, au sable retenu en corniches par les solides racines de la végétation. Lorsqu'il atteignit le sommet, il resta immobile, et regarda vers le nord-ouest. Arren s'était arrêté pour mettre ses chaussures, qu'il n'avait pas portées depuis de nombreux jours; puis il sortit du coffre son épée et la ceignit, sans se demander cette fois s'il était bien ou non de le faire. Et il alla rejoindre Ged pour contempler le terrain.

Les dunes à l'intérieur de l'île couraient, herbeuses et basses, sur environ huit cents mètres; ensuite venaient des lagons, à la dense végétation de joncs et de roseaux marins, et, au-delà, de petites collines qui s'étendaient, jaune-brun et désertes, à perte de vue. Belle et désolée était Selidor. Nulle part elle ne révélait la marque de l'homme, de son travail ou de son habitat. Aucune bête n'y était visible, et les lacs emplis de roseaux ne portaient nulle bande de mouettes ou d'oies sauvages ni aucun oiseau.

Ils descendirent la pente intérieure de la dune, et le sable les isola du bruit des vagues et du vent, si bien que tout devint silencieux.

Entre cette dune, la plus proche des flots et la suivante, s'ouvrait une combe de sable immaculé, ombreuse, dont le soleil matinal réchauffait le versant ouest. « Lebannen », dit le mage, car il employait désormais le nom véritable d'Arren, « je n'ai pu dormir cette nuit, et dois le faire maintenant. Reste auprès de moi et monte la garde. » Il s'allongea au soleil, car l'ombre était fraîche, mit son bras sur ses yeux, soupira, et s'endormit. Arren s'assit près de lui. Il ne distinguait que les pentes blanches de la combe, et l'herbe du sommet de la dune se courbant sur le bleu embrumé du ciel, et le soleil jaune. Il n'y avait aucun bruit, à part le murmure assourdi du ressac, et parfois le vent en rafales déplaçait les particules de sable avec un faible chuchotis.

Arren vit ce qui aurait pu être un aigle, volant très haut; mais ce n'en était pas un. Il décrivit un vaste cercle et descendit, fondant sur eux avec le bruit du tonnerre et un sifflement perçant produit par les ailes dorées déployées. Il se posa sur ses serres immenses au sommet de la dune. Contre le soleil, l'énorme tête était noire, avec des reflets de feu.

Le dragon rampa un peu le long de la pente, et parla : « Agni Lebannen », dit-il.

Debout entre lui et Ged, Arren répondit : « Orm Embar. » Et il brandit son épée nue.

Elle ne lui semblait plus pesante, maintenant. La garde lisse et usée s'adaptait commodément à sa main. La lame était sortie du fourreau avec légèreté et empressement. Le pouvoir, l'ancienneté de Morred étaient avec lui, car il savait à présent quel usage il devait en faire. C'était son épée.

Le dragon parla de nouveau, mais Arren ne parvint pas à le comprendre. Il regarda derrière lui son compagnon endormi, que tout ce fracas n'avait pas réveillé, et dit au dragon : « Mon seigneur est fatigué : il dort. »

A ces mots, Orm Embar rampa et ondula jusqu'au fond de la combe. A terre, il était lourd, et non souple et libre comme il l'était dans son vol, mais il y avait une grâce sinistre dans le pas lent de ses immenses pieds griffus et la courbe de sa queue épineuse. Une fois au fond, il rentra ses pattes sous lui, leva sa tête gigantesque, et resta immobile : pareil à un dragon gravé sur le heaume d'un guerrier. Arren avait conscience de son œil jaune posé sur lui, à moins de dix pas, et de la légère odeur de brûlé qui flottait autour de lui. Ce n'était pas une odeur de charogne; sèche et métallique, elle s'accordait aux faibles senteurs de la mer et du sable salin, une senteur pure et sauvage.

Le soleil en montant frappait les flancs d'Orm

Embar, et il s'embrasait, comme un être de fer et d'or.

Ged dormait toujours, détendu, sans prendre davantage garde au dragon qu'un fermier endormi à son chien.

Une heure se passa ainsi, et Arren, avec un haut-le-corps, s'aperçut que le mage s'était redressé à côté de lui.

– « T'es-tu donc si bien habitué aux dragons que tu t'endors entre leurs pattes? » dit Ged, riant et bâillant. Puis, se levant, il parla à Orm Embar dans la langue des dragons.

Avant de répondre, Orm Embar bâilla lui aussi – peut-être de sommeil, peut-être par émulation – et c'était un spectacle que peu d'hommes peuvent se rappeler, n'y ayant pas survécu : les rangées de dents d'un blanc jaune, aussi longues et acérées que des épées, la langue fourchue, d'un rouge ardent, deux fois longue comme le corps d'un homme, la caverne fumante de la gorge.

Orm Embar parla, et Ged s'apprêtait à lui répondre, lorsque tous deux se tournèrent vers Arren. Ils avaient entendu, clair dans le silence, le bruissement creux de l'acier contre le fourreau. Arren avait les yeux levés vers le rebord de la dune, derrière la tête du mage, et son épée était vigilante dans sa main.

Là-haut se tenait, brillamment éclairé par le soleil, ses habits doucement agités par le vent léger, un homme. Immobile comme une sculpture, hormis le flottement de son capuchon et de l'ourlet de son manteau léger. Ses cheveux étaient longs et noirs, et retombaient en une masse de boucles luisantes; il était de large carrure et de haute stature : un homme vigoureux et avenant. Ses yeux semblaient regarder par-dessus eux, vers la mer. Il sourit.

– « Orm Embar, je te connais », dit-il. « Et toi aussi je te connais, bien que tu aies vieilli depuis la dernière fois que je t'ai vu, Épervier. Tu es Archimage, à présent, me dit-on. Tu es devenu célèbre, en même temps que vieux. Et tu as avec toi un jeune serviteur : un apprenti-mage, sans doute, un de ceux qui apprennent la sagesse sur l'Ile des Sages. Que faites-vous ici tous les deux, si loin de Roke et des murs invulnérables qui protègent les Maîtres de tout mal? »

– « Il y a une brèche dans des murailles plus grandes que celles-là », dit Ged, étreignant son bâton à deux mains et levant la tête vers l'homme. « Mais ne viendras-tu pas à nous en chair et en os, que nous puissions saluer celui que nous avons si longtemps cherché? »

– « En chair et en os? » dit l'homme, et il sourit à nouveau. « La simple chair, le corps, la viande de boucherie comptent-ils tellement entre deux mages? Non, rencontrons-nous plutôt d'esprit à esprit, Archimage. »

– « Cela, je crois, nous ne le pouvons. (Mon garçon, rengaine ton épée. Ce n'est qu'une projection, une apparence, pas un homme véritable. Autant tirer l'épée contre le vent.) A Havnor, quand tes cheveux étaient blancs, on t'appelait Cygne. Mais ce n'était que ton nom usuel. Comment devrons-nous t'appeler lorsque nous te rencontrerons? »

– « Vous m'appellerez Seigneur », dit la haute silhouette sur le bord de la dune.

– « Oui, et quoi d'autre? »

– « Roi et Maître. »

A ces mots, Orm Embar siffla, avec un son bruyant et horrible, et ses yeux immenses luirent; pourtant il se détourna de l'homme, et s'affaissa à la même place, comme s'il ne pouvait bouger.

– « Et où te trouverons-nous, et quand? »

– « Dans mon domaine, et quand il me plaira. »

– « Très bien », dit Ged; et, brandissant son bâton, il l'agita un peu dans la direction de l'homme à la haute stature. Et celui-ci disparut, comme la flamme d'une chandelle que l'on souffle.

Arren écarquilla les yeux, et le dragon se dressa puissamment sur ses quatre pattes torses, dans le cliquetis des plaques de sa cuirasse, les lèvres retroussées sur ses crocs. Mais le mage était à nouveau appuyé sur son bâton.

– « Ce n'était qu'une projection. Une représentation

ou une image de l'homme. Elle peut parler et entendre, mais n'a aucun pouvoir, sinon celui que notre peur peut lui prêter. Et elle n'est même pas une apparence fidèle à la réalité, à moins que celui qui l'envoie ne le veuille ainsi. A mon avis, nous n'avons pas vu ce à quoi il ressemble maintenant. »

– « Croyez-vous qu'il soit à proximité? »

– « Les projections ne traversent pas l'eau. Il est sur Selidor. Mais Selidor est une île immense : plus large que Roke ou que Gont, et presque aussi longue qu'Enlad. Il est possible que nous ayons à le chercher longtemps. »

Alors le dragon parla. Ged écouta, et se tourna vers Arren. « Ainsi parle le Seigneur de Selidor : "Je suis revenu dans ma patrie, et ne la quitterai point. Je trouverai le Destructeur et vous conduirai à lui, afin qu'ensemble nous l'anéantissions." Et n'ai-je point dit que ce que cherche un dragon, il le trouve? »

Là-dessus, Ged mit un genou en terre devant l'immense créature, comme un homme-lige devant un roi, et le remercia dans sa propre langue. Le souffle du dragon, si proche, ardait sur sa nuque courbée.

Orm Embar traîna sa lourde masse écailleuse jusqu'en haut de la dune, battit des ailes et prit son vol.

Ged brossa le sable de sur ses vêtements, et dit à Arren : « Maintenant, tu m'as vu à genoux. Et peut-être me verras-tu encore ainsi, avant la fin. »

Arren ne lui demanda pas ce qu'il entendait par là; durant ce long voyage en sa compagnie, il avait appris qu'il y avait une raison à la réserve du mage. Cependant, il lui parut que ces mots renfermaient un mauvais présage.

Ils gravirent à nouveau la dune pour revenir à la plage, afin de s'assurer que le bateau était bien hors d'atteinte de la marée ou de la tempête, et d'y prendre des manteaux pour la nuit, et ce qu'il leur restait de nourriture. Ged s'arrêta une minute près de la proue élancée qui l'avait si longtemps porté sur des mers étranges, et si loin; il posa sa main sur elle, mais n'y mit aucun sort et ne prononça aucune parole. Puis ils repartirent une nouvelle fois vers l'intérieur des terres, vers le nord, vers les collines.

Ils marchèrent tout le jour, et le soir campèrent près d'un ruisseau qui descendait en serpentant vers les lacs étouffés par les roseaux et les marais. Bien qu'on fût au cœur de l'été, le vent était froid; il soufflait de l'ouest, des étendues interminables, et vierges de terres, de la Mer Ouverte. Le ciel était voilé de brume, et nulle étoile ne brillait au-dessus des collines sur lesquelles n'avaient jamais lui aucune fenêtre, aucun foyer.

Dans les ténèbres, Arren s'éveilla. Leur petit feu était mort, mais une lune passant à l'ouest éclairait la terre d'une lumière grise et floue. Dans la vallée où courait le ruisseau et sur le flanc de la colline se tenait une multitude de gens, tous immobiles, tous silencieux, le visage tourné vers Ged et Arren. Leurs yeux ne reflétaient pas la lumière de la lune.

Arren n'osait pas parler, mais il mit la main sur le bras de Ged. Le mage remua et s'assit en disant : « Que se passe-t-il ? » Il suivit le regard d'Arren et aperçut la foule silencieuse.

Ils étaient tous vêtus de sombre, hommes et femmes. On ne pouvait distinguer leurs visages dans la faible lumière, mais il sembla à Arren que parmi ceux qui se trouvaient le plus près de lui dans la vallée, de l'autre côté du petit ruisseau, il y en avait quelques-uns qu'il connaissait, bien qu'il ne pût dire leurs noms.

Ged se leva, laissant glisser son manteau. Son visage, ses cheveux et sa chemise avaient des lueurs d'argent pâle, comme si le clair de lune se fût concentré en lui. Il étendit le bras d'un geste large et dit à haute voix : « O vous qui avez vécu, soyez libérés ! Je brise le lien qui vous attache : *Anvassa mane harw pennodathe!* »

L'espace d'un moment, elle demeura immobile, cette silencieuse multitude. Puis ils firent lentement demi-tour, semblèrent s'enfoncer dans l'obscurité grise, et disparurent.

Ged s'assit. Il prit une profonde inspiration. Regardant Arren, il posa sa main sur l'épaule du garçon; son contact était chaud et ferme. « Il n'y a rien à craindre,

Lebannen », dit-il, avec douceur, un peu moqueur. « Ce n'étaient que les morts. »

Arren hocha la tête, bien que ses dents s'entrechoquassent et qu'il se sentît glacé jusqu'aux os. « Comment... », commença-t-il, mais sa mâchoire et ses lèvres refusaient de lui obéir.

Ged le comprit. « Ils sont venus à son appel. C'est cela qu'il promet : la vie éternelle. Sur son ordre, ils peuvent revenir. Alors ils doivent gravir les collines de la vie, bien qu'ils ne puissent faire bouger un brin d'herbe. »

– « Est-il... est-il donc mort, lui aussi ? »

Ged secoua la tête, méditatif. « Les morts ne peuvent rappeler les morts au monde. Non, il a les pouvoirs d'un vivant ; et davantage... Mais si d'aucuns pensaient l'imiter, il s'est joué d'eux. Il garde son pouvoir pour lui-même. Il joue au Roi des Morts ; et pas seulement des morts... Mais ce n'étaient que des ombres. »

– « Je ne sais pas pourquoi j'ai peur d'eux », dit Arren, honteux.

– « Tu as peur d'eux parce que tu as peur de la mort, et à juste titre : car la mort est terrible, et doit être redoutée », dit le mage. Il remit du bois sur le feu, et souffla sur les petites braises en dessous des cendres. Une petite flamme claire s'épanouit sur les brindilles, une lumière qui réconforta Arren. « Et la vie aussi est une chose terrible », dit Ged ; « et il faut la redouter, et la glorifier. »

Tous deux étaient à nouveau assis, leur manteau serré autour d'eux. Ils se turent un moment. Puis Ged parla, avec une grande gravité. « Lebannen, combien de temps peut-il nous tourmenter ainsi, avec des projections et des ombres, je l'ignore. Mais tu sais où il ira à la fin. »

– « Au pays des ténèbres. »

– « Oui. Parmi eux. »

– « Je les ai vus, maintenant. J'irai avec vous. »

– « Est-ce la foi en moi qui t'anime ? Tu peux faire confiance à mon amour, mais point à ma force. Car je crois avoir trouvé mon égal. »

– « J'irai avec vous. »

– « Mais si je suis vaincu, si mon pouvoir ou ma vie sont épuisés, je ne pourrai te guider pour le retour; et tu ne pourras revenir seul. »

– « Je reviendrai avec vous. »

A ces mots, Ged dit : « Tu entres à l'âge d'homme devant la porte de la mort. » Puis il prononça ce mot ou ce nom par lequel le dragon avait à deux reprises appelé Arren, d'une voix très basse : « *Agni... Agni* Lebannen. »

Après cela ils ne dirent plus rien, et bientôt le sommeil revint les habiter, et ils s'étendirent près de leur petit feu à la flamme brève.

Le matin suivant, ils reprirent leur route, vers le nord-ouest; c'était la décision d'Arren et non de Ged, qui avait dit : « Choisis ton chemin, mon garçon; pour moi tous les chemins sont les mêmes. » Ils allaient sans hâte, car ils n'avaient pas de but, et attendaient un signe d'Orm Embar. Ils suivirent la chaîne de collines la plus basse et la plus à l'extérieur, d'où l'océan était visible la plupart du temps. L'herbe était sèche et courte, éternellement fouettée par le vent. Sur leur droite s'élevaient les collines, dorées et désolées, et sur leur gauche s'étendaient les marais salins et la mer occidentale. Une fois, ils aperçurent un vol de cygnes, loin au sud. Ils ne virent aucun autre être animé. Une sorte de lassitude de la peur et de cette attente du pire grandit en Arren, tout au long de ce jour. L'impatience et une sourde colère montaient en lui. Il dit après des heures de silence : « Cette contrée est aussi morte que la terre de la mort elle-même! »

– « Ne dis pas cela », fit le mage, péremptoire. Il avança de quelques pas, et reprit, d'une voix changée : « Regarde cette terre; regarde autour de toi. Ceci est ton royaume, le royaume de la vie. Ceci est ton immortalité. Regarde les collines, les collines mortelles. Elles ne durent pas éternellement. Les collines, avec leur herbe vivante, et leurs ruisseaux qui courent... Dans le monde entier, dans tous les mondes, toute l'immensité du temps, il n'y a rien de pareil à chacun de ces ruisseaux, surgis de la terre, où nul œil ne peut les voir, et courant à travers soleil et ténèbres vers la mer. Profondes sont les sources de l'être, plus profondes que la vie, que la mort... »

Il s'arrêta, mais dans ses yeux, tandis qu'il regardait Arren et les collines illuminées de soleil, il y avait un amour immense, inexprimable et douloureux. Et Arren vit cela; et voyant cela le vit, lui, pour la première fois tout entier, tel qu'il était.

– « Je ne puis dire ce que je ressens », dit Ged, malheureux.

Mais Arren pensa à cette première heure dans la Cour de la Fontaine, à l'homme qui s'était agenouillé près de l'eau courante de la fontaine; et alors jaillit en lui une joie limpide comme cette eau qu'il se rappelait. Il regarda son compagnon et dit : « J'ai donné mon amour à ce qui mérite l'amour. N'est-ce pas cela le royaume, et la source impérissable? »

– « Oui, mon garçon », dit Ged avec douceur et peine.

Ils continuèrent tous deux en silence. Mais Arren voyait maintenant le monde avec les yeux de son compagnon, et il voyait la vivante splendeur qui se révélait autour d'eux dans cette terre silencieuse et désolée, comme par un pouvoir d'enchantement surpassant tous les autres, dans chaque brin de l'herbe couchée par le vent, chaque ombre, chaque pierre. De même, lorsqu'on se trouve pour la dernière fois dans un endroit chéri, avant un voyage sans retour, le voit-on dans sa totalité et sa vérité, plus cher à son cœur qu'on ne l'avait jamais vu et qu'on ne le verra jamais plus.

A l'approche du soir, des nuages en rangs serrés montaient de l'ouest, apportés par les grands vents de la mer, et flambaient devant le soleil, le drapant de leur ombre tandis qu'il sombrait à l'horizon. Ramassant du menu bois pour le feu dans la vallée d'un affluent, illuminée de cette lumière rouge, Arren leva les yeux et vit un homme à moins de dix pas de lui. Le visage avait un aspect vague et étrange, mais Arren le reconnut cependant : le Teinturier de Lorbanerie, Sopli, qui avait péri.

Derrière lui il y en avait d'autres, tous avec des visages tristes et fixes. On aurait dit qu'ils parlaient, mais Arren ne pouvait entendre leurs paroles, rien qu'une sorte de murmure emporté par le vent d'ouest. Certains avançaient lentement vers lui.

Il se redressa, les regarda, et contempla à nouveau Sopli; puis il leur tourna le dos, se baissa et ramassa une autre brindille, malgré ses mains qui tremblaient. Il l'ajouta à son fardeau, en ramassa une autre, et une autre encore. Il se releva enfin et regarda derrière lui. Il n'y avait personne dans la vallée, rien que la lumière rouge enflammant l'herbe. Il rejoignit Ged et déposa son fagot, mais ne dit rien de ce qu'il avait vu.

Toute la nuit, dans les ténèbres embrumées de cette contrée vide d'âmes vivantes, quand il sortait de son sommeil entrecoupé, il entendit le chuchotement des âmes des morts. Il affermit sa volonté, n'écouta pas, et se rendormit.

Ged et lui se réveillèrent tard, alors que le soleil, déjà plus haut d'une largeur de main que les collines, se libérait enfin du brouillard pour éclairer la terre froide. Tandis qu'ils mangeaient leur léger repas du matin, le dragon survint, tournoyant dans les airs au-dessus d'eux. Le feu fusait de ses mâchoires, et de la fumée et des étincelles de ses narines rouges; ses dents luisaient comme des lames d'ivoire dans cette lueur cuivrée. Mais il ne dit rien, bien que Ged lui eût crié, dans son langage : « L'as-tu trouvé, Orm Embar? »

Le dragon rejeta la tête en arrière et arqua son corps d'étrange manière, raclant l'air de ses serres tranchantes. Puis il reprit son essor et fila vers l'ouest, sans cesser de les regarder.

Ged empoigna son bâton et en frappa le sol. « Il ne peut parler », dit-il. « Il ne peut plus parler! Les mots de la Création lui ont été retirés, et il est comme un vipereau, comme un ver sans langue, et sa sagesse est muette. Mais il peut nous montrer le chemin, et nous pouvons le suivre! » Ils jetèrent sur leur dos leur léger chargement et se dirigèrent vers l'ouest à travers les collines, suivant la direction prise par Orm Embar.

Durant douze kilomètres ou plus, ils marchèrent,

sans ralentir le pas rapide et soutenu du départ. A présent, la mer était de chaque côté, et ils suivaient le revers d'une longue chaîne descendante qui s'en venait mourir parmi les joncs secs et les lits sinueux des affluents, sur une plage en courbe ouverte, au sable couleur d'ivoire. C'était là le cap le plus à l'ouest de toutes les îles, le bout de la terre.

Orm Embar était tapi sur ce sable clair, la tête basse comme un chat en colère, et sa respiration haletante arrivait par bouffées enflammées. A quelque distance, entre lui et les longs et bas brisants de la mer, se trouvait une chose pareille à une hutte ou à un abri, blanche, comme faite de bois flotté décoloré par le temps. Mais il n'y avait aucune épave sur ce rivage, qui ne faisait face à nulle autre terre. Comme ils se rapprochaient, Arren vit que ces murs délabrés étaient faits d'os gigantesques : des os de baleine, pensa-t-il d'abord; puis il vit les triangles blancs affûtés comme des couteaux, et sut que c'étaient les ossements d'un dragon.

Ils allèrent jusque-là. Le soleil sur la mer scintillait par les brèches entre les os. Le linteau de la porte était un fémur plus haut qu'un homme. Dessus se trouvait un crâne humain, fixant de ses yeux creux les collines de Selidor.

Ils firent halte, et, alors qu'ils levaient la tête vers le crâne, un homme sortit sur le seuil. Il portait une armure de bronze doré à la mode antique; elle était déchirée comme par des coups de hachette, et le fourreau orné de pierres précieuses était vide d'épée. Son visage était grave, avec des sourcils noirs et arqués et un nez étroit; ses yeux étaient sombres, perçants et emplis de chagrin. Ses bras portaient des blessures, comme sa gorge et son flanc; elles ne saignaient plus, mais c'étaient des blessures mortelles. Il se tenait droit, immobile, et les regardait.

Ged fit un pas vers lui. Ainsi face à face, ils se ressemblaient un peu.

– « Tu es Erreth-Akbe », dit Ged. L'autre continua de le fixer, et hocha une fois la tête sans parler.

– « Même toi, il te faut obéir à son ordre. » Une

colère contenue perçait dans la voix de Ged. « O mon seigneur, le meilleur et le plus brave de tous, repose dans ton honneur et dans la mort ! » Et, élevant les mains, Ged les abaissa d'un geste ample, répétant ces mots qu'il avait prononcés devant la multitude des morts. Ses mains laissèrent un moment dans l'air une large trace brillante. Quand elle eut disparu, l'homme en armure avait disparu aussi, et seul le soleil resplendissait à l'endroit où il s'était tenu.

Ged frappa de son bâton la maison d'ossements, et elle s'écroula et s'évanouit. Il n'en resta plus rien qu'une immense côte émergeant du sable.

Il se tourna alors vers Orm Embar. « Est-ce ici, Orm Embar? Est-ce l'endroit? »

Le dragon ouvrit la bouche et émit un long sifflement haletant.

– « Ici, sur le dernier rivage du monde. C'est bien ! » Alors, serrant dans sa main gauche son noir bâton d'if, Ged ouvrit les bras en un geste d'invocation, et parla. Bien qu'il se fût exprimé dans le Langage de la Création, Arren comprit enfin, comme tous ceux qui entendent cette invocation doivent la comprendre, car son pouvoir est universel : « A présent, je t'appelle, en ce lieu, mon ennemi, devant mes yeux en chair et en os, et te contrains par le mot qui ne sera pas dit avant la fin des temps à venir ! »

Mais, là où il aurait dû prononcer le nom de celui qu'il invoquait, Ged dit seulement : *Mon ennemi.*

Un silence suivit, comme si le bruit de la mer se fût éteint. Il sembla à Arren que le soleil faiblissait et s'obscurcissait, bien qu'il fût encore haut dans un ciel clair. L'obscurité tomba sur la plage, comme lorsqu'on regarde à travers un verre fumé; juste devant Ged, il faisait très sombre, et on pouvait difficilement distinguer ce qu'il y avait là. Presque comme s'il n'y eût rien, rien sur quoi la lumière pût tomber, une ombre informe.

Il en surgit soudain un homme. C'était celui qu'ils avaient vu sur la dune, grand et souple, avec ses cheveux noirs, ses bras longs. Il tenait à présent une longue baguette, ou une lame d'acier, gravée de runes sur toute sa longueur, et il l'inclina vers Ged, se campant face à lui. Mais il y avait dans ses yeux quelque chose d'étrange, comme s'il eût été ébloui par le soleil et ne pût voir.

– « Je viens », dit-il, « quand il me plaît, à ma manière. Tu ne peux m'appeler, Archimage. Je ne suis point ombre. Je suis vivant. Moi seul suis vivant! Tu crois l'être, mais tu es en train de mourir, de mourir! Sais-tu ce qu'est ceci, ce que je tiens? C'est le bâton du Mage Gris; celui qui fit taire Nereger; le maître de mon art. Mais c'est moi le Maître à présent. Et j'en ai assez de jouer avec toi! » Sur ces mots, il brandit brusquement la lame d'acier vers Ged, qui semblait paralysé et muet. Arren se tenait à un pas derrière lui, et sa seule volonté était d'avancer, mais il ne pouvait se mouvoir; il ne parvenait pas même à poser la main sur la garde de son épée, et sa voix s'arrêtait dans sa gorge.

Mais au-dessus de Ged et d'Arren, au-dessus de leurs têtes, énorme, flamboyant, survint le corps immense du dragon qui, d'un bond, plongea de toute sa puissance sur l'autre; et la lame enchantée pénétra dans la poitrine cuirassée du dragon jusqu'à la garde; mais l'homme était effondré sous le poids de l'animal, écrasé et brûlé.

Se relevant dans le sable, cambrant le dos et battant de ses ailes membraneuses, Orm Embar vomit des gouttes de feu, et hurla. Il tenta de s'élever mais il ne pouvait plus voler. Traîtresse et glacée, la lame lui transperçait le cœur. Il se recroquevilla, et le sang se mit à couler à gros bouillons, de sa gueule, noir et venimeux, et le feu mourut dans ses narines, qui devinrent semblables à des puits de cendre. Il posa sur le sable sa tête énorme.

Ainsi périt Orm Embar, là où était mort son ancêtre Orm, sur les ossements d'Orm, dans le sable inhumés.

Mais, à la place de son ennemi abattu, il y avait maintenant une chose horrible et ratatinée, comme le corps d'une grosse araignée desséchée dans sa toile, consumée par le souffle du dragon, et broyée par ses pattes griffues. Pourtant, sous le regard d'Arren, elle remua. Elle rampa à quelque distance du dragon.

Et le visage se leva vers eux. Il ne présentait plus rien d'avenant, seulement la ruine, une vieillesse ayant outrepassé la vieillesse. La bouche était flétrie. Les orbites des yeux étaient vides, et depuis lontemps semblait-il. Ainsi Ged et Arren virent-ils enfin le visage de leur ennemi.

Il se détourna. Les bras noircis, calcinés, se tendirent, et les ténèbres s'y amassèrent, cette même ombre informe qui en se propageant ternissait le soleil. Entre les bras du Destructeur, cela ressemblait à une arcade ou à une porte, bien que floue, sans contours; et derrère elle il n'y avait plus ni sable clair ni océan, mais une longue pente ténébreuse s'enfonçant dans la nuit.

C'est par là que s'en alla la forme broyée et rampante, et au moment de pénétrer dans les ténèbres elle parut soudain se relever, et se déplacer avec rapidité; puis elle disparut.

– « Viens, Lebannen », dit Ged, posant sa main droite sur le bras du garçon; et ils s'enfoncèrent vers l'intérieur de cette terre aride.

XII

LA TERRE ARIDE

DANS la main du mage, le bâton de bois d'if brillait avec un éclat argenté au sein des ténèbres épaisses et pleines de menaces. Une autre lueur, faible et mouvante, attira le regard d'Arren : une lumière tremblotante sur la lame de l'épée nue qu'il tenait dans sa main. Lorsque le dragon, par son acte et par sa mort, avait rompu le sort-lieur, Arren avait dégainé son épée, là-bas, sur la plage de Selidor. Et ici, bien qu'il ne fût plus qu'une ombre, il était cependant une ombre vivante, et portait l'ombre de son épée.

Nulle autre lumière ne brillait. C'était comme une fin de crépuscule sous les nuages au mois de novembre, un air lourd, froid, translucide, à travers lequel on ne pouvait voir ni nettement ni loin. Arren connaissait ce lieu, les landes et les terres nues de ses rêves désespérés; mais il lui semblait être encore plus loin, immensément plus loin qu'il n'était jamais allé en rêve. Il ne pouvait rien distinguer avec netteté, sinon que son compagnon et lui se trouvaient sur le versant d'une colline, et que devant eux s'élevait un mur de pierre, à hauteur des genoux.

Ged avait toujours sa main droite posée sur le bras d'Arren. Il avança, et Arren le suivit; ils enjambèrent le mur.

Informe, la longue pente s'inclinait devant eux, plongeant dans les ténèbres.

Mais au-dessus, là où Arren avait cru voir de lourds

nuages sombres, le ciel était noir et étoilé. Il regarda les astres, et il eut l'impression que dans sa poitrine son cœur s'amenuisait et devenait glacé. C'étaient des étoiles comme il n'en avait jamais vu. Elles brillaient immobiles, sans clignoter. Elles étaient de ces étoiles qui ne se lèvent pas ni ne se couchent, et ne sont jamais cachées par aucun lever de soleil. Petites et immobiles, elles brillaient sur la contrée aride.

Ged entreprit de descendre l'autre versant de la colline, et pas à pas Arren le suivit. Une certaine terreur l'habitait, et cependant si résolu était son cœur et si acharnée sa volonté que la peur ne le gouvernait point, et qu'il n'en avait même pas clairement conscience; c'était seulement comme si quelque chose eût gémi au fond de lui, comme un animal enchaîné enfermé dans une pièce.

Il lui sembla que la descente de ce flanc de colline durait très longtemps; mais peut-être fut-elle courte; car le temps ne coulait pas, en ce lieu où nul vent ne soufflait et où les étoiles ne bougeaient pas. Ils arrivèrent ensuite dans les rues d'une des cités qui se trouvent là, et Arren vit les maisons dont les fenêtres ne s'éclairent jamais, et, sur quelques-uns de leurs seuils, visage paisible et mains vides, les morts.

Les places des marchés étaient toutes désertes. En ce lieu, point de vente ni d'achat, point de gain ni de dépense. On n'utilisait rien; on ne fabriquait rien. Ged et Arren marchaient seuls par les rues étroites, bien que quelquefois ils vissent au coin d'une autre voie une silhouette lointaine à peine visible dans l'obscurité. En voyant la première, Arren sursauta et dégaina son épée, mais Ged secoua la tête et poursuivit sa route. Arren vit que le personnage était une femme, qui se déplaçait lentement et ne les fuyait pas.

Tous ceux qu'ils aperçurent – il y en eut peu, car, si les morts sont nombreux, cette contrée est vaste – se tenaient immobiles ou avançaient lentement et comme sans but. Aucun d'eux ne portait de liens, comme en portait l'image d'Erreth-Akbe invoquée à la lumière du jour sur le lieu de sa mort. Ils ne présentaient nulle trace de maladie. Ils étaient intacts, guéris.

Guéris de la douleur, et de la vie. Ils n'étaient points repoussants, comme l'avait craint Arren, ni effrayants comme il l'avait cru. Paisibles étaient leurs visages, libérés de la colère et du désir, et leur regard ombreux ne recelait aucun espoir.

Au lieu de la crainte, une immense pitié s'éleva alors dans le cœur d'Arren, et si elle était mêlée de peur, ce n'était pas pour lui-même, mais pour eux tous. Car il voyait la mère et l'enfant qui avaient péri ensemble, et ensemble se trouvaient dans le pays ténébreux; mais l'enfant ne courait ni ne criait, et la mère ne le tenait pas, ne le regardait même pas. Et ceux qui étaient morts par amour se dépassaient sans se voir dans les rues.

Le tour du potier était immobile, le métier vide, le four froid. Nulle voix ne chantait jamais.

Les rues noires, entre les maisons noires, s'étiraient toujours, et ils les traversaient. Le bruit de leurs pas était le seul qu'on entendît. Il faisait froid. Arren n'avait pas remarqué ce froid au début, mais il s'insinuait dans son esprit, qui était également sa chair. Il se sentait très las. Ils avaient dû parcourir un très long chemin. Pourquoi continuer? pensa-t-il, et ses pas se firent un peu plus lents.

Ged s'arrêta soudain, et se retourna pour faire face à un homme debout au croisement de deux rues. Il était grand et svelte, avec un visage qu'Arren pensa avoir déjà vu, sans pouvoir se rappeler où. Ged lui parla, et c'était la première voix qui rompait le silence depuis qu'ils avaient franchi le mur de pierres : « O Thorion, mon ami, comment es-tu venu ici? »

Et il étendit ses mains vers l'Appeleur de Roke.

Thorion ne fit aucun geste pour lui répondre. Il demeura immobile, et son visage était calme; mais la lueur argentée du bâton de Ged alla frapper au plus profond de ses yeux ombreux, y faisant naître une petite lumière, ou en rencontrant une. Ged prit une main qu'il ne lui offrait pas, et répéta : « Que fais-tu ici, Thorion? Tu n'es pas encore de ce royaume. Retourne de l'autre côté! »

– « J'ai suivi celui qui ne meurt pas. Et j'ai perdu

mon chemin. » La voix de l'Appeleur était douce et sourde, comme celle d'un homme qui parle dans son sommeil.

– « Là-haut. Vers le mur », dit Ged, en montrant le chemin qu'Arren et lui avaient suivi, la rue qui descendait, longue et sombre. A ces mots, un frémissement parcourut le visage de Thorion, comme si quelque espoir fût entré en lui, insupportable, comme une épée.

– « Je ne puis trouver le chemin », dit-il. « Mon seigneur, je ne puis le trouver. »

– « Peut-être le trouveras-tu cependant », dit Ged, l'étreignant, puis il reprit sa marche. Thorion était immobile, à la croisée des rues derrière lui.

Tandis qu'ils poursuivaient, il sembla à Arren que dans cette pénombre intemporelle il n'y avait, en vérité, ni est ni ouest, aucune façon d'avancer ni de reculer, aucune voie. Y avait-il une issue? Il pensa à la manière dont ils avaient descendu la colline, toujours plus en pente, quelque virage qu'ils prissent; et toujours dans la cité obscure les rues descendaient, de sorte que pour revenir au mur de pierres ils n'auraient qu'à grimper, et au sommet de la colline le découvriraient. Mais ils ne faisaient pas demi-tour. Côte à côte, ils avançaient. Suivait-il Ged? Ou le guidait-il?

Ils parvinrent hors de la cité. La contrée des morts innombrables était vide. Nul arbre, nulle ronce, nul brin d'herbe ne poussait dans la terre pierreuse, sous les étoiles qui ne se couchaient jamais.

Il n'y avait pas d'horizon, car l'œil ne portait pas jusque-là dans la pénombre; mais devant eux les petites étoiles immobiles étaient absentes du ciel sur un long espace juste au-dessus du sol, et cet espace sans étoiles était déchiqueté et pentu comme une chaîne de montagnes. A mesure qu'ils avançaient, les formes étaient plus distinctes : des pics élevés, que nul vent, nulle pluie n'altéraient. Sur eux, pas de neige scintillant sous la lueur stellaire. Ils étaient noirs. Leur vue jeta la désolation dans le cœur d'Arren. Il détourna les yeux. Mais il les connaissait; il les reconnaissait; ses yeux étaient obligés d'y revenir. Chaque fois qu'il contemplait ces pics, il sentait sur sa poitrine un poids glacial, et son courage était sur le point de céder. Mais il continuait toujours, toujours plus bas, car la terre descendait en pente vers le pied des montagnes. Enfin il dit : « Mon seigneur, que sont... » Il désigna les montagnes, car il ne pouvait parler davantage ; sa gorge était sèche.

– « Elles confinent au pays de la lumière », répondit Ged, « tout comme le mur de pierres. Elles n'ont pour nom que Douleur. Une route les traverse. Elle est interdite aux morts. Elle n'est pas longue, mais c'est une route amère. »

– « J'ai soif », dit Arren, et son compagnon répondit :

– « Ici, ils boivent la poussière. »

Ils poursuivirent.

Il sembla à Arren que l'allure de son compagnon s'était quelque peu ralentie, et que parfois il hésitait. Lui-même n'éprouvait plus aucune hésitation, bien que la lassitude n'eût cessé de croître en lui. Il leur fallait continuer, ils devaient descendre. Ils continuèrent.

Parfois ils traversaient d'autres villes de morts, où les toits sombres dessinaient leurs angles contre les étoiles, qui brillaient indéfiniment à la même place au-dessus d'eux. Après les villes c'était à nouveau la terre nue où rien ne poussait. Dès qu'ils étaient sortis d'une ville, elle se perdait dans les ténèbres. On ne pouvait rien voir, ni derrière ni devant, sauf les montagnes qui se rapprochaient de plus en plus, très haut au-dessus d'eux. A leur droite la pente informe descendait comme elle l'avait fait, il y avait combien de temps de cela ? Lorsqu'ils avaient franchi le mur de pierres. « Qu'y a-t-il de ce côté ? » murmura Arren à Ged, car il brûlait d'entendre le son d'une voix ; mais le mage secoua la tête. « Je ne sais pas. C'est peut-être un chemin sans fin. »

Dans la direction qu'ils suivaient, la pente semblait diminuer, sans cesse diminuer. Le sol sous leurs pieds crissait comme de la poussière de lave. Ils continuaient toujours, et maintenant Arren ne songeait plus à faire demi-tour, ni à la façon dont ils pourraient revenir en arrière. Pas plus qu'il ne pensait à s'arrêter, bien qu'il fût très las. Une fois, il tenta d'alléger la noirceur glacée, la fatigue et l'horreur qui étaient en lui, en évoquant sa patrie; mais il ne pouvait plus se rappeler à quoi ressemblait le soleil, ni le visage de sa mère. Il n'y avait rien d'autre à faire que continuer. Et il continuait.

Il sentit le sol s'aplanir sous ses pieds; et, à côté de lui, Ged hésita. Puis lui aussi s'arrêta. Cette longue descente était terminée: c'était la fin; il n'y avait aucun moyen d'aller plus loin, et il était inutile de continuer.

Ils étaient dans la vallée, juste en dessous des montagnes de la Douleur. Des rochers s'étalaient sous leurs pieds, autour d'eux, de gros blocs de pierre, au toucher rugueux comme la scorie, comme si cette étroite vallée eût pu être le lit asséché d'une rivière qui avait autrefois couru là, ou le cours d'un fleuve de feu depuis longtemps refroidi, né des volcans dont les pics noirs et impitoyables se dressaient au-dessus d'eux.

Il était là, immobile, dans cette étroite vallée ténébreuse, et Ged était immobile près de lui. Ils demeuraient debout, pareils aux morts désœuvrés, le regard fixé sur le néant, silencieux. Arren pensa, avec un peu de crainte, un peu seulement: « Nous sommes allés trop loin. »

Cela ne semblait guère avoir d'importance.

Exprimant sa pensée, Ged dit: « Nous sommes allés trop loin pour faire demi-tour. » Sa voix était douce, mais le timbre n'en était pas entièrement assourdi par l'immense et morne creux qui les entourait, et le son fit un peu sortir Arren de sa torpeur. N'étaient-ils point venus ici pour rencontrer celui qu'ils cherchaient?

Une voix s'éleva dans l'ombre et dit: « Vous êtes allés trop loin. »

Arren lui répondit: « Ce n'est qu'en allant trop loin qu'on va assez loin. »

– « Vous êtes arrivés à la Rivière Sèche », dit la voix. « Vous ne pouvez plus retourner au mur de pierres. Vous ne pouvez plus revenir à la vie. »

– « Pas par ce chemin », dit Ged, s'adressant aux ténèbres. Arren pouvait à peine le voir, bien qu'ils fussent côte à côte, car les montagnes en dessous desquelles ils se trouvaient occultaient à demi la lumière des étoiles, et on eût dit que le courant de la Rivière Sèche était l'obscurité elle-même. « Mais nous apprendrons ton chemin. »

Pas de réponse.

– « Nous nous rencontrons ici en égaux. Si tu es aveugle, Cygne, nous sommes, nous, dans les ténèbres. »

Toujours rien.

– « Ici, nous ne pouvons te faire de mal; nous ne pouvons te tuer. Qu'y a-t-il à craindre? »

– « Je n'ai nulle crainte », dit la voix, dans l'obscurité. Puis, lentement, scintillant un peu de cette lumière qui parfois s'accrochait au bâton de Ged, l'homme apparut, à quelque distance en amont de Ged et d'Arren, parmi l'énorme masse confuse des rochers. Il était grand, large d'épaules, les bras allongés, comme le personnage qui leur était apparu sur la dune et sur la plage de Selidor, mais bien plus vieux; les cheveux étaient blancs et tout emmêlés au-dessus du front haut. Ainsi apparaissait-il en esprit, au royaume de la mort, sans aucune trace des brûlures causées par le feu du dragon, sans mutilation; mais non intact : les orbites de ses yeux étaient vides.

– « Je n'éprouve nulle crainte », dit-il. « Que peut craindre un mort? » Il rit. Son rire sonnait si faux et sinistre dans cette étroite vallée de pierres sous les montagnes que le souffle d'Arren lui manqua un instant. Mais il étreignit son épée, et écouta.

– « J'ignore ce que peut craindre un mort », dit Ged. « Certainement pas la mort? Pourtant il semble que tu la craignes. Car tu as trouvé un chemin pour t'en échapper. »

– « C'est vrai. Je vis : mon corps vit. »

– « Mais il ne se porte pas très bien », dit le mage sèchement. « L'illusion peut cacher l'âge; mais Orm Embar ne s'est pas montré doux avec ce corps. »

– « Je peux le réparer. Je connais des secrets pour

guérir et rajeunir, qui ne sont point de simples illusions. Pour qui me prends-tu? Parce qu'on t'appelle Archimage, me tiens-tu pour un sorcier de village? Moi qui, seul d'entre tous les mages, ai trouvé le chemin de l'Immortalité, que nul jamais n'avait trouvé? »

– « Peut-être ne le cherchions-nous pas », dit Ged.

– « Vous le cherchiez. Tous. Vous le cherchiez et ne pouviez le découvrir, et vous fabriquiez donc de sages discours sur l'acceptation et l'équilibre de la vie et de la mort. Mais c'étaient des mots – des mensonges pour couvrir votre échec – pour couvrir votre peur de la mort! Quel homme refuserait de vivre éternellement, s'il le pouvait? Et je le puis, moi. Je suis immortel. J'ai fait ce que tu ne pouvais faire, et par conséquent je suis ton maître : et tu le sais. Aimerais-tu savoir comment je m'y suis pris, Archimage? »

– « Oui. »

Cygne se rapprocha d'un pas. Arren remarqua que, bien que l'homme n'eût pas d'yeux, ses manières n'étaient pas tout à fait celles d'un aveugle; il semblait savoir exactement où se tenaient Arren et Ged, et être conscient de leur présence à tous deux, bien que jamais il ne tournât la tête vers Arren. Il devait posséder quelque magique seconde vue, semblable à l'ouïe et à la vue des projections et des images : quelque chose qui lui donnait la perception, mais n'était peut-être pas une vision véritable.

– « Je suis allé à Paln », dit-il à Ged, « après que, dans ton orgueil, tu as cru m'avoir humilié et donné une leçon. Oh, une leçon, tu m'en donnas une, en vérité, mais ce ne fut pas celle que tu croyais! Et c'est alors que je me dis : j'ai vu la mort à présent, et je ne l'accepterai pas. Que toute la nature suive son stupide cours, mais moi je suis un homme, meilleur que la nature, supérieur à elle. Je ne suivrai pas ce chemin! Je ne cesserai pas d'être moi-même! Et, résolu à cela, je repris l'étude de la Science Palnienne, mais ne trouvai qu'allusions et rudiments de ce dont j'avais besoin. Aussi je recréai tout, le retissai, et fabriquai un sort – le plus formidable de tous les sorts. Le plus grand et le dernier! »

– « En fabriquant ce sort, tu es mort. »

– « Oui! Je suis mort. J'eus le courage de mourir, pour découvrir ce que vous autres, couards, ne découvrirez jamais – le chemin pour revenir de la mort. J'ouvris la porte qui était restée fermée depuis le début du temps. Et maintenant je viens librement en ce lieu et librement m'en retourne vers le monde des vivants. Seul de tous les hommes de tous les temps, je suis Seigneur des Deux Contrées. Et la porte que j'ai ouverte n'est pas ouverte seulement ici, mais dans les esprits des vivants, dans les profondeurs et les lieux secrets de leur être, dans les ténèbres où nous ne sommes qu'un. Ils savent, et ils viennent à moi. Et les morts aussi doivent venir à moi, tous, car je n'ai point perdu la magie des vivants : ils doivent passer par-dessus le mur de pierres lorsque je le leur ordonne, toutes les âmes, les seigneurs, les mages, les femmes altières; aller et revenir de la mort à la vie, à mon ordre. Tous doivent venir à moi, les vivants et les morts, moi qui mourus et suis en vie!

– « A quel endroit viennent-ils à toi, Cygne? Où te trouves-tu? »

– « Entre les mondes. »

– « Mais ce n'est ni la vie ni la mort. Qu'est-ce que la vie, Cygne? »

– « Le pouvoir. »

– « Qu'est-ce que l'amour? »

– « Le pouvoir », répéta lourdement l'aveugle, en courbant les épaules.

– « Qu'est-ce que la lumière? »

– « Les ténèbres! »

– « Quel est ton nom? »

– « Je n'en ai pas. »

– « Tous en ce pays portent leur nom véritable. »

– « Dis-moi le tien, en ce cas. »

– « Je m'appelle Ged. Et toi? »

L'aveugle hésita, et dit : « Cygne. »

– « C'était ton nom usuel, pas ton vrai nom. Où est ton nom? Où est ta vérité? L'as-tu laissée à Paln où tu mourus? Tu as oublié beaucoup de choses, ô seigneur des Deux Contrées. Tu as oublié la lumière, et l'amour, et ton propre nom. »

– « Je connais ton nom maintenant, et j'ai pouvoir sur toi, Ged l'Archimage – Ged qui était Archimage quand il était vivant! »

– « Mon nom ne te sert à rien », dit Ged. « Tu n'as aucun pouvoir sur moi. Je suis un vivant; mon corps gît sur la plage de Selidor, sous le soleil, sur la terre qui tourne. Et quand ce corps mourra, je viendrai ici : mais en nom seulement, rien qu'en nom, en ombre. Ne comprends-tu pas? N'as-tu jamais compris, toi qui appelas de si nombreuses ombres d'entre les morts, qui invoquas toutes les légions des défunts, même mon seigneur Erreth-Akbe, le plus sage de nous tous? N'as-tu pas compris que lui, même lui, n'est plus qu'une ombre et un nom? Sa mort n'a pas diminué la vie. Non plus qu'elle ne l'a diminué, lui. Il est là – *là,* pas ici! Ici sont la terre et le soleil, les feuilles des arbres, le vol de l'aigle. Il est vivant. Et tous ceux qui sont morts vivent; ils sont réincarnés, et n'ont pas de fin, et il n'y aura jamais de fin. Tous, sauf toi. Car tu as refusé la mort. Tu as perdu la mort, tu as perdu la vie, pour te sauver toi. Toi! Ton immortel toi! Qu'est-ce? Qui es-tu? »

– « Je suis moi. Mon corps ne pourrira pas et ne mourra pas... »

– « Un corps vivant souffre, Cygne; un corps vivant vieillit; il meurt. La mort est le prix dont nous payons la vie, dont se paie toute vie. »

– « Je ne la paie pas! Je peux mourir et revivre à l'instant! Je ne peux être tué, je suis immortel, et moi seul suis moi-même à jamais! »

– « Qui es-tu donc? »

– « L'immortel. »

– « Dis ton nom. »

– « Le Roi. »

– « Dis mon nom. Je te l'ai dit il y a une minute. »

– « Tu n'es pas réel. Tu n'as pas de nom. Moi seul existe. »

– « Tu existes, sans nom et sans forme. Tu ne peux

voir la lumière du jour; tu ne peux voir la nuit. Tu as vendu la terre verte, le soleil et les étoiles pour te sauver. Mais toi, tu n'es pas. Tout ce que tu as vendu, tout cela est toi. Tu as tout donné pour rien. Et maintenant tu cherches à attirer le monde à toi, toute cette lumière et cette vie que tu as perdues, pour remplir ton néant. Mais il est impossible de le remplir. Tous les chants de la terre, toutes les étoiles du ciel ne pourraient remplir ton néant. »

La voix de Ged sonnait comme le métal, dans la froide vallée en dessous des montagnes, et l'aveugle recula craintivement. Il leva son visage, et la terne clarté des étoiles l'éclaira; il paraissait pleurer, mais n'avait pas de larmes, puisqu'il n'avait pas d'yeux. Sa bouche s'ouvrait et se fermait, pleine d'obscurité, mais aucun mot n'en sortit, seulement un grognement. Enfin il dit un mot, qu'il parvint à peine à former de ses lèvres tordues, et ce mot était « Vie ».

– « Je te donnerais la vie si je le pouvais, Cygne. Mais je ne le puis. Tu es mort. Cependant je peux te donner la mort. »

– « Non! » cria l'aveugle, puis il dit : « Non, non », et se blottit à terre en sanglotant, bien que ses joues fussent aussi sèches que le lit pierreux de la rivière où ne courait point d'eau, mais seulement la nuit.

– « Tu ne peux pas. Personne jamais ne pourra me libérer. J'ai ouvert la porte entre les mondes et ne puis la refermer. Personne ne peut le faire. Elle ne sera jamais refermée. Elle m'attire, et m'attire encore. Il faut que j'y retourne. Il faut que je la franchisse, et que je revienne ici, dans la poussière et le froid et le silence. Elle m'aspire, m'aspire. Je ne puis la quitter. Je ne puis la fermer. Elle finira par aspirer toute la lumière du monde. Toutes les rivières seront pareilles à la Rivière Sèche. Il n'est aucun pouvoir, nulle part, qui puisse fermer la porte que j'ai ouverte! »

Fort étrange était ce mélange de désespoir et de vindicte, de terreur et de vanité dans ses paroles, dans sa voix.

Ged se contenta de dire : « Où est-elle? »

– « Par là. Non loin. Tu peux y aller. Mais tu ne

pourras rien faire. Tu ne peux la refermer. Même si tu dépensais tout ton pouvoir pour cet acte unique, cela ne suffirait pas. Rien ne suffira. »

– « Peut-être », répondit Ged. « Bien que tu aies choisi le désespoir, souviens-toi que nous n'en avons pas encore fait autant. Conduis-nous là-bas. »

L'aveugle leva son visage, dans lequel la haine et la peur luttaient visiblement. La haine triompha. « Je ne veux pas », dit-il.

A ces mots, Arren s'avança, et il dit : « Tu le feras. »

L'aveugle resta muet. Le silence froid et les ténèbres du royaume des morts les entouraient, cernaient leurs paroles.

– « Qui es-tu? »

– « Mon nom est Lebannen. »

Ged parla : « Toi qui te donnes le nom de Roi, ne sais-tu pas qui est celui-ci? »

A nouveau Cygne resta muet. Puis il dit, haletant un peu : « Mais il est mort! Tu es mort. Tu ne peux revenir en arrière. Il n'y a pas d'issue. Vous êtes prisonniers ici! » Tandis qu'il parlait, le chatoiement lumineux, sur lui, s'éteignit; et ils l'entendirent se retourner vers les ténèbres et s'éloigner d'eux en hâte. « Donnez-moi de la lumière, mon seigneur! » cria Arren, et Ged brandit son bâton au-dessus de sa tête; et la lumière blanche déchira cette antique obscurité pleine de rochers et d'ombres, parmi lesquels la haute silhouette voûtée de l'infirme se faufilait avec précipitation, s'éloignant vers l'amont, d'une démarche étrange, à la fois aveugle et assurée. Derrière lui venait Arren, l'épée à la main; et, derrière lui encore, Ged.

Bientôt Arren eut distancé son compagnon, et la lumière se fit très faible, souvent arrêtée par les rochers et les détours du lit de la rivière; mais le bruit de la marche de Cygne, le sentiment de sa présence devant lui, suffisaient à le guider. Il se rapprocha lentement tandis que la route devenait plus escarpée. Ils escaladaient une gorge raide obstruée de pierres; la Rivière Sèche, s'amenuisant vers sa source, serpentait entre ses rives à pic. Des rochers s'effritaient sous leurs pieds et leurs mains, car ils étaient obligés de grimper à quatre pattes. Arren perçut le rétrécissement final des rives, et, se jetant en avant, rejoignit Cygne et lui prit le bras, l'immobilisant sur place : une sorte de cuvette rocheuse de près de deux mètres de largeur, qui avait pu être une mare, si l'eau avait jamais coulé là, et au-dessus d'elle une falaise croulante de rocs et de scories. Dans cette falaise béait un trou noir, la source de la Rivière Sèche.

Cygne n'essaya pas de se dégager. Il resta totalement immobile, tandis que la lumière marquant l'approche de Ged illuminait sa face sans yeux. Il l'avait tournée vers Arren. « C'est ici », dit-il enfin, en même temps qu'une sorte de sourire se formait sur ses lèvres. « C'est l'endroit que tu cherches. Tu le vois? Ici tu peux renaître. Il te suffit de me suivre. Tu vivras l'immortalité. Nous serons rois ensemble. »

Arren regarda cette source noire et sèche, cette bouche de poussière, ce lieu où une âme morte, rampant dans la terre et les ténèbres, était née à nouveau, et morte : elle lui paraissait abominable, et il dit d'une voix âpre, combattant une mortelle nausée : « Qu'elle se ferme! »

– « Elle se fermera », dit Ged, surgissant à son côté. Et la lumière flamboyait maintenant sur ses mains et son visage, comme s'il eût été une étoile tombée sur terre dans cette nuit sans fin. Devant lui la fontaine asséchée, la porte, s'ouvrait béante. Elle était large et creuse, mais qu'elle fût ou non profonde, on ne pouvait le dire. Il n'y avait à l'intérieur rien qui pût accrocher la lumière, rien que l'oeil pût distinguer. C'était le vide. Derrière elle n'étaient ni la lumière ni les ténèbres, ni la vie ni la mort. Rien. C'était une voie qui ne menait nulle part.

Ged leva les mains et parla.

Arren tenait toujours le bras de Cygne; l'aveugle avait posé sa main libre contre les rochers de la falaise. Tous deux se taisaient, retenus par la puissance de l'enchantement.

Avec le talent et l'expérience de toute une vie, et de toute la force de son cœur farouche, Ged s'efforçait de fermer cette porte, de rendre au monde son unité. Et sous la puissance de sa voix et le geste impérieux de ses mains modeleuses, les rochers s'assemblèrent, péniblement, tentant de se réunir, de former un tout. Mais en même temps la lumière s'affaiblissait, de plus en plus, s'effaçait de ses mains et de son visage, s'éteignait sur son bâton d'if, au point qu'il ne resta plus au bout de celui-ci qu'une petite lueur. Dans cette faible lumière, Arren vit que la porte était presque fermée.

Sous sa main, l'aveugle sentait les rochers bouger, les sentait s'assembler; et il sentait aussi l'art et le pouvoir l'abandonner, se dépenser, se consumer... Et soudain il hurla « Non! » et s'arracha à l'étreinte d'Arren, se jetant en avant pour serrer Ged dans une étreinte puissante d'aveugle. Le précipitant à terre sous son poids, il referma ses mains sur sa gorge pour l'étrangler.

Arren leva alors l'épée de Serriadh, et abattit la lame avec force et précision sur le cou qui s'offrait, sous des cheveux emmêlés.

L'esprit vivant possède du poids dans le monde des morts, et l'ombre de l'épée avait un tranchant. La lame fit une vaste blessure, qui sectionna l'épine dorsale de Cygne. Du sang noir jaillit, éclairé par la lumière même de l'épée.

Mais il ne sert à rien de tuer un mort; et Cygne était mort, mort depuis des années. La blessure se referma, ravalant le sang. L'aveugle se redressa de toute sa haute taille, étendit ses longs bras vers Arren, le visage convulsé de rage et de haine: comme s'il se fût seulement aperçu qui était son véritable ennemi et rival.

Si horrible à voir était cet être se relevant d'un coup mortel, cette incapacité à mourir, plus horrible que n'importe quelle agonie, qu'une rage nourrie de répulsion s'enfla en Arren, une fureur démente, et qu'il assena à nouveau un terrible coup de son épée. Cygne tomba, le crâne ouvert, le visage masqué de sang, mais Arren se jeta aussitôt sur lui, pour frapper encore, avant que se referme la blessure, pour frapper jusqu'à tuer...

Près de lui, Ged, se redressant sur les genoux, prononça un mot.

Au son de cette voix, Arren fut immobilisé, comme si une main eût empoigné le bras qui tenait l'épée. L'aveugle, qui avait commencé à se relever, était de la même façon complètement paralysé. Ged se leva; il vacillait un peu. Lorsqu'il put se tenir droit, il fit face à la falaise.

– « Redeviens un tout! » dit-il d'une voix claire, et de son bâton il traça en lignes de feu, sur la porte du rocher, une figure : la rune Agnen, la rune de Fin, qui ferme les routes et qu'on dessine sur les couvercles des cercueils. Et il n'y eut plus alors ni brèche ni vide parmi les blocs de pierre. La porte était fermée.

Le sol de la Contrée Aride trembla sous leurs pieds, et à travers le ciel nu et immuable courut un long roulement de tonnerre, puis il s'éteignit.

– « Par le mot qui ne sera pas dit avant la fin des temps, je t'ai appelé. Par le mot qui fut dit à la création des choses, à présent je te délivre. Tu es libre! » Et, se penchant sur l'aveugle, tombé à genoux, Ged lui chuchota quelque chose à l'oreille, sous les cheveux blancs emmêlés.

Cygne se redressa. Il regarda lentement autour de lui, avec des yeux qui à présent voyaient. Il regarda Arren, puis Ged. Il ne dit mot, mais les fixa de ses yeux noirs. Il n'y avait nulle colère dans son visage, nulle haine, nulle douleur. Lentement, il fit demi-tour et s'éloigna, descendant le cours de la Rivière Sèche; et il fut bientôt hors de vue.

Il n'y avait plus de lumière sur le bâton d'if de Ged, non plus que sur son visage. Il était debout, là, dans les ténèbres. Lorsque Arren vint à lui, il prit le bras du jeune homme pour se soutenir. Pendant un moment, il fut secoué par les spasmes de sanglots sans larmes. « C'est fait », dit-il. « Tout a disparu. »

– « C'est fait, cher seigneur. Il faut partir. »

– « Oui. Nous devons rentrer chez nous. »

Ged paraissait hébété ou épuisé. Il descendit à la suite d'Arren le cours de la rivière, trébuchant, avançant lentement, avec peine, parmi les pierres et les gros rochers. Arren resta à son côté. Lorsque les berges de la Rivière Sèche furent basses et que le sol devint moins abrupt, il se tourna vers le chemin par lequel ils étaient venus, la longue pente informe qui montait vers les ténèbres. Puis il en détourna le regard.

Ged ne dit rien. Dès qu'ils avaient fait halte, il s'était effondré sur un bloc de lave, à bout de forces, la tête pendante.

Arren savait que le chemin par lequel ils étaient venus leur était fermé. Ils ne pouvaient rien faire d'autre que continuer. Il leur fallait aller jusqu'au bout. Même trop loin n'est pas assez loin, pensa-t-il. Il leva les yeux vers les pics noirs, froids et silencieux contre le front des étoiles immobiles et menaçantes; et une nouvelle fois la voix ironique et moqueuse de sa volonté parla en lui, implacable : « T'arrêteras-tu à mi-chemin, Lebannen ? »

Il alla à Ged et dit avec une grande douceur : « Nous devons continuer, mon seigneur. »

Ged ne dit rien, mais se leva.

– « Nous devons passer par les montagnes, je crois. »

– « Par ici, mon garçon », dit Ged dans un murmure rauque. « Aide-moi »

Ainsi commencèrent-ils à gravir les pentes de poussière et de scories dans les montagnes, Arren aidant son compagnon de son mieux. Les ténèbres régnaient dans les combes et les gorges, si bien qu'il lui fallait avancer à tâtons, et il lui était difficile de soutenir Ged en même temps. Marcher était malaisé sur cette matière glissante; mais lorsqu'ils durent grimper à quatre pattes les pentes devenues plus raides, ce fut encore plus difficile. Les rochers étaient rugueux et brûlaient les mains comme du métal en fusion. Pourtant il faisait froid, de plus en plus froid à mesure qu'ils montaient. C'était une torture que de toucher cette terre. Elle brûlait comme des charbons ardents : un feu embrasait l'intérieur des montagnes. Mais l'air était toujours froid, et toujours sombre. Aucun bruit. Nul vent ne soufflait. Les rochers aigus se brisaient sous leurs mains, cédaient sous leurs pieds. Noirs, à pic, les éperons et les chasmes se dressaient au-dessus d'eux et retombaient derrière eux dans l'obscurité. Derrière, dessous, le royaume des morts échappait au regard. Devant eux, là-haut, les pics et les rocs se détachaient contre les étoiles. Et rien ne bougeait dans toute l'immensité de ces montagnes noires, sinon les deux âmes mortelles.

A force de fatigue, Ged trébuchait souvent ou perdait l'équilibre. Son souffle devenait de plus en plus pénible, et lorsque ses mains se heurtaient aux rochers, il haletait de douleur. L'entendre gémir de la sorte tordait le cœur d'Arren. Il essayait de l'empêcher de tomber. Mais souvent le chemin était trop étroit pour qu'ils puissent aller de front, ou Arren devait passer devant pour chercher une prise. Et finalement, sur une haute pente s'élevant jusqu'aux étoiles, Ged glissa, tomba en avant, et ne se releva pas.

– « Mon seigneur ! » dit Arren, s'agenouillant près de lui, puis il prononça son nom : « Ged. »

Mais celui-ci ne répondit ni ne bougea.

Arren le souleva dans ses bras et le porta jusqu'au sommet de cette haute montée. Elle débouchait sur une étendue plate. Arren déposa son fardeau et se laissa tomber près de lui, épuisé, douloureux au-delà de tout espoir. C'était ici le sommet du défilé entre les deux pics noirs, qu'il avait mis tant d'archarnement à atteindre. C'était le défilé, et la fin. On ne pouvait aller plus loin. Au bout de cette étendue plane, le rebord d'une falaise : au-delà, les ténèbres se poursuivaient à l'infini, et les petites étoiles étaient suspendues immuables dans le gouffre noir du ciel.

L'endurance peut survivre à l'espoir. Arren avança en rampant obstinément, quand il fut en état de le faire. Il regarda par-dessus le rebord des ténèbres. Et en dessous de lui, à une très courte distance, il vit la plage de sable d'ivoire; les vagues blanches et ambrées s'enroulaient et se brisaient en écume; et, de l'autre côté de la mer, le soleil se couchait dans une brume dorée.

Arren retourna vers le noir. Il s'en revint en arrière. Il souleva Ged comme il le put, et peina pour avancer avec lui jusqu'à la limite de ses forces. Là cessèrent toutes choses : la soif, la douleur, et les ténèbres, et la lumière du soleil, et le bruit de la mer déferlante.

XIII

LA PIERRE DE DOULEUR

LORSQUE Arren s'éveilla, un brouillard gris cachait la mer, les dunes et les collines de Selidor. Les brisants surgissaient du brouillard en un murmure ou en un grondement sourd, et se retiraient murmurant toujours. La marée était haute, et la plage beaucoup plus étroite qu'à leur arrivée; les derniers petits moutons d'écume venaient lécher la main gauche étendue de Ged, qui gisait la face sur le sable. Ses vêtements et ses cheveux étaient mouillés, et les habits d'Arren étaient froids et collés à son corps, comme si une fois au moins la mer eût déferlé sur eux. Du cadavre de Cygne il n'y avait nulle trace. Peut-être les vagues l'avaient-elles entraîné vers la mer. Mais derrière Arren, lorsqu'il tourna la tête, l'immense corps d'Orm Embar, énorme et confus dans la brume, s'éleva pareil à une tour en ruine.

Arren se leva, grelottant de froid; c'est à peine s'il pouvait se tenir debout, tellement il avait froid, tellement ses membres étaient raides et tellement il se sentait faible et étourdi, comme lorsqu'on reste étendu trop longtemps sans bouger. Il vacillait comme un homme ivre. Dès qu'il put contrôler ses membres, il alla auprès de Ged et réussit à le tirer un peu plus haut sur le sable, hors d'atteinte des vagues, mais ce fut là tout ce qu'il put faire. Très froid, très lourd lui parut le corps de Ged; il l'avait porté par-delà la frontière de la mort et ramené dans la vie, mais peut-être en vain. Il mit son oreille contre sa poitrine, mais ne parvint pas à calmer suffisamment le tremblement de ses propres membres et le claquement de ses dents pour percevoir le battement du cœur. Il se releva et tenta de frapper du pied pour ramener quelque chaleur dans ses jambes; enfin, tremblant et se traînant tel un vieillard, il se mit en quête de leurs paquetages. Ils les avaient laissés près d'un petit ruisseau qui courait depuis la crête des collines, il y avait bien longtemps, quand ils étaient descendus vers la maison d'ossements. C'était ce ruisseau qu'il cherchait, car il ne pouvait penser à rien d'autre qu'à de l'eau, de l'eau fraîche.

Plus tôt qu'il ne s'y attendait, il parvint au courant, qui descendait jusque sur la plage pour étendre ses ramifications complexes, tel un arbre d'argent, jusqu'au bord de la mer. Là, il se laissa tomber à terre et but, le visage et les mains dans l'eau, aspirant l'eau pour s'en remplir la bouche et l'esprit.

Enfin il se redressa, et c'est alors qu'il aperçut, de l'autre côté du ruisseau, immense, un dragon.

Sa tête, couleur de fonte, tachée comme par une rouille rouge à la narine, à l'orbite et à la mâchoire, planait en face de lui, presque au-dessus de lui. Les serres s'enfonçaient profondément dans le sable mou et humide du bord du ruisseau. Les ailes repliées étaient en partie visibles, pareilles à des voiles, mais son long corps sombre se perdait dans le brouillard.

Il ne bougeait pas. Il aurait pu être tapi là depuis des heures, des années ou des siècles. Il était moulé dans la fonte, taillé dans le rocher – mais les yeux, les yeux qu'il n'osait pas regarder, les yeux, comme de l'huile tourbillonnant sur l'eau, comme une fumée jaune derrière du verre, les yeux jaunes, opaques et profonds, observaient Arren.

Il n'y avait rien que celui-ci pût tenter; aussi se releva-t-il. Si le dragon voulait le tuer, il le ferait; et s'il ne le voulait pas, Arren tenterait de porter secours à Ged, si tant est qu'il pût encore le secourir. Il se releva, et entreprit de remonter le ruisseau pour retrouver leur chargement.

Le dragon ne bougea pas. Il était tapi, immobile, et

observait. Arren trouva les paquets, emplit au ruisseau les deux outres de peau, et s'en retourna vers Ged. Après qu'il eut seulement fait quelques pas, le dragon se perdit dans l'épais brouillard.

Arren fit boire de l'eau à Ged, mais ne put le ranimer. Il gisait flasque et glacé, et sa tête pesait sur le bras d'Arren. Son visage foncé était grisâtre, le nez, les pommettes et la vieille cicatrice ressortaient avec rudesse. Jusqu'à son corps qui paraissait maigre et brûlé, comme à demi consumé.

Arren resta là sur le sable humide, la tête de son compagnon sur les genoux. Le brouillard dessinait autour d'eux une sphère vague et floue, et s'atténuait au-dessus de leurs têtes. Quelque part dans cette brume se trouvait le dragon mort Orm Embar, et le dragon vivant qui attendait près du ruisseau. Et quelque part, de l'autre côté de Selidor, le bateau *Voitloin,* vide de provisions, reposait sur une autre plage. Et puis la mer, à l'est. Cinq cents kilomètres peut-être pour atteindre une île quelconque du Lointain Ouest; mille cinq cents jusqu'à la Mer du Centre. Un long voyage. « Aussi loin que Selidor », disait-on couramment sur Enlad. Les vieilles histoires qu'on racontait aux enfants, les mythes, commençaient ainsi : « Il y a aussi longtemps que l'éternité, et aussi loin que Selidor, vivait un prince... »

Il était ce prince. Mais, dans les histoires anciennes, c'était le début; et ceci semblait être la fin.

Il n'était cependant pas abattu. Bien que très las, et affligé par l'état de son compagnon, il ne ressentait pas la moindre amertume, pas le moindre regret. Simplement, il ne pouvait rien faire de plus. Tout avait été fait.

Lorsque la force lui reviendrait, pensa-t-il, il essaierait de pêcher avec la ligne qu'il avait dans son sac; car, sitôt sa soif apaisée, il avait commencé à éprouver le tenaillement de la faim, et tous leurs vivres étaient épuisés, sauf un paquet de pain dur. Il n'y toucherait pas; car s'il le faisait tremper et ramollir dans l'eau, il pourrait en faire prendre un peu à Ged.

Et c'était là tout ce qui restait à faire. Au-delà, il était incapable de voir; la brume le cernait.

Il fouilla dans ses poches, pelotonné près de Ged dans le brouillard, pour voir s'il possédait quoi que ce fût d'utile. Dans la poche de sa tunique, il trouva un objet dur aux abords coupants. Il le prit et le regarda, interloqué. C'était une petite pierre, noire, poreuse et dure. Il faillit la jeter. Puis il sentit dans sa main ses bords rugueux et brûlants, en éprouva le poids, et reconnut ce que c'était : un morceau de roche des Montagnes de la Douleur. Elle s'était prise dans sa poche pendant qu'il grimpait, ou lorsqu'il rampait vers le bord du défilé en compagnie de Ged. Il la tint dans sa main, cette chose immuable, la pierre de douleur. Il referma sa main sur elle, et la serra. Et il sourit alors, d'un sourire à la fois sombre et joyeux, connaissant pour la première fois de sa vie, seul au bout du monde, sans personne pour chanter sa louange, le goût de la victoire.

Les brumes s'estompèrent et se dissipèrent. Très loin, à travers elles, il vit le soleil sur la Mer Ouverte. Les dunes et les collines apparaissaient et disparaissaient, incolores, agrandies par les voiles de brouillard. Le soleil illuminait le corps d'Orm Embar, somptueux jusque dans la mort.

Le dragon de fonte était tapi, toujours immobile, en amont du ruisseau.

Après midi, le soleil se fit plus clair et chaud, et son feu chassa de l'air la dernière tache de brume. Arren quitta ses vêtements mouillés pour les faire sécher, et resta nu, à part son ceinturon et son épée. Il fit sécher de même les habits de Ged au soleil, mais, malgré le flot de chaleur et de lumière réconfortant, salvateur, qui se déversait sur lui, le mage resta inanimé.

Il s'éleva un bruit, comme du métal frottant du métal, un crissement d'épées que l'on croise. Le dragon couleur de fonte s'était dressé sur ses pattes torses. Il se mit en marche et traversa le ruisseau, traînant son long corps sur le sable avec un bruissement doux. Arren vit les rides à la jointure de l'épaule, et les plaques des flancs éraflées et couturées comme l'armure d'Erreth-Akbe, et les longues dents jaunies et émoussées. Dans tout cela, et dans ses mouvements assurés et pesants, et dans ce calme profond et effrayant qu'il manifestait, Arren vit les signes de l'âge : d'un très grand âge, au-delà de toute mémoire. Aussi, lorsque le dragon s'arrêta à quelques pas de l'endroit où reposait Ged, Arren, debout entre eux deux, dit en hardique, car il ignorait la Langue Ancienne : « Est-ce toi, Kalessin ? »

Le dragon ne dit mot mais parut sourire. Puis, abaissant son énorme tête et tendant le cou, il regarda Ged, prononçant son nom.

Sa voix était immense et douce, et exhalait l'odeur d'une forge.

Il parla une autre fois, et une fois encore : et la troisième fois Ged ouvrit les yeux. Au bout d'un moment, il tenta de se redresser, mais n'y parvint pas. Arren s'agenouilla près de lui et le soutint. Alors Ged parla. « Kalessin », dit-il, « *senvanissai'n ar Roke*! » Il fut épuisé après avoir parlé; il appuya sa tête sur l'épaule d'Arren et ferma les yeux.

Le dragon ne répondit pas. Il se tapit comme il l'avait fait auparavant, immobile. Le brouillard revenait, ternissant le soleil à mesure qu'il descendait sur la mer.

Arren se vêtit alors et enveloppa Ged dans son manteau. La marée qui s'était retirée au loin remontait à nouveau, et il pensa à porter son compagnon sur un terrain plus sec, car il sentait sa vigueur lui revenir.

Mais, alors qu'il se penchait pour soulever Ged, le dragon étendit une énorme patte cuirassée, jusqu'à presque le toucher. Les serres de cette patte étaient au nombre de quatre, avec un ergot à l'arrière, comme une patte de coq, mais ceux-ci étaient des ergots d'acier, long comme des faux.

– « *Sobriost* », dit le dragon, avec une voix pareille au vent de janvier à travers les roseaux gelés.

– « Laisse mon seigneur. Il nous a sauvés, tous, et en agissant ainsi a dépensé toute sa force, et peut-être sa vie aussi. Laisse-le! »

Ainsi parla Arren, d'un ton farouche et impérieux. Il avait été trop impressionné, trop effrayé, il avait été inondé de peur, et ne pouvait en supporter davantage. Il était irrité contre le dragon, à cause de sa force brutale, de sa taille, cet avantage injuste. Il avait vu la mort, il avait goûté à la mort, et nulle menace n'avait plus aucun pouvoir sur lui.

Le vieux dragon Kalessin le regarda d'un œil allongé, terrible et doré. Il y avait d'innombrables siècles dans les profondeurs de cet œil. Bien que Arren ne le fixât point, il savait qu'il le contemplait avec une aimable et profonde hilarité.

– «*Arw sobriost*», dit le dragon, et ses narines rouillées s'élargirent tellement que le feu qui couvrait à l'intérieur rougeoya.

Arren passa un bras sous les épaules de Ged, comme il s'apprêtait à le faire lorsque le mouvement de Kalessin l'avait arrêté; et il sentit la tête de Ged se tourner légèrement, et entendit sa voix qui disait : «Cela signifie : Monte.»

Pendant un instant, Arren ne bougea pas. Tout cela était de la folie. Mais il y avait cette immense patte griffue, posée comme une marche devant lui; et, au-dessus, la courbure du coude; et au-dessus encore l'épaule en saillie, et le muscle de l'aile partant de l'omoplate : quatre marches, un escalier. Et là, devant les ailes et la première épine de fer de l'échine cuirassée, dans le creux du cou, il y avait assez de place pour qu'un homme, ou deux, s'y assoient à califourchon. A condition qu'il fussent fous, désespérés et s'abandonnent à la déraison.

– «Monte!» dit Kalessin dans la Langue de la Création.

Et Arren se leva alors et aida son compagnon à se lever. Ged redressa la tête et, guidé par les bras d'Arren, gravit ces étranges marches. Tous deux s'assirent à califourchon dans le creux du cou du dragon aux plaques rugueuses, Arren derrière, prêt à soutenir Ged s'il en était besoin. Tous deux sentirent la chaleur les envahir, une chaleur bienfaisante, comme celle du soleil, émanant du flanc du dragon : la vie brûlait tel un feu sous cette armure de métal.

Arren vit qu'ils avaient laissé le bâton d'if du mage à

demi enfoui dans le sable; la mer rampait vers lui et allait l'emporter. Il se disposa à descendre pour le reprendre, mais Ged l'arrêta. « Laisse-le. J'ai usé toute ma magie à cette source sèche, Lebannen. Je ne suis plus mage, à présent. »

Kalessin se retourna et les regarda de biais; le rire antique se lisait dans ses yeux. Kalessin était-il mâle ou femelle, nul ne pouvait le dire; ce que pensait Kalessin, nul ne pouvait le savoir. Lentement les ailes se levèrent et se déployèrent. Elles n'étaient pas dorées comme celles d'Orm Embar, mais rouges, d'un rouge foncé, sombre comme la rouille ou le sang, ou la soie pourpre de Lorbanerie. Le dragon éleva ses ailes, avec précaution, de crainte de désarçonner ses chétifs cavaliers. Avec précaution, il prit son élan, dressé sur son immense train arrière, et bondit dans l'air comme un chat; et les ailes s'abaissèrent et les emportèrent au-dessus du brouillard qui flottait sur Selidor.

Brassant de ses ailes pourpres l'air du soir, Kalessin tournoya au-dessus de la Mer Ouverte, vira vers l'est et prit son essor.

Un jour de plein été, sur l'île d'Ullie, on vit voler très bas un dragon immense; plus tard on l'aperçut à Usidero, et au nord d'Ontuego. Bien qu'on redoutât les dragons dans le Lointain Ouest, où les gens ne les connaissent que trop bien, une fois que celui-ci fut passé et les villageois sortis de leurs cachettes, ceux qui l'avaient vu dirent : « Les dragons ne sont pas tous morts, comme nous le pensions. Peut-être les sorciers ne sont-ils pas tous morts eux non plus. Ce vol était d'une splendeur prodigieuse; peut-être était-ce l'Aîné. »

Où Kalessin se posait, personne ne le vit. Dans ces îles lointaines il y a des forêts et des coteaux sauvages que peu de gens fréquentent, et où même l'atterrissage d'un dragon pouvait passer inaperçu.

Mais dans les Quatre-Vingt-Dix Iles, ce furent les cris, le désarroi. Les hommes s'en allaient à la rame vers les petites îles à l'ouest en criant : « Cachez-vous! Cachez-vous! Le Dragon de Pendor a rompu son serment! L'Archimage a péri, et le Dragon vient nous dévorer! »

Sans se poser, sans regarder vers le bas, l'immense serpent couleur de fonte survola les petites îles, les petites villes et les fermes, et ne daigna pas même éructer un peu de feu pour si menu fretin. Ainsi passa-t-il au-dessus de Geath et de Serd, traversa-t-il les détroits de la Mer du Centre, et arriva-t-il en vue de Roke.

Jamais, de mémoire d'homme, et à peine de mémoire légendaire, aucun dragon n'avait bravé les murs visibles et invisibles de cette île si bien défendue. Pourtant celui-ci n'hésita point, et survola, d'un vol lourd et calme, la côte ouest de Roke, les villages et les champs, jusqu'à la colline verte qui se dresse au-dessus de la ville de Suif. Là, enfin, il descendit doucement vers la terre, releva ses ailes rouges, les replia, et se tapit au sommet du Tertre de Roke.

Les jeunes garçons sortirent en courant de la Grande Maison. Rien n'aurait pu les arrêter. Mais, en dépit de toute leur jeunesse, ils furent moins rapides que leurs Maîtres, et n'arrivèrent pas les premiers au Tertre. Lorsqu'ils y parvinrent, le Modeleur était là, sorti de son Bosquet, ses cheveux blonds brillant dans le soleil. Avec lui était le Changeur, revenu deux nuits auparavant sous la forme d'une gigantesque orfraie marine, l'aile traînante et lasse; longtemps, ses propres sorts l'avaient gardé prisonnier sous cette forme, et il n'avait pu retrouver la sienne avant son arrivée dans le Bosquet, la nuit où revint l'Équilibre et où ce qui était brisé ne fit à nouveau plus qu'un. L'Appeleur, frêle, décharné, qui n'était sorti du lit que depuis un jour, était là également, et auprès de lui se tenait le Portier. Et les autres Maîtres de l'Ile des Sages étaient là aussi.

Ils virent les voyageurs mettre pied à terre, l'un soutenant l'autre. Ils les virent regarder autour d'eux avec un air d'étrange contentement, de sévérité et d'émerveillement. Le dragon resta de pierre tandis qu'ils descendaient de son dos; et ils restèrent près de lui. Le dragon tourna un peu la tête lorsque Ged lui parla, et lui répondit avec brièveté. Ceux qui assistaient à la scène virent le regard oblique de l'œil jaune, froid et cependant rieur. Ceux qui comprenaient entendirent le dragon dire : « J'ai ramené le jeune roi dans son royaume, et le vieillard dans sa patrie. »

– « Un peu plus loin encore, Kalessin », répondit Ged. « Je ne suis pas encore là où je dois aller. » Il contempla, en bas, les toits et les tours de la Grande Maison dans le soleil, et il eut, sembla-t-il, un petit sourire. Puis il se tourna vers Arren, grand et svelte dans ses vêtements usés, et pas encore très solide sur ses jambes, après cette longue et fatigante chevauchée, et tous ces événement ahurissants. Sous le regard de tous, Ged s'agenouilla devant lui, les deux genoux en terre, et inclina sa tête grise.

Puis il se releva et embrassa le jeune homme sur la joue, en disant : « Lorsque vous parviendrez à votre trône d'Havnor, mon seigneur et cher compagnon, gouvernez bien, et longtemps ! »

Il regarda à nouveau les Maîtres et les jeunes sorciers, les garçons et les gens de la ville rassemblés sur les pentes et au pied du Tertre. Son visage était serein, et dans ses yeux se lisait quelque chose qui ressemblait au rire des yeux de Kalessin. Se détournant d'eux tous, il grimpa à nouveau sur le dragon, s'accrochant à la patte et à l'épaule, et s'assit, sans rênes, entre les deux grandes cimes des ailes, sur le cou du dragon. Et les ailes rouges se soulevèrent avec un bruit de ferraille, et Kalessin l'Aîné s'éleva dans les airs. Du feu jaillit des mâchoires du dragon, et de la fumée, et le bruit du tonnerre, le vent de la tempête, résonnaient dans ses ailes battantes. Il décrivit un cercle au-dessus de la colline et s'envola vers le nord-est, vers cette région de Terremer où se trouve l'île montagneuse de Gont.

Le Portier, souriant, dit : « Il a fini d'agir. Il rentre chez lui. »

Et ils regardèrent le dragon s'éloigner entre le soleil et la mer, jusqu'à ce qu'il fût hors de vue.

La Geste de Ged raconte que celui qui avait été Archimage vint au couronnement du Roi de Toutes les Iles, dans la Tour de l'Épée, à Havnor, au cœur du monde. La chanson dit aussi que, lorsque la cérémonie du couronnement eut pris fin et que commencèrent les festivités, il quitta l'assemblée et descendit seul jusqu'au port de Havnor. Là mouillait un bateau usé, battu par la tempête et les intempéries de nombreuses années; sa voile n'était point hissée, et il était vide. Ged appela le bateau par son nom, *Voitloin,* et celui-ci vint à lui. Ged monta à son bord, tourna le dos à la terre; et sans vent, ni voile, ni aviron, le bateau s'éloigna. Il l'emmena loin du port et de ce havre, vers l'ouest, parmi les îles, sur la mer; et l'on ne sut plus jamais rien de lui.

Dans l'île de Gont, cependant, on raconte l'histoire d'une autre manière, et on dit que ce fut le jeune Roi, Lebannen, qui partit en quête de Ged pour l'amener au couronnement. Mais il ne le trouva pas au port de Got ni à Re Albi. Nul ne peut dire où il était, simplement qu'il s'en était allé à pied vers les forêts dans la montagne. Souvent il partait ainsi, lui dit-on, et il ne revenait pas avant plusieurs mois; et nul ne connaissait les routes de sa solitude. Certains offrirent de partir à sa recherche, mais le Roi le leur interdit, disant: « Il règne sur plus grand royaume que le mien. » Et il quitta la montagne, reprit le bateau et regagna Havnor pour y être couronné.

TABLE

LA COMPOSITION, L'IMPRESSION ET LE BROCHAGE DE CE LIVRE
ONT ÉTÉ EFFECTUÉS PAR LA SOCIÉTÉ NOUVELLE FIRMIN-DIDOT
POUR LE COMPTE DES ÉDITIONS PRESSES POCKET
ACHEVÉ D'IMPRIMER LE 3 MAI 1985

PRESSES POCKET – 8, rue Garancière 75006 – Paris
Tél. : 634-12-80

Imprimé en France
Dépôt légal : mai 1985
N° d'édition : 2100 – N° d'impression : 2072